KB143201

교차로에 선 소설가
존 파울즈의 삶과 예술

본 저서는 2020학년도 목포대학교 교내연구비 지원에 의하여 연구되었음.

교차로에 선 소설가
존 파울즈의 삶과 예술

배현 지음

도서출판 | 동인

책머리에

데이비드 롯지는 1971년 출간한 『교차로에 선 소설가들』에서 일군의 작가들을 "교차로에 선 소설가들"로 지명하였다. 롯지는 1940년대부터 1960년대까지의 소설가들이 직면한 문제를 범박하게 사실주의 소설 전통에 대한 의심과 반동으로 규정하고, 이 시대의 작가들이 사실주의 문학의 미학적, 인식론적 전제들에 대한 강한 의심을 품은 채, 담대하게 앞으로 나아가는 대신 교차로의 반대편으로 뻗은 두 개의 루트, 즉 '논픽션 소설'에 이르는 길과 '우화적 소설'을 대안으로 모색하고 있다고 주장하였다. 이 책에서 롯지는 그레엄 그린과 뮤리엘 스파크, 어네스트 헤밍웨이, H. G. 웰스 그리고 존 업다이크를 구체적으로 분석하면서, 이 책을 출판한 시기가 파울즈의 초기 대표작 세 편이 모두 발표된 뒤였지만 파울즈를 논의에 포함시키지 않았다.

1960년대부터 1980년대까지 소설을 발표한 존 파울즈는 다양한 면모를 가진 소설가이다. 파울즈는 사실주의 소설의 유용성과 문학의 교훈적 기능에 대한 신념을 버리지 않은 전통주의자이고 모럴리스트였다. 파울즈는 실존주의 철학에 친화성을 보였고 자연친화적인 삶을 영위했으며 휴머니스트의 면모를 보이기도 했다. 소설 기법과 형식의 차원에서 파울즈는 1960년대 이후 소설가들이 직면한 많은 딜레마를 공유하고 다양하고 혁신적인 실험을 통해 그 딜레마를 극복하려고 노력한 메타픽션 작가로 평가받기도 한다. 그래서 이 책은 롯지의 용어를 빌어 파울즈의 좌표를 사실주의와 모더니즘, 그리고 포스트모더니즘의 갈림길에 선 소설가로 설정한다.

이 책의 일부는 그동안 필자가 여러 학술지에 발표했던 논문들을 재구성하여 수정하고 보완한 것이다.

차례

파울즈의 소설 세계는 거대하고 변화무쌍한 놀이공원과 같다.
광대한 해석의 바다 위에 둥둥 떠 있는 문학적 디즈니월드이다.
그런데 이 놀이공원은 유쾌하기보다는 불길하고,
대회전 관람차의 불빛과 찬란한 등불 대신 어둠이 지배하며,
사람들은 늘 홀로 이 공원에 온다.
그들이 도스토옙스키가 버티고 선 출입문을 통과하면
지옥문을 지키는 케르베로스가 마이크를 잡고
"어서 들어오시오. 이곳에선 모든 것이 허용된다오"라고 외치는 소리를 듣는다.
사르트르가 미로 놀이기구의 표를 팔고
카뮈는 멈추는 법이 없지만, 여태껏 돌아간 적도 없는
불 꺼진 대회전 관람차를 작동시키며
리차드슨은 잡혀 온 소녀가 어둠 속에서 상처를 내보이며 신음하는
어두운 동굴로 그들을 유인하고
콘래드는 정글 놀이로 통하는 개찰구를 지킨다.
디킨즈와 하디가 근엄한 제복을 입고 통로를 통제하며 법을 집행한다.
그런데 다른 놀이공원과 달리 이곳에서는
환상은 실재가 되지만 그 역은 성립하지 않는다.
(William Palmer 1-2)

제1장

존 파울즈의 생애와 작품 소개

제1절 존 파울즈의 생애와 문학 사상

존 파울즈(John Fowles, 1926~2005)는 20세기 후반 영국의 소설문학사에서 가장 중요한 작가 가운데 한 사람이다. 그는 제2차 세계대전 이후 인류가 직면한 다양한 문제들에 대한 진지하고 치열한 탐색과 독창적이고 실험적인 소설 기법으로 인해 단연 주목받은 작가였다. 파울즈의 주제는 인간의 본질과 자신의 진정한 자아에 대한 현대인의 실존주의적 탐색, 역사 발전과 문명의 진보 및 퇴화에 대한 통찰력, 진화의 주체로서의 여성성과 퇴화의 대상인 남성성의 대립, 예술의 생명력과 과학의 비생명적 속성에 대한 관심, 인생을 에워싼 다양한 갈등, 즉 신의 절대적 권한과 인간의 자유의지, 사랑과 소유, 자유와 선택, 사회 규범과 인간 내면의 본능적 충동, 소수와 다수의 충돌 등을 망라하고 있다. 소설 형식의 측면에서 파울즈는 로맨스 문학 전통을 작품 구조의 일관된 축으로 삼았고 사실주의 소설의 유용성을 신뢰하는 한편, 사실주의 서술기법을 의도적으로 왜곡하거나 글쓰기에 대한 예민한 자의식을 드러내는 등 포스트모더니즘 시대의 특징적인 표현 양식인 메타픽션의 대표적인 작가로 평가되기도 한다.

파울즈는 영국 남동부 에섹스(Essex)주의 작은 해안 도시 레이-온-씨(Leigh-on-Sea)에서 부유한 담배 상인의 아들로 태어나 초등학교 과정인 엘린코트 스쿨(Alleyn Court School)과 중고등학교 과정에 해당하는 배드포드 스쿨(Bedford School)을 다녔다. 파울즈는 자연친화적인 유소년기를 보낸 것으로 알려졌고, 1944년 에딘버러 대학(Edinburgh University)에 진학했지만, 제2차 세계대전이 발발하자 1945년부터 1946년까지 영국 해병대에서 복무했다. 군 복무를 마친 다음 1947년 옥스퍼드 대학교 뉴 컬리지에 입학하여 불문학과 독문학을 전공했으며, 대학 졸업 후에는 프랑스의 프와티에(Poitiers) 대학과 그리스 아나기리오스 칼리지(Anargyrios College)에서 영문학을 가르치는 강사로 일하며, 동료 교사의 아내였던 엘리자베스 휘튼(Elisabeth Whitton)을 만나 1957년 결혼식을 올린다. 1954년 영국으로 귀국한 파울즈는 런던의 햄스테드(Hampstead)에 위치한 여성 전용 교육기관이었던 세인트 고드릭스 대학(St. Godric's College)에서 영문학을 가르쳤다.

파울즈는 1950년대부터 소설을 쓰기 시작했다. 그는 뒷날 『마법사』(*The Magus*)라는 제목으로 출판하게 되는 작품을 처음 쓰기 시작했지만 1963년에 『콜렉터』(*The Collector*)를 첫 작품으로 발표했고, 이 소설은 곧장 베스트셀러의 대열에 올라 파울즈에게 작가로서의 명성과 교직을 떠나 창작에 전념할 수 있는 경제적 여유를 제공했다. 파울즈의 두 번째 저서는 자신의 독창적인 철학과 예술 이론을 정리하여 1964년 출판한 『아리스토스』(*The Aristos*)였다. 「사상의 자화상」("A Self-Portrait in Ideas")이라는 부제를 붙인 이 책은 이후 두 차례에 걸쳐 개정되었는데, 파울즈의 작품에 나타나는 주제와 사상을 이해하는 단서를 제공해 준다. 용어사전 형식의 이 책에는 파울즈의 예술 세계를 이해하는 데 핵심적인 '우연'(Hazard), '미스터리'(Mystery), '신의 유희'(Godgame),[1] '실존주의'(Existentialism), '다수와 소수'(Nemo & Elect) 등의 용어들이 정의되어 있다.

1965년 『마법사』를 발표하여 다시 대중적인 인기를 획득한 파울즈는 런던을 떠나 라임 레지스(Lyme Regis) 지방으로 이주하여 창작에 전념하는데 이곳은 뒷날 그의 대표작으로 평가받은 『프랑스 중위의 여자』(*The French Lieutenant's Woman*)의 중심 배경이 된다. 1969년 발표된 『프랑스 중위의 여자』는 대단한 성공을 거두어 파울즈를 영국 문단의 독보적인 위치에 올려놓는다. 이후 1974년에 네 편의 단편과 한편의 번역 작품을 묶은 『흑단의 탑』(*The Ebony Tower*)을 발표했고, 1977년에는 700여 페이지에 달하는 방대한 소설 『다니엘 마틴』(*Daniel Martin*)과 10여 년의 각고 끝에 개작한 『마법사』를, 그리고 1982년에 『만티사』(*Mantissa*), 1985년에 『유충』(*A Maggot*)을 발표하고 2005년 그가 40년 가까이 살아왔던 라임 레지스에서 사망하였다.

파울즈가 2005년 11월 5일 향년 79세를 일기로 타계했을 때, 『가디

---

1) 'Godgame'은 파울즈가 만든 신조어이다. 『아리스토스』는 모두 11개의 장으로 구성되어 있는데, 첫 번째 장의 제목이 "The Universal Situation"이며 그 가운데 세 번째 표제어가 'The Godgame'이다. 이 용어는 신과 인간의 관계를 규정한 것인데, 파울즈는 신이 인간의 운명을 지배한다면 그것은 흔적도 없이 지배하는 방식일 것이며, 신은 사라짐으로써 그 영향력을 발휘할 수 있다고 주장한다. "만일 천지창조주가 있다면 그의 두 번째 행동은 사라지는 것이었을 것이다."(If there had been a creator, his second act would have been to disappear.)(18) 이것이 바로 godgame이며 '신의 유희'로 번역한다.

언』(*The Guardian*)지에 추모의 기고문을 쓴 멜빈 브래그(Melvyn Bragg)는 파울즈가 비록 1970년대에 『흑단의 탑』과 『다니엘 마틴』을 발표하기는 했지만, 소설가로서의 창작 역량은 1960년대 이후 쇠퇴하기 시작했다고 진단하며 다음과 같이 말한다.

> 어떤 작가의 어떤 작품이 살아남고 얼마 동안 생명을 유지할 것인지를 논하는 일은 유쾌하기는 하지만 분명 악의적인 소일거리에 속한다. 그러나 나는 파울즈가 라임 레지스에 머물며 집필한 에세이들이 수 세대를 지나며 살아남는 동안 『프랑스 중위의 여자』가 수십 년 사이에 세월의 물살 속에 가라앉는 일이 일어나지 않는다면 적잖게 놀라게 될 것이다.

브래그의 이러한 언급은 다소 도발적이기는 하지만 파울즈를 이해하는 새롭고 유용한 시선을 제공해 준다. 라임 레지스에서 파울즈는 박물학자로서 자연친화적인 삶을 영위했는데, 그 진면목은 1970년대 이후 생산된 논픽션 에세이집들을 통해 드러난다. 이 에세이들은 라임 레지스 지방의 자연과 풍광을 중요한 소재로 삼아 작성된 것들이다. 파울즈는 1974년에 『난파선』(*Shipwreck*)을 시작으로 1978년 『섬』(*Islands*), 1979년 『나무』(*The Tree*), 1985년 『육지』(*Land*), 그리고 1998년에 『벌레 구멍』(*Wormholes*)을 발표했다. 이 에세이집들은 전문 사진작가의 사진과 함께 사진 에세이집의 형태로 발간되었는데 『난파선』에는 깁슨(Gibsons of Scilly), 『섬』과 『육지』에는 고드윈(Fay Godwin), 『나무』에는 호바트(Frank Hovat)가 참여했다.

철학사상집 『아리스토스』가 그의 소설을 관통하는 사상과 주제를 해독하는 지침서의 역할을 한다면 『벌레 구멍』은 파울즈의 삶과 철학, 인생관과 예술론, 한 마디로 총체적으로 인간 파울즈를 이해하는 핵심적인 저작으로 평가된다. 이 책에는 앞서 언급한 에세이들이 사진을 삭제한 상태로 요약되어 수록되어 있고 거기 더하여 파울즈가 평생 동안 쓴 논픽션 저술들이 망라되어 제1부 「자서전」("Autobiographical: Writing and the Self"), 제2부 「문화와 사회」("Culture and Society"), 제3부 「문학과 문학비평」("Literature and Literary Criticism"), 제4부 「자연과 자연의 본성」("Nature and the Nature of Nature"), 제5부 「인터뷰」("Interview with Dianne Vipond")로 구성되어 있다. 이 책의 편집자는 서론에서 편집 의도를 다음과 같이 밝히고 있다.

> 파울즈의 논픽션 저술들은 상대적으로 잘 알려지지 않았다. 그 이유는 부분적으로는 그 글들이 수명이 짧은 정기간행물이나 학술지에 실렸거나, 파울즈의 소설보다 유명하지도 않고 널리 읽히지도 않은, 그리고 경우에 따라서는 이미 절판되어 버린 다른 작가의 작품에 쓴 서문이나 후기였기 때문이다. 그래서 이 책을 통해 처음으로 파울즈가 순간적으로, 그러나 대단히 강렬한 개성을 갖고 쓴 글들, 에세이들, 문학 비평문들, 코멘터리들, 자서전적 기록들, 회고록과 명상록들을 함께 모으게 되었다. (xv)

파울즈의 또 다른 중요한 논픽션 저작은 일기이다. 파울즈는 평생 일기를 써온 것으로 알려졌는데 오랫동안 출판이 예고되었던 그의 일기는 파울즈가 사망하기 2년 전인 2003년에 이르러 찰스 드레이진(Charles Drazin)이 편집하여 『존 파울즈의 일기』(*The Journals of John Fowles*)라는 제목으로 두 권으로 출간되었다. 제1권은 파울즈가 옥스퍼드 대학교의 뉴 컬리지에 입학하여 불문학을 공부하기 시작한 1949년부터 『콜렉터』와 『마법사』를 출판하여 명성을 얻고 라임 레지스에 정착한 1965년까지를 다루고 있으며, 제2권은 1966년부터 1990년까지 파울즈의 삶의 궤적들을 기록하고 있다. 한편 100만 단어 이상을 담고 있어서 장편소설 20

권의 분량으로 알려진 편집되지 않은 일기 원본은 엑서터(Exeter) 대학 도서관에 보관되어 있는 것으로 알려졌으며, 드레이진이 편집한 두 권의 일기는 2010년에 『나의 마지막 장편소설』(이종인 역)이라는 제목으로 우리말로 번역되었다.

존 파울즈의 소설이 수용되고 연구되어 온 과정에서 많은 학자들이 반복적으로 지적하는 특징적인 현상은 첫째 그가 전문적인 학자들의 학문적인 연구의 대상이 되기 이전에 대중적인 인기를 얻었다는 사실과 자신의 조국인 영국에서보다 미국에서 더 먼저 작가의 명성을 얻고 베스트셀러 작가로서의 지위를 공고히 했다는 점이다. 오늘날 존 파울즈를 소개하는 많은 개론서들이 그를 대중적인 인기와 진지한 학문적 연구 대상으로서의 지위를 함께 누린 대단히 예외적인 작가로 소개하고 있지만 파울즈는 1963년 『콜렉터』를 발표한 뒤 상당한 기간 동안 연구자들의 관심을 끌지는 못했다. 『콜렉터』는 오랫동안 싸구려 통속 소설(pulp fiction)로 취급되었다. 이에 대해 파이퍼(Ellen Pifer)는 1986년에 편집한 『존 파울즈 비평집』(*Critical Essays on John Fowels*)의 서문에서 "지난 15년 동안 비평가들과 학자들은 독자층이 존 파울즈에 대해 보여준 열광적인 환호를 따라잡는 데 분주했다"(1)고 지적했다.

파울즈 문학을 경시하는 풍조는 특히 그의 조국이었던 영국에서 심하게 나타났는데, 이에 대해 파울즈 자신도 그가 『콜렉터』을 발표했을 때, "영국에서는 전반적으로 이 작품을 스릴러로 받아들었고, 진지한 소설로 취급하지도 않았다"고 언급하며 오히려 미국의 비평가들이 "비록 이 작품이 스릴러 형식을 차용하고 있기는 하지만 그 저변에 "심오한 의도"를 담고 있다는 사실을 인식했다"고 회고했다(Helpern 41). 영국의 비평가 가운데 파울즈의 작가로서의 역량을 일찍 간파한 말콤 브래드버리(Malcolm Bradbury)는 영국의 비평계 혹은 학계가 존 파울즈를 무시했던 이유는 바로 1960년대 영국의 비평적 풍토가 축소지향적이었던 것에 비해 파울즈는 소설 창작의 본질과 과정 등에 대한 치열한 탐색 등 다른 지역, 특히 미국에서 발견되는 미학적 반성을 강조하거나 관심을 보였기 때문이라고 지적하였다(259). 한편 영국의 비평가들이 파울즈에 대해 합당한 비평적 관심을 갖기 시작한 것은 1969년 『프랑스 중위의 여자』가 출간되어 성공을 거둔 이후라는 견해에 많은 연구자들이 동의하는 형편이다.

수사나 오네가(Susana Onega)는 파울즈에 대한 연구의 특징으로 상호모순적인 연구 성과가 제출된다는 점과 연구 주제의 범위가 놀랄 만큼 광범위하다는 점을 지적하였다.

> 또 다른 특징은 각각의 소설에 접근하는 비평적 그리고 총체적 관점이 놀라울 정도로 광범위하다는 점이다. 프랑스 실존주의, 고딕 양식과 감상주의, 그리고 중세의 전통으로 변주되는 로맨스 문학, 전원시, 추리소설과 공상과학소설, 프로이트와 융의 심리분석, 사디즘과 포르노그래피, 선불교, 캠벨과 프레이저의 신화, 고전적 리얼리즘, 누보로망, 포스트구조주의와 해체주의 이론, 역사주의, 습작 소설, 음악과 조형미술 [. . .] 이런 것들이 파울즈에 대한 중요한 비평적 관심이었다. ("Self, World, and Art" 30)

오네가의 언급이 파울즈 문학세계의 다양성과 다층성에 대한 적절한 평가이기는 하지만 등단 이후 적어도 1990년대 초반에 이르기까지 파울즈에 대한 연구는 '실존주의'와 '메타픽션'이라는 두 개의 축을 중심으로 전개되어왔다고 말할 수 있다.

파울즈는 인터뷰 등을 통해 자신의 철학과 세계관을 적극적으로 피력한 작가에 속하는데 여러 차례 자신이 카뮈(Albert Camus)와 사르트르

(Jean-Paul Sartre) 등 프랑스 실존주의 작가들의 영향을 받았다고 고백했다. 또한 1971년 핼펀(Daniel Halpern)과의 인터뷰에서 그가 소설을 통하여 표현하고자 했던 지속적인 관심사가 무엇인지 질문을 받았을 때, 파울즈는 '자유'(freedom)와 '선택'(choice)이라는 주제어를 제시했다.

> 그것은 자유입니다. 인간이 어떻게 자유를 성취하는가 하는 문제 말입니다. 그 주제가 나를 사로잡고 있습니다. 사실 내 모든 작품은 이 주제를 다루고 있습니다. 진정한 자유의지가 존재하는 것일까? 우리는 진정 자유롭게 선택할 수 있는가? 자유롭게 행동할 수 있는가? 선택은 가능한가? 어떻게 선택하는가? (45)

작가 스스로 자신의 문학사상을 이렇게 밝힌 이후 파울즈에 대한 연구는 주로 '개인의 자유'와 '실존적 자아 탐색'이라는 키워드를 중심으로 진행되었다. 1974년 파울즈에 대한 최초의 단행본 연구서인 『존 파울즈의 소설－전통, 예술, 고독한 자아』(*The Fiction of John Fowles: Tradition, Art, and thc Loneliness of Selfhood*)를 출판한 윌리엄 파머(William Palmer)가 "고독한 자아(Loneliness of Selfhood)의 탐구"를 파울즈 소설을 관통하는 중요한 주제로 적시한 이후 개인의 실존적 탐색과 이에 수반되는 자유와 책임, 그리고 선택의 존재론적 의미 등이 파울즈의 작품을 이해하는 핵심적인 주제가 되었다. 제프 랙함(Jeff Rackham)은 파울즈의 초기 세 장편소설인 『콜렉터』와 『마법사』, 그리고 『프랑스 중위의 여자』를 "실존주의에 대한 은유적 탐구"(89)라고 진단하였고, 이 세 작품과 『흑단의 탑』, 『다니엘 마틴』 등 파울즈의 대표작들을 분석한 『존 파울즈』(*John Fowles*)의 「서론」에서 베리 올센(Barry N. Olshen)은 선택과 변화를 추구하는 인간의 자유의지에 대한 탐구가 파울즈 소설에서 지속적으로 제기되는 중요한 주제라고 지적하였다(11-12). 파멜라 쿠퍼(Pamela Cooper) 또한 1991년 출간한 『존 파울즈의 소설-권력, 창의성, 여성성』(*The Fictions of John Fowles: Power, Creativity, Femininity*)에서 "실존적 자유라는 주제"가 파울즈 비평의 중심이었다고 적시하고 "이 주제가 오랫동안 파울즈 전공 학자들이 가장 선호하는 비평적 탐구의 영역이었으며 실존주의 철학에 대한 그의 천착이 줄곧 토론되어 왔다"(7)고 정리하였다.

파울즈 연구의 또 하나의 축은 그를 포스트모더니즘 시대의 특징적인 메타픽션 작가로 자리매김하는 것이었다. 파울즈가 그의 작품들에서 독창적으로 실험한 다양한 소설 기법은 연구자들의 특별한 관심과 비평의 대상이 되어 왔는데, 대단히 다양한 스펙트럼을 갖고 있다. 작가로서의 이력 초기인 1964년, 그는 『콜렉터』를 설명하면서 "이제 우리는 영국 소설의 위대한 전통, 곧 사실주의로 복귀할 필요성이 있다"(Newquist 220)고 역설했고, 중요한 작품을 모두 발표하고 난 뒤인 1985년 바넘(Carol M. Barnum)과의 인터뷰에서, 당시 유행하던 해체주의와 구조주의 등이 지나치게 지성적인 것을 강조하는 경향을 자신이 『만티사』에서 조롱의 대상으로 삼았다고 고백하기도 했다(198).

앞서 언급한 핼펀과의 인터뷰에서 파울즈는 자신의 문학사상을 다음과 같이 정리하고 있다.

> 저는 소설의 스타일이나 테크닉에 지나치게 경도된 작가들을 갈수록 혐오하게 됩니다. [. . .] 화가들이나 다른 예술가들도 마찬가지이지만 제 생각에 우리 소설가들은 형식이 아니라 내용으로 돌아가야 합니다. 물론 스타일은 모든 예술가들의 핵심적인 관심사이기는 하지요. 그런데 저는 그렇게 생각하지 않아요. 저는 기교가 아주 뛰어나면서 인간성이 저조한 작가들을 정말 좋아하지 않아요. (36)

이 인터뷰에서 언급한 '인간성'(humanity)은 기법이나 형식의 상대적 개념인 철학과 사상, 주제를 의미하는 것으로 보인다. 이처럼 사실주의로의 복귀를 강조하고 구조주의 이후의 지성적 풍토를 거부하는 작가의 태도는 파울즈가 19세기 사실주의 소설가들과의 친화성을 가진 전통주의자이며 모럴리스트라는 인상을 갖게 한다.

그런데 파울즈가 과거의 소설 문학 전통으로부터 많은 영향을 받았고 소설의 도덕적, 예언적 기능에 대해 낙관적인 전망을 견지하기는 했지만, 그는 과거 문학 전통과 유산을 그대로 모방하는 대신 그것을 즐겨 왜곡하거나 패로디의 소재로 사용했다. 파울즈가 중요한 작품에서 보여준 복수 시점의 사용, 전기적 작가의 개입, 복수 결말의 제시, 그리고 의도적이고 도발적인 작가-등장인물의 설정 등은 19세기 사실주의 소설과는 뚜렷이 구별되는 특징이며 파울즈가 제임스 조이스(James Joyce)나 버지니아 울프(Virginia Woolf) 등을 계승한 실험주의자의 면모를 갖고 있음을 증명한다.

인터뷰 등을 통해 피력한 작가 자신의 철학과 실제 작품에서 보여준 디채로운 실험 등은 때로 상호모순적이기도 해서 그의 예술론을 규명하는 데 혼란과 장애를 제공하고 다양한 해석을 낳기도 했다. 파울즈의 소설들이 갖는 역사성과 사실주의 전통에 주목한 비평가들은 그를 전통주의자로 부른다. 파울즈의 초기 작품들에 대한 서평에서 월터 알랜(Walter Allen)은 『마법사』를 "고딕소설"(Gothic novel)로, 『프랑스 중위의 여자』를 "역사소설"(historical novel)(66)로 분류하였다. 존 오어(John Orr)는 파울즈의 성취를 "사실주의 소설의 재건"(reconstructed realism)(189)으로 보았고, 사이먼 러브데이(Simon Loveday)는 파울즈 소설을 일관하는 구조적 특성을 로맨스 문학 전통으로 해석했다.

현대의 소설가 가운데 파울즈는 지적인 면모가 아주 돋보이는 작가이다. 『마법사』에서 파울즈는 유럽의 역사와 고금의 예술사, 비교(The occult)

전통에 대한 해박한 지식을 자랑했으며, 『프랑스 중위의 여자』에서는 모두 80개의 제사(epigraphy)를 사용하면서 셰익스피어(William Shakespeare)와 세르반테스(Miguel de Cervantes)로부터 프로스트(Marcel Proust)까지에 이르는 수십 명의 작가들과, 칼 마르크스(Karl Marx)와 찰스 다윈(Charles Darwin), 사드(Donatien Alphonse François Sade), 그리고 사회과학 저술 등을 인용하며 자신의 지적 편력을 유감없이 과시하고 있다. 파울즈의 이러한 특징은 올센으로 하여금 그의 소설을 "역사적 상상력의 산물"(64)로 평가하게 했고, 랙함은 『프랑스 중위의 여자』를 "빅토리아 시대 영국인들의 생각과 삶을 기록한 충실한 사료집"(98)이라 불렀다.

이상 언급한 비평가들 외에도 파울즈의 독창적인 형식적 특징을 비평가들은 다양한 용어로 표현했다. 파머는 파울즈가 과거의 문학 전통을 수용하면서 동시에 거부한 점을 '기형'(an anomaly) 혹은 '문학적 모순법'(a literary contradiction)이라 불렀고(3), 파울즈가 『프랑스 중위의 여자』에서 보여주는 서술 양식과 작가 개입에 대한 다층적인 형식적 실험을 엘리자베스 랜킨(Elizabeth Rankin)은 "은폐색"(cryptic coloration)(196)이라는 용어로 설명했으며, 『마법사』에서 펼치는 삶과 예술에 대한 현란한 유희를 피터 울프(Peter Wolfe)는 "양식적 다원주의"(polystylism)(23)로 명명하였다.

한편 파울즈의 주제와 기법에서 발견되는 현대성에 주목하는 비평가들은 그를 포스트모더니즘 시대의 특징적인 표현 양식인 메타픽션의 대표적인 작가로 평가하기도 한다. 앞서 언급한 연구서에서 파머가 파울즈의 소설 세계를 개관하면서 이미 메타픽션이라는 용어를 사용했지만(3), 그에게 메타픽션의 대표 주자라는 지위를 부여한 것은 1978년 린다 허천(Linda Hutcheon)이 쓴 한 편의 영향력 있는 에세이였다. 이후 1982년 출간된 피터 콘라디(Peter Conradi)의 『존 파울즈』(*John Fowles*)를 위시한 많은 연구서들이 파울즈를 아이리스 머독(Iris Murdock)과 존 바스(John

Bath), 토마스 핀천(Thomas Pynchon), 그리고 블라디미르 나보코프(Vladimir Nobokov) 등과 함께 소설의 새로운 전통을 모색하는 실험적인 작가로 평가해 왔다. 콘라디는 위 저서에서 『콜렉터』를 토마스 하디(Thomas Hardy)가 『사랑받는 사람들』(*The Well-Beloved*)에서 보여준 창조성의 원천에 대한 일종의 메타픽션으로 해석하고, 『마법사』를 리얼리즘 전통에 대한 획기적인 메타소설로, 그리고 『프랑스 중위의 여자』를 파울즈의 가장 적극적인 메타픽션으로 규정하고 있다. 퍼트리샤 워(Patricia Waugh) 또한 1984년 발행한 자신의 『메타픽션』(*MetaFiction: The Theory and Practice of Self-conscious Fiction*) 첫 페이지에서 로렌스 스턴(Laurence Sterne)과 B. S. 존슨(B. S. Johnson), 도널드 바셀미(Donald Barthelme)와 더불어 파울즈의 작품 일부를 인용함으로써 메타픽션 작가로서의 파울즈의 위상 정립에 기여했다.

메타픽션 작가로서 파울즈에 대한 논의는 주로 『마법사』와 『프랑스 중위의 여자』를 대상으로 진행되어 왔는데, 이 경우 작가가 이 작품들에서 구사하고 있는 다양한 형식적인 실험의 양상과 그 기능이 연구의 대상이 된다. 현실과 가상의 경계를 무너뜨리는 현란한 유희, 동일한 사건을 두 당사자가 다른 시각에서 중복서술하는 방식, 사실주의 소설의 기본적인 전제에 대한 의도적인 왜곡, 작가-내레이터의 노골적인 개입, 복수 결말의 제시와 독자의 참여 유도, 소설과 소설가의 지위에 대한 자의식적인 성찰 등이 그 목록에 해당한다.

1990년대 말에 이르러 파울즈의 사상과 예술에 대한 새로운 평가가 시도되었는데, 그것은 주로 1970년 이후 이루어진 파울즈의 문필 활동에 주목하여 자연주의자 혹은 박물학자로서 파울즈의 진면목을 조명하려는 노력이었다. 파울즈에 대한 연구 초기에 해당하는 1990년대 말까지 존 파울즈에 대한 특집호를 발간한 전문 학술지는 모두 3종이었다. 『현대 문학 학술지』(*Journal of Modern Literature*)가 1980-81년 제8권 2호에서 존 파울즈를 특집으로 다루었고, 『현대소설연구』(*Modern Fiction Studies*)는 1985년 봄 제31권 1호를 파울즈 특집호로 냈다. 이후 『20세기 문학』(*Twentieth Century Literature*)이 1996년 봄 제42권 1호를 파울즈 특집으로 발행했는데, 그 서문에서 편집자인 제임스 베이커(James R. Baker)는 이 특집호를 기획한 의도를 "소설가와 단편 소설 작가로서뿐만 아니라 에세이 작가, 시인, 번역가, 여행자, 자연주의자 등 복합적인 이미지의 파울즈에 대한 연구 성과를 집대성할 계획이었다"고 밝히고 있다(1). 베이커가 "그동안의" 연구 성과를 집대성할 기획 의도를 밝힌 만큼 이 특집호가 발행된 1996년을 파울즈 연구의 새로운 경향이 시작된 시점으로 간주하는 것은 무리일 것이다. 그러나 20세기 후반 영국의 소설 문학을 대표하는 작가로 평가되어 온 파울즈를 소설가 이외의 "복합적인 이미지" 즉 "시인, 번역가, 여행자, 자연주의자"의 면모로 정리하겠다는 의도는 파울즈에 대한 비평의 영역을 크게 변화시키고 확대한 중요한 선언으로 여겨진다.

제2절 영국소설문학사와 존 파울즈

1963년 첫 작품을 발표한 파울즈를 많은 비평가들이 주목하는 이유는 그가 동시대 영국의 소설가들과 다른 면모를 갖고 있었기 때문이다. 영국의 소설 문학은 시 혹은 드라마와 비교했을 때, 세계문학사에서 좀 더 중요한 지위를 차지하고 있는 것처럼 보인다. 세르반테스가 1605년 『돈키호테』(*Don Quixote*)를 발표한 이후 백 년이 넘는 기간 동안 유럽의 여러 나라에서는 새로 형성된 독서 대중의 기호에 영합하는 남녀 간의 사소하고 저속한 애정 행각을 다룬 저급한 이야기체 문학이 유행했었다. 18세기 영국에서는 이안 와트(Ian Watt)가 『소설의 발생』(*The Rise of the Novel*)에서 지적한 것처럼 다니엘 디포(Daniel Defoe)와 사무엘 리차드슨(Samuel Richardson), 헨리 필딩(Henry Fielding), 그리고 로렌스 스턴 등이 "철학적 사실주의"를 "형식적 사실주의"로 발전시키려는 노력을 경주하였고 이러한 노력이 근대소설의 발생을 가져오게 했다(9-37).

영국을 제외한 다른 나라의 작가 가운데 19세기가 개막되기 전까지 세계의 소설문학사에 이름을 남긴 인물들은 『클레브 공작부인』(*La Princesse de Clèves*)을 쓴 프랑스의 라 파예트 부인(Marie-Madeleine de La Fayette)과 『마농 레스코』(*Manon Lescaut*)의 저자인 프랑스의 아베 프레보(Abbé Prévost), 그리고 『젊은 베르테르의 슬픔』(*Die Leiden des jungen Werthers*) 등을 쓴 독일의 대문호 괴테(Johann Wolfgang von Goethe) 정도였다. 19세기 빅토리아 시대의 영국은 제인 오스틴(Jane Austen)과 찰스 디킨스(Charles Dickens), 브론테(Brontë) 자매, 조지 엘리엇(George Eliot), 조지 메러디스(George Meredith), 윌리엄 새커리(William Makepeace Thackeray), 그리고 토마스 하디로 이어지는 소설 문학의 전성기를 구가했고 리비스(F. R. Leavis)는 이를 '위대한 전통'(Great Tradition)으로 명명하였다.

20세기 초에 이르러서도 D. H. 로렌스(D. H. Lawrence)와 버지니아 울프, 제임스 조이스 등 영국 모더니즘의 대가들은 도덕적 치열함과 지적인 복잡성, 그리고 혁신적인 실험 정신을 통해 세계 문학을 선도하는 지위를 유지하였다. 그에 비해 제2차 세계대전 이후 영국소설은 빅토리아 시대 선배들의 원대한 세계관이나 모더니스트들의 위대한 실험 정신의 유산을 계승하지 못한 채 삶에 대한 제한적인 비전과 빈약한 예술적 실험 정신에 갇혀서 소설 문학을 영국의 문학사상 가장 열악하고 왜소한 모습으로 만들고 말았다는 비난을 받아왔다. 포스트모더니즘 소설이 활발하게 생산되었던 미국이나 '누보로망'(nouveau roman)의 성과를 만들어낸 프랑스와 비교했을 때, 20세기 후반의 영국소설은 그것이 담고 있는 주제 의식의 무게나 예술적 표현 양식에 있어서 정체와 퇴보의 국면에 처해 있었다는 평가가 타당한 것처럼 보인다.

20세기 후반에 인류가 맞이한 새로운 지적 환경과 소설가들이 직면한 다양한 딜레마에 대응하는 영국 소설가들의 노력은 동시대 유럽과 미국의 작가들과 비교했을 때, 소극적이며 방어적이었다는 평가가 주를 이룬다. 이 시기에 영국소설이 이처럼 저조한 성과를 기록한 원인을 변화와 혁신보다 전통과 현상 유지를 선호하는 영국인의 기질과 사실주의에 친화적인 영국민의 예술적 취향으로 돌리는 시각도 있다. 1960년대 이후 유럽에서 부조리극이 전성기를 구가할 때도 영국의 무대는 엄숙한 사실주의 전통을 고수했고 누보로망과 포스트모더니즘의 유행이 미국과 유럽을 강타할 때도 영국인들이 이에 민감하게 반응하지 않았던 것은 사실이다. 한편 실험성의 부족을 퇴보와 침체로 볼 수 없다는 견해도 있고, 1960년대 이후 영국소설에 실험성이 부족하지 않았다는 주장도 제기되기도 한다.

프레더릭 칼(Frederick Karl)은 제2차 세계대전 이후 영국소설을 20세기 초 30년 동안의 업적과 비교하면서 조이스의 『율리시즈』(*Ulysses*) 이후 영국소설은 그것이 담고 있는 세계관의 규모와 소설 형식에 대한 실험 정신에 있어서 위축과 정체의 시기에 해당하며 영국소설의 위대한 전통으로 회복하는 일이 실제적으로 불가능하게 되었다고 진단하였다(3). 그는 특히 그레엄 그린(Graham Greene)과 스노우(C. P. Snow), 조지 오웰(George Orwell), 그리고 조이스 케리(Joyce Cary) 등의 소설가들이 모더니스트 선배들의 치열한 지적 탐구 정신을 물려받지 못한 채, 실험적인 소설의 유용성을 불신하고 빅토리아조 후기의 서술 양식을 답습하는 퇴행을 보이고 있다고 지적하였다(4).

제임스 진딘(James Gindin) 또한 현대 영국 소설가들의 한계를 주제의식의 협소함과 실험 정신의 빈약함을 들어 비난하였다. 그는 존 웨인(John Wain)과 윌리엄 골딩(William Golding), 아이리스 모덕, 킹슬리 에이미스(Kingsley Amis) 그리고 엥거스 윌슨(Angus Wilson) 등의 소설을 논의하면서 다음과 같이 지적하고 있다.

> 이들 작가 대부분은 자신들의 문제를 직접적으로 묘사하려고 노력하면서 20세기 전 세대 작가들이 선호했던 기법적 혁신과 같은 방식을 회피하는 입장을 취했다. [. . .] 이들은 종종 의도적으로 낡고 관습적인 산문 기법을 다시 사용하기 위해 노력했다. [. . .] 이들의 형식적 보수주의와 구세대 소설 전통을 회복하려는 시도와 더불어 인간의 한계에 대한 고집스러운 주장, 희극적 인생관, 불안정하고 소극적인 태도 등은 우리가 흔히 18세기 작가들에게 적용하는 특징들은 회상케 한다. (10-11)

또한 벨(Pearl K. Bell)은 「영국의 질병」("The English Sickness")이라는 논문에서 현대 영국의 중요한 소설가 가운데 리비스의 캐논(Leavisite canon)

에 포함될만한 업적을 남긴 작가는 한 사람도 없다고 한탄하기도 했다.

> 우리가 연구의 범위를 로렌스 이후의 세대로 국한해서 살펴보더라도 1930년대 중반부터 제2차 세계대전이 종식되고 10년이 지난 시기까지–이 시기는 바로 이블린 워와 그레엄 그린, 조이스 캐리, 크리스토퍼 이셔우드, 조지 오웰, 앤서니 파월, 그리고 『럭키 짐』을 쓴 젊은 킹슬리 에이미스까지에 이르는 소설의 전성기였는데–영국소설을 화려하게 장식했던 위트와 지성, 그리고 소설 기법상의 통제력이라는 보기 드문 광맥이 영국 재무성이 고갈된 것보다 더 심하게 고갈되었다는 것은 우울하지만 명백한 사실이다. 이 시기의 작품들은 최상의 경우라도 예이츠가 지적한 것처럼 신념의 결핍을 보였고, 최악의 경우는 과도한 열정적 격렬함으로 가득 차 있다. (80)

이들의 비판은 현대의 영국 소설가들이 그들 앞에 제시된 새로운 리얼리티를 재현할 새로운 방법론을 찾는 도전을 회피하고 시대를 거슬러 올라가 18세기와 19세기 사실주의 소설가들에게로 도피하였음을 지적한 것이다.

그런데 현대 영국소설에 대한 이러한 부정적인 평가는 주로 미국의 비평가들에 의해 제기되었던 측면이 있다. 이에 대한 반작용으로 주로 영국 출신의 비평가들을 중심으로 이와 같은 현대 영국소설에 대한 부정적인 견해를 반박하는 주장이 제기되었는데, 그 목소리는 두 갈래였다. 버나드 버건지(Bernard Bergonzi)는 라이오넬 트릴링(Lionel Trilling)과 오르테가 가세트(Jose Ortega y Gasset) 등이 제기한 "소설의 종말"이라는 구호를 수용하면서 현대 영국의 소설가들이 일견 참신성(novelty)과 활력을 결여하고 있는 것처럼 보이지만 이 참신성의 결함이 반드시 침체와 퇴보를 의미하지는 않는다는 입장을 취한다. 버건지는 리얼리즘의 건강성을 옹호하며 당대 미국과 유럽 대륙에서 유행하는 포스트모더니즘 계열의 소설가들이 형식-교묘한 기교-을 위해 내용-성격 창조와 플롯-을 희생하고 있음을 지적한다.

> 이러한 소설들은 갈수록 교묘한 기교를 위해서 내용의 풍성함을 포기해 왔다. 그리고 사소하고 의도적으로 평범한 특성을 채택했는데, 거기에는 전통적인 인간적 과제들과 감정들이 전혀 나타나지 않는 현상이 눈에 띈다. (101)

버건지는 현대 영국소설이 리얼리즘의 전통을 고수하고 있는 현상을 긍정적인 것으로 평가하였는데 이러한 견해는 데이비드 롯지(David Lodge)에게서도 발견된다. 버밍엄 대학 교수를 역임한 소설가이며 비평가인 롯지는 『교차로에 선 소설가들』(*The Novelists at the Crossroads*)에서 로버트 숄즈(Robert Scholes)와 알랭 르브그리예(Allan Robbe-Grillet)의 견해를 수용하여 현대소설이 리얼리즘으로부터 '우화적 소설화'(fabulation)와 '메타픽션'의 새로운 전통 쪽으로 차츰 전이되고 있음을 인정하였다. 그러나 곧이어 롯지는 사실주의 소설에 대한 자신의 개인적 취향과 사실주의 소설의 미래에 대한 온건한 믿음을 다음과 같이 피력한다.

> 나는 사실주의 소설을 좋아하며 늘 사실주의 소설을 쓰려고 노력하는 편이다. 앞서 논의한 많은 작가들에게 금지되었거나 회피의 대상이거나 혹은 장광설로 느껴지는 역사에 대한 일관된 입장과 견고한 사색과 같은 사실주의 소설 작법을 지배하는 문학적 어울림의 정교한 원리는 내 생각에는 대단히 가치 있는 원리이며 힘의 원천으로 여겨진다. (32)

버건지와 롯지 등이 리얼리즘 소설의 가치를 옹호함으로써 영국 현대소설의 위상을 변호하려 했다면, 최근 들어 일단의 비평가들은 소설 장르에 대한 의식적인 실험 정신이 영국의 현대소설에 결여되지 않았다는 주장을 펴기도 한다. 말콤 브래드버리와 데이비드 파머(David Palmer)는 함께 편집한 『현대영국소설』(*The Contemporary English Novel*)의 서문에서 영국 현대소설이 미국과 유럽 중심의 주류에서 벗어나 정체에 빠진 것으로 여겨지는 일반적인 인식에 의문을 제기하고 1960년대 이후의 영국소설에 새로운 국제적인 경향이 반영되었고, 그리하여 이 시기의 작가들, 즉 뮤리얼 스파크(Muriel Spark)와 아이리스 모덕, 그리고 앵거스 윌슨 등의 작품을 논의하는 데 있어서 "형식의 실험"이 대단히 중요한 비평의 기준이 된다고 주장하였다(9-13).

또한 랜달 스티븐슨(Randall Stevenson)은 영국의 모더니즘 소설과 포스트모더니즘 소설의 연속성을 연구하면서 영국소설에 있어서 "실험성"의 특징이 단절되지 않고 제임스 조이스로부터 사무엘 베케트(Samuel Beckett)와 플랜 오브라이언(Flann O'Brien), B. S. 존슨, 로렌스 더렐(Lawrence Durell) 그리고 존 파울즈에 이르기까지 계승되는 양상을 보이고 있다고 주장하기도 한다(219-24). 로널드 빈스(Ronald Binns) 또한 "세계대전 이전의 실험주의"에서 "전후의 사실주의"로의 변화를 현대 영국소설의 양상으로 파악하는 전통적인 견해가 이 시기 동안 실험적인 소설을 썼던 많은 작가들—윌리엄 골딩과 로렌스 더렐 등—의 업적을 오판하거나 간과하는 결과를 가져왔다고 지적하였다("Beckett, Lowry and the Anti-Novel" 89).

20세기 후반의 영국 소설가들에게 전시대 모더니스트들의 실험 정신과 당대 유럽과 미국에서 유행했던 소설의 새로운 형식에 대한 치열한 탐색이 결여되지 않았다고 주장한 이론가들은 특히 파울즈의 업적에 주목한다. 1965년 파울즈가 두 번째 소설 『마법사』를 발표했을 때, 「더

타임스」는 장문의 서평을 통해 파울즈를 "전후에 등단한 [영국의] 작가들 가운데 가장 독창적이고 장래가 촉망되는, 그리고 위대한 영국 문학의 전통을 가장 확실하게 재창조해 나갈 수 있는 작가"로 주목했고, 브래드버리와 파머는 파울즈를 1960년대 작가군 가운데 가장 흥미 있고 뛰어난 재능을 지닌 작가로 평가하기도 한다(13).

소설의 형식에 관한 파울즈의 철학을 일목요연하게 정리하는 일은 쉽지가 않다. 앞에서 살펴본 것처럼 파울즈는 인터뷰 등을 통해 비교적 적극적으로 자신의 예술관을 피력했는데, 이러한 작가 자신의 언급은 이율배반적인 측면이 있어서 그의 예술철학을 규명하는 데 방해가 되거나 혹은 다양한 해석의 원인이 되기도 했다.

예술가로서 파울즈는 대단히 다채로운 모습을 보여준다. 그는 일반 독자들로부터 대중적인 인기를 누리면서 전문적인 문학 연구자들의 활발한 학술적 연구 대상이 되는 작가였다. 무엇보다 파울즈는 현대인의 주체적 자아의식의 확립에 깊은 관심을 가진 실존주의자였다. 그는 서구 문명에 대한 해박한 이해와 광범위한 독서를 비탕으로 참으로 다양하고 논쟁적인 문제들을 작품의 주제로 다루고 있다. 유럽의 현대사와 현대인의 존재 양식에 대한 움베르토 에코(Umberto Eco) 풍의 치열한 탐색, 진화와 퇴화, 예술과 과학, 여성성과 남성성, 초자연적인 권력과 인간의 자유의지, 실재와 가공의 세계 사이의 복잡한 게임, 사랑과 소유, 자유와 선택, 욕망과 책임 등 20세기 지성사에 등장하는 수많은 주제들이 그의 작품에서 다루어진다. 이와 같은 파울즈의 주제들은 1950년대부터 작품을 쓰기 시작한 그가 당대 인류가 직면한 복잡하고 모순적인 문제들을 외면하거나 회피하지 않고 그 문제들과 직접 대면하여 치열한 탐색을 수행하였음을 보여준다.

한편 소설 기법적인 차원에서 이야기할 때, 파울즈는 전통과 혁신의 교차로에 선 작가처럼 보인다. 그는 사실주의 소설 양식의 유용성을 신봉하는 전통주의자로 평가받는가 하면, 포스트모더니즘 시대의 특징적인 표현 양식인 메타픽션의 대표적인 작가로 거론되기도 한다. 파울즈는 소설 장르의 도덕적, 예언적 기능에 대해 낙관적인 전망을 견지하며 소설이 모름지기 사실주의적 기법으로 쓰여야 한다고 주장한 리얼리스트이며 전통주의자였다. 한편 소설 장르의 미래에 대해 예민한 문제 의식을 갖고 있었던 파울즈는 포스트모던 시대를 살아가는 작가로서 무엇보다 새롭게 인식된 리얼리티를 미학적으로 재현하는 문제에 대해 고민했다. 그가 작품 속에 차용하고 있는 이중적인 서술 양식, 픽션과 리얼리티의 경계를 의도적으로 허무는 실험, 소설 창작 행위에 대한 자기반영적 태도, 복수 결말의 제시를 통한 독자와의 유희 등은 실로 현대 소설가들이 직면하고 있는 "새로운 리얼리티를 재현하는 방식"이라는 딜레마에 대한 파울즈의 대응에 해당하는 것이었다.

제3절 자연주의 박물학자 존 파울즈

소설가 이외에 존 파울즈가 가진 가장 중요한 이미지는 자연주의자의 풍모이다. 파울즈는 자신이 태어난 레이-온-씨 인근 마을에 위치한 앨린 코트 초등학교를 다니게 되었는데, 이 학교에는 그의 외삼촌과 이모가 교사로 재직하고 있었다. 그의 외삼촌은 어린 조카를 레이-온-씨 외곽의 전원으로 데리고 다니며 자연학습을 시켰고 파울즈는 자연의 생태와 환경, 작은 벌레들과 다양한 식물들에 익숙해지는 소중한 체험을 하게 된다. 파울즈가 12세에 처음 썼다고 알려진 「초등학생을 위한 곤충학」("Entomology for the Schoolboy")이라는 에세이는 꿀과 맥주를 혼합한 것을 나무에 발라 나방을 잡는 방법을 상세히 설명하고 있는데, 이는 소로우(Henry David Thoreau)를 연상케 할 만큼의 자연에 대한 이해와 적응력을 파울즈가 체득했던 것을 보여주는 일화이다.

파울즈는 1939년 베드퍼드 학교에 입학하는데, 영국의 공직자를 양성하는 것으로 알려진 이 명문 학교는 파울즈에게 시련으로 다가왔다. 그는 학교생활에 잘 적응하지 못하고 1년 만에 휴학을 하게 되었고, 1941년 재등록을 하지만 휴가와 방학을 가족과 함께 보내는 데번(Devon)주의 이플펜(Ippelpen)을 마음의 피난처로 삼았다. 10대의 소년이었던 파울즈는 고통스러운 학업을 참고 견디며 방학이 되면 이플펜이 제공하는 전원의 평화, 자연 속에서 체험하는 경이로움, 동물과 식물에 대한 탐구 등을 위로와 보상으로 여겼던 것이다. 그러나 베드퍼트에서의 학창 시절이 파울즈에게 실패로만 기록되지는 않았고 그는 학업과 운동 등에서 두각을 나타냈으며 학교 크리켓팀의 주장과 학생회장을 맡았던 것으로 알려졌다.

파울즈의 유소년기 체험은 훗날 그가 소설가로서 명성과 부를 얻자

마자 도시의 삶을 포기하고 도싯(Dorset) 지방의 라임 레지스로 은거하게 하는 동력이 되었다. 대학을 졸업한 뒤 파울즈는 프랑스와 그리스 등지에서 교사로 재직했고, 런던으로 복귀한 1954년부터는 대학에서 가르쳤다. 그러나 소설가로서의 성공이 그에게 은퇴의 가능성을 제공한 순간, 그는 망설임 없이 일견 쉽지 않은 도시탈출을 실행했던 것이다.

1965년 런던을 떠난 파울즈는 도싯주의 언더힐(Underhill)에 위치한 벨몬트 하우스(Belmont House)를 구입하여 은둔의 삶을 영위한다. 이곳에서 살면서 마을의 정치적인 사건에 간혹 개입하기도 하고, 편집자들과 서신을 주고받고, 자연 보호 운동에 참여하기도 하지만, 라임 레지스에서의 파울즈의 삶은 전반적으로는 은둔의 삶이었다고 평가할 수 있다. 이 기간 동안 그가 참여했던 가장 적극적인 사회 활동은 1979년부터 가벼운 심장마비를 겪은 1988년까지 맡았던 라임 레지스 박물관의 큐레이터직이었다. 비록 타이틀 앞에 "명예"(Honorary)라는 칭호가 붙기는 하였지만 파울즈는 이 역할을 상당히 적극적으로 수행했던 것으로 보인다. 지역의 작은 박물관에 실제적인 변화를 불러일으키며 후원자와 기금을 모으고 특별전시회를 기획하기도 했다.

이 시기에 파울즈는 『스톤헨지의 수수께끼』(*The Enigma of Stonehenge*, 1980)와 『라임 레지스 약사』(*A Short History of Lyme Regis*, 1982)를 비롯한 몇 편의 지방 역사에 대한 소책자를 집필하기도 했다. 전원의 삶을 즐기며, 자연과 환경, 생명과 생태에 대한 깊은 관심과 애정을 실천했던 파울즈는 자연주의자이며 박물학자였다. 유년기의 체험에서 비롯된 파울즈의 자연애호 사상은 과도한 물질주의와 문명화, 도시와 세속적인 욕망 등에 대한 환멸과 거부의 몸짓이었던 것으로 이해된다. 그 대안으로 그는 동물과 식물, 새와 벌레, 섬, 자연 현상과 전원의 풍광에서 위로와 보상을 찾았던 것으로 보인다. 포스터(Thomas C. Foster)는 파울즈의 자연주의 사상과 그의 삶, 그리고 문학의 관계를 다음과 같이 설명한다.

> 첫 작품이었던 『콜렉터』로부터 마지막 소설인 『유충』까지 파울즈는 개인의 급진적인 자율성과 순응의 위험성, 그리고 자연 세계 속에서 인간성의 위상에 대해 지속적인 관심을 보였다. 영국의 야생에 대한 그의 사랑은 심지어 자신의 작은 정원이 야생의 상태로 되돌아가는 것을 허용할 만큼 천연의 아름다움을 간직한 지역을 보호하려는 노력으로 이어졌고, 동시에 그의 소설에서도 반복적으로 나타나는 핵심적인 주제였다. (3-4)

파울즈의 자연관과 소설의 관계에 대한 연구서로는 제임스 오브리(James R. Aubrey)가 편집한 『존 파울즈와 자연-풍경에 대한 14가지 시선』(*John Fowles and Nature: Fourteen Perspectives on Landscape*)과 토마스 윌슨(Thomas M. Wilson)의 저서 『존 파울즈의 반복되는 녹색의 우주』(*The Recurrent Green Universe of John Fowles*) 등이 있다. 이 책들은 각각 1999년과 2006년 출간되었다. 파울즈의 자연에 대한 애정과 생태에 대한 관심, 물질주의와 기계화 등 현대 문명에 대한 거부감은 그의 소설에 지속적으로 나타나는 주제가 되었다.

파울즈가 도시와 전원을 대립적인 구도로 설정하고 전자를 부정적으로, 후자를 긍정적으로 묘사했던 것은 아주 단순한 도식에 속하는 문제이다. 『프랑스 중위의 여자』에서 런던은 주인공인 찰스(Charles Smithson)가 귀족 친구들과 어울리며 일탈을 일삼고 창녀를 만나는 공간이다. 그곳은 또한 그에게 모멸감을 안겨주는 어네스티나(Ernestina)의 아버지 프리먼(Mr. Freeman)의 상업주의가 지배하는 곳이기도 한다. 라임의 소읍은 빅토리아 시대의 위선과 언더클리프(Undercliff)의 야생의 생명력이 충돌하는 곳이다. 언더클리프와 웨어커먼스(Ware Commons)의 숲을 마을의 주민들은 죄악과 불륜의 장소로 백안시하지만 그곳에서 찰스는 사라(Sarah Woodruff)의 참된 모습을 발견하고 그녀와 소통하는 체험을 한다. 『마법사』에서 런던은 니콜라스(Nicholas Urfe)가 무책임한 방종과 의미 없는 애정 행각을 벌이는 무기력하고 권태로운 도시이다. 그곳을 벗어나 니콜라스가 도피처로 삼았던 그리스의 프락소스(Phraxos) 섬과 보라니(Bourani) 곶은 콘시스(Maurice Conchis)의 "신의 유희"가 작동하는 곳이며 상상력과 생명력이 활력을 발휘하는 공간이다.

파울즈는 자신이 체험한 공간과 지리를 즐겨 소설의 배경으로 삼았다. 그가 대학 시절 여행을 통해 체험했던 북유럽의 풍광은 『마법사』에서 콘시스가 꾸며낸 이야기 속의 툰드라 지역으로 재생되었고 그리스의 외딴 섬도 작가 자신이 실제로 경험한 세계를 모델로 한 것이었다. 대표작인 『프랑스 중위의 여자』는 그가 은둔했던 라임 레지스를 배경으로 펼쳐진다.

제4절 주요 작품 소개와 비평적 평가

(1) 『콜렉터』

파울즈가 1963년에 『콜렉터』를 첫 작품으로 발표했지만, 이때 그는 이미 『마법사』를 포함한 몇 작품의 습작 원고를 갖고 있었던 것으로 알려져 있다. 이 작품을 먼저 출판한 것에 대해 작가는 "다른 작품들의 규모가 지나치게 방대해서 그 작품들을 표현할 적절한 테크닉을 갖추지 못한 것에 비해 『콜렉터』는 수월하게 출판할 만한 내용이었다"(Boston 2)고 고백함으로써 작가로서의 입신에 대한 조바심이 동기였음을 인정했다. 또한 오네가와의 인터뷰에서 자신이 헝가리의 작곡가 바톡(Béla Bartók)의 오페라 『푸른수염 영주의 성』(*Bluebeard's Castle*)에서 이 작품의 힌트를 얻었고 당시 런던 남부에서 한 소녀가 한 젊은이에게 납치되어 방공호에 감금되었다가 3개월 만에 구조된 사건에 자극을 받았다고 밝히기도 했다(*Form and Meaning* 188-89).

『콜렉터』는 납치와 감금, 그리고 길들이기 이야기다. 이 소설에서 '수집광'은 프레더릭(Frederick Clegg)인데, 중하류층 출신의 고아이면서 무지몽매하고 위선적인 애니 숙모(Aunt Annie)와 소아마비 장애를 가진 사촌 메이블(Mabel)과 함께 살고 있다. 런던 근교의 작은 시청 사무원으로 일하는 프레더릭은 사회적 신분에 대한 열등의식과 개인적 부적응, 그리고 실패에 대한 두려움으로 미래와 성공에 대한 전망을 갖지 못한 채 암울한 나날을 보내고 있다.

이처럼 무료한 삶에 지쳐있던 프레더릭은 지난 5년 동안 매주 구입해 오던 축구복권에 당첨되어 천문학적인 돈을 받게 되면서 인생의 전기를 맞는다. 숙모와 사촌에게 적당한 돈을 주어 호주로 보내고 프레더릭은 오랫동안 환상 속의 연인으로 흠모해왔던 젊은 미술학도 미란다(Miranda Grey)를 납치하려는 계획을 세운다. 프레더릭은 먼저 런던에서 남쪽으로 한 시간 거리에 있는 루이스(Lewes)시 외곽의-주변으로부터 철저하게 차단된-고가를 사들이고 자신의 계획에 맞추어 저택을 개조하는 일에 착수한다. 일어날 수 있는 모든 경우에 대비하여 치밀하게 지하실을 꾸미고 오랫동안 미란다의 주변을 맴돌며 동태를 살핀 끝에 마침내 클로로포름과 골목에 미리 준비해 둔 승합차를 이용하여 미란다를 납치한다.

이후 사건은 지극히 제한된 공간-프레더릭의 저택과 지하실-에서, 오직 두 인물-프레더릭과 미란다-이 등장하는 흡사 2인극과 같은 모습으로 진행되어 간다. 다른 모든 등장인물들은 이 두 주인공의 간접적인 언급이나 과거에 대한 회상을 통해 사소한 모습으로 등장할 뿐이다. 자신이 진정으로 대하면 결국 미란다의 사랑을 얻을 수 있으리라는 희망을 실현시키려는 프레더릭의 노력과 그의 장악으로부터 벗어나려는 미란다의 끈질긴 육체적, 정신적 시도가 이어진다. 대화 거부와 단식 등 갖가지 방법으로 미란다는 프레더릭을 궁지에 몰아넣으며 그림을 그릴 수 있는 화구들과 필기구 등 자신이 원하는 것을 쟁취하기도 하고 대화를 통해 그를 설득하고 회유하려고 노력하기도 한다.

여러 가지 시도 끝에 미란다는 지하실을 벗어나 위층 프레더릭의 욕실에서 목욕을 할 수 있는 권리를 획득하고 몇 번 무사히 그 행사를 마침으로써 프레더릭을 안심시킨 다음, 눈여겨 보아둔 계단 근처 화단의 손도끼를 사용해 기습적으로 프레더릭을 공격한다. 단 한 번의 타격이 프레더릭에게 큰 충격을 주었지만 미란다의 이 필사적인 시도는 프레더릭의 완력에 의해 좌절되고 만다. 자기를 감금한 프레더릭의 동기가 육체적 욕망일 수 있다고 생각한 미란다는 목욕을 마친 후 알몸 상태로 프레더릭에게 정사를 제안하는데 그 순간 프레더릭은 성불능(impotence)의 상태가 되어 성관계를 갖지 못하게 된다. 돈을 주고 거리의 여자를 사면 정상적으로 작동하던 프레더릭의 성기능이 미란다 앞에서 무력을 드러낸 것이다. 이야기는 미란다의 죽음으로 막을 내린다.

『콜렉터』는 4개의 장으로 구성되어 있는데 제1장은 프레더릭이 일인칭 시점으로 자신이 미란다를 납치한 후 그들 사이에 일어난 일들을 사실에 입각하여 무미건조하게 서술해 나가고, 제2장은 미란다의 일기 형식으로 자신의 과거에 대한 기억과 현재의 불행에 대한 심리적 반응 등을 고백해 나가는 방식으로 진행된다. 제3장과 제4장은 짧은 '후일담'과 같은 것인데 다시 프레더릭의 관점으로 돌아와 미란다의 발병과 죽음, 그리고 사후 처리와 최종적인 결심을 기술하고 있다. 『콜렉터』는 리틀 브라운 출판사 판본으로 본문의 지면이 모두 295쪽인데, 제1장이 118쪽, 제2장이 157쪽, 제3장이 17쪽, 그리고 제4장이 3쪽이다. 많은 비평가들이 1, 3, 4장에 펼쳐진 프레더릭의 내러티브가 2장 미란다의 일기를 에워싸고 있는 구조를 '프레더릭에 의해 감금된 미란다'라는 스토리 구성과 상동을 이룬다고 지적한다(Acheson 10; Lovedady 14).

『콜렉터』는 1994년 국내의 한 극단이 〈미란다〉라는 제목으로 공연했을 때 여배우가 전라(全裸) 상태로 무대에 등장하여 외설 시비를 불러왔을 정도로 통속적인 주제를 다루고 있다. 줄거리는 대단히 압축적이지만 사건의 구성이 단순하며, 작가가 후기 작품들에서 보여주는 치열한 주제 의식이나 작가 특유의 지적 유희, 그리고 실험적인 기법 등을 발견하기 어려워서 베스트셀러로서 거둔 성공에 비해 비평적 관심의 대상에서 제외되어 왔다. 요컨대 파울즈가 다른 작품에서 보여주는 "고양되고 세련된 문체"나 "주관적이고 형이상학적인 주제"가 이 작품에 결여되어 있다는 지적을 받았던 것이다(Bagchee 220).

『콜렉터』는 발표 당시 외설 문학이라는 오해를 받기도 했다. 이 작품이 채택하고 있는 아름다운 소녀를 납치하여 감금하고 길들인다는 모티브는 저급한 관심과 성도착증인 흥미를 자극하는 것도 사실이다. 하지만 이 작품에서 작가가 제시하고 있는 주제는 과학과 예술, 죽음과 생명의 갈등의 변주이며, 이는 현대 문명에 대한 작가의 철학과 긴밀히 연결되어 있고 이후 그의 모든 작품에 반복적으로 등장하는 주제이다. 나비수집광인 프레더릭이 희귀종 나비를 채집하여 분류하고 박제하는 과학적 마인드를 대표한다면 사물의 생명력을 포착하여 그 아름다움을 그림으로 그리는 미란다는 예술 정신을 대변한다고 볼 수 있다. 미란다는 상류계층의 '소수'이고 프레더릭은 하류계층의 '다수'에 속한다. 과학과 예술, 여성성과 남성성, 진화와 퇴보, 계층간의 갈등 등의 주제에 더하여 하나의 사건을 두 명의 당사자가 이중적으로 서술하는 독특한 서술 양식 등이 『콜렉터』의 중요한 연구 주제들이다.

(2) 『마법사』

1965년 발표된 『마법사』는 파울즈가 『콜렉터』보다 먼저 쓰기 시작한 작품으로 알려져 있다. 발표 당시 대단히 유혹적이고 놀라운 재미를 제공하는 작품으로 평가받았으며, 작가는 이후 10여 년의 노력을 기울여 1977년 개정판을 내놓는다. 이 개정판 『마법사』는 리틀 브라운 출판사 판본으로 656쪽에 달하는 방대한 소설이다. 소설은 전체 78개의 장, 3부로 나누어져 있는데 1장에서 9장에 이르는 제1부는 주인공 니콜라스의 런던에서의 삶을, 10장부터 67장까지 소설 전체 지면의 80%를 차지하는 제2부는 주인공이 영어 교사로 부임한 그리스 프락소스 섬에서 겪는 고통스럽고 혼란스러운 경험을 다룬다. 11개의 장으로 구성된 제3부는 다시 런던으로 돌아온 니콜라스가 그리스에서 겪은 자신의 경험을 되돌아보고 각성하는 모습을 그린다.

니콜라스는 육군 준장이었던 아버지와 "전형적인 장군의 아내"였던 어머니의 외아들로서 사립고등학교와 옥스퍼드 대학교에서 교육을 받았으나 "규칙"과 "전통" 그리고 "책임"을 강조하는 아버지나 전통적이고 보수적인 어머니와 어떤 정신적인 유대도 갖지 못했다. 그의 부모가 인도로 가는 비행기 추락사고로 사망했을 때, 니콜라스는 최초의 충격에서 벗어나자 "안도감과 해방감"을 경험했다고 고백한다(16).[2] 삶과 사랑에 대해 무책임하고 냉소적인 태도를 지닌 니콜라스는 권태에서 벗어나기 위해, 그리고 억압으로 느껴지기 시작한 동거녀 앨리슨(Alison Kelly)과의 관계를 정리하기 위해 로드 바이런 학교(The Lord Byron School)의 교사직에 자원하여 그리스로 부임한다.

프락소스 섬에서 니콜라스는 무미건조한 교사 생활로부터 탈출구를 찾아 섬의 구석구석을 탐험하기 시작하고 보라니(Bourani) 곶에서 외딴 절벽 아래 감추어진 듯 지어진 별장을 발견한다. 이후 니콜라스는 그 별장의 주인인 중년 신사－영국계 그리스인 백만장자－콘시스[3]의 '우연'을 가장한 기획에 이끌려 그와의 교제를 시작한다. 콘시스의 제안에 따라 니콜라스는 주말마다 그의 별장을 방문하여 콘시스의 과거 이야기를

---

2) 『마법사』의 본문은 별도로 표기하지 않는 경우 1977년 리틀 브라운 출판사의 개정판에서 인용한다.

3) Conchis를 연구자에 따라 '콘치스' 혹은 '콘키스'로 표기하고 있는데, 콘시스 스스로가 소설의 13장에서 "내 이름을 영국식으로 읽어주시오. 나는 ch를 부드럽게 발음하는 것이 좋아요"라고 했던 것과 프레슬리(Delma E. Presley)가 Conchis를 "human *consciousness*"로 해석했던(395) 입장을 수용하여 '콘시스'로 표기하기로 한다.

듣는다.

크게 네 개의 줄거리로 구성된 콘시스의 과거사에는 양차 세계대전 전후의 유럽 현대사와 예술과 문명의 역사, 서양 귀족의 삶과 문화, 전쟁과 비극적인 사랑, 절대적 고독, 인간의 자유의지와 실존적 선택 등 참으로 복잡한-파울즈의 지적 편력을 여실히 드러내는-주제들이 망라되어 있다. 콘시스의 첫 번째 스토리는 그의 런던에서의 청소년기를 다루는데, 순결한 약혼녀 릴리(Lily Montgomery)와의 교제, 제1차 세계대전에 참전하여 겪은 전쟁의 공포와 참화, 전장에서 무단이탈하여 두렵게 귀향한 뒤 릴리와 재회한 경험, 젊은 연인들의 순수했던 욕망, 그리고 릴리의 비극적인 죽음 등으로 구성되어 있다.

콘시스의 두 번째 스토리는 그가 파리에서 우연히 만난 알퐁스 드 뒤캉(Alphonse de Deukans) 백작과의 일화를 다룬다. 프랑스 동부에 거대한 고성을 소유한 뒤캉은 박물관을 방불케 하는 어마어마한 예술 작품과 서적, 악기 등을 수집했고 그와의 교제를 통해 콘시스는 음악과 예술에 대한 수준 높은 조련을 맞는다. 해고에 앙심을 품은 고용인의 방화로 뒤캉 백작의 성과 컬렉션이 모두 불타버리고 충격을 받은 백작은 적지 않은 재산과 악기를 콘시스에게 유산으로 남기고 비극적인 자살로 생을 마감한다.

1922년 무렵 콘시스가 노르웨이 툰드라 지역을 방문하여 조류 연구에 조예가 깊은 농부를 만났던 일화는 그의 세 번째 스토리이다. 세이데바레(Seidevarre)를 방문한 콘시스는 철저히 격리된 툰드라 숲속에서 구스타프(Gustav Nygaard)와 그의 젊은 형수, 그리고 형이 남긴 어린 남매가 기묘한 가족을 구성하고 사는 것을 목격한다. 구스타프의 도움을 받아 조류 생태를 연구하는 동안 콘시스는 실종되었다는 그의 형 헨리크(Henrik)가 시력을 상실하고 정신이 분열된 상태로 외딴 오두막에 살고 있음을 알게 된다. 그에게 의학적인 도움을 주기 위해 홀로 오두막을 찾아간 콘시스는 헨리크가 종교적 황홀경에 빠져있는 신비한 광경을 목격하고 그의 기습적인 공격을 간신히 피해 도망쳐 나온다.

제2차 세계대전 동안의 콘시스의 행적이 네 번째 스토리에 해당한다. 전쟁이 진행되면서 프락소스에 독일군이 진주하고 마을 사람들의 추천에 의해 콘시스는 읍장을 맡게 된다. 처음에는 문화적 소양과 인간에 대한 건강한 이해를 지닌 점령군 장교 안톤(Anton Kluber) 중위와 친밀한 관계를 유지하지만, 정보장교 출신인 빔멜(Dietrich Wimmel) 대령이 주둔군 사령관으로 부임하면서 콘시스는 고초를 겪는다. 때마침 섬에 잠입한 레지스탕스들이 독일군 병사들을 사살하는 사건이 벌어진다. 가혹한 소탕 작전을 벌인 끝에 그들을 검거한 빔멜 대령은 콘시스에게 이 레지스탕스들을 공개 처형하는 일을 맡기며 콘시스가 그 임무를 수행하지 않으면 마을의 젊은 남자 80명을 살해하겠다고 위협한다. 더 큰 희생을 막기 위해 콘시스는 자신의 손에 주어진 총을 격발하지만 빔멜의 음모대로 총은 발사되지 않았고, 콘시스는 포로들을 "때려죽여야"하는 야만적인 행위를 강요받는다. 결국 콘시스는 그 일을 거부하고 양민 80명과 함께 총격을 받았지만 기적적으로 홀로 살아남게 된다.

플롯이 진행되면서 니콜라스는 콘시스의 과거사를 듣고 별장에 머무는 동안 그 이야기의 중요한 사건들이 자신의 눈앞에서 연극의 형태로 재현되는 기묘한 체험을 한다. 콘시스가 언급한 희귀한 골동품과 예술 작품들, 각종 전문 서적과 낡은 팸플릿 등이 연극의 소품처럼 별장 구석구석에 배치되어 콘시스 이야기의 진실성을 증명한다. 또한 사건들이-주로 한밤중에-드라마의 형식으로 재연되면서 니콜라스에게 픽션과 리얼리티의 극심한 혼란을 제공한다. 그리고 마침내 사망했다는 콘시스의 약혼녀 릴리가-40년 세월의 간극을 무시하고-등장하여 치명적인 매력으로 니콜라스를 유혹한다.

니콜라스를 상대로 콘시스가 펼치는 메타씨어터 형식의 진실 게임을 작동시키는 가장 중요한 동력은 릴리이다. 콘시스는 릴리를 기억상실과 정신질환을 앓고 있는 릴리 몽고메리라고 소개하지만, 그녀는 은밀하게 콘시스를 배신하는 태도를 취하며 니콜라스에게 자신은 영화배우 지망생 줄리 홈즈(Julie Holmes)이며 콘시스에게 고용되어 그의 각본에 따라 연기하고 있음을 고백한다. 니콜라스는 릴리/줄리의 끊임없이 변신에 희롱당하고 고통 받으면서도 저항할 수 없는 그녀의 마력에 이끌려 차츰 사랑에 빠진다.

한편 그동안 지속적으로 앨리슨과 의무적인 서신을 교환해오던 니콜라스는 그녀가 그리스에 왔을 때 주말을 함께 보내게 된다. 그녀와 정서적 거리를 유지하려는 그의 의도와는 달리 두 사람은 파르나소스(Parnassus) 산으로 소풍을 떠나고, 여행과 산이 주는 낭만적 정취에 이끌려 격정적인 사랑을 나눈다. 앨리슨에 대한 죄책감과 진실을 밝혀야 한다는 압박감 때문에 니콜라스는 그녀에게 보라니에서 겪은 일들과 릴리와의 관계를 고백한다. 충격을 받은 앨리슨이 그에게 저주를 퍼붓고 떠나고 난 뒤, 니콜라스는 섬으로 복귀하여 그녀의 자살 소식을 듣는다.

콘시스의 연극은 줄곧 니콜라스의 예상을 초월하는 방식으로 펼쳐지면서 그로 하여금 "초자연적인 것인 대한 일종의 비논리적 공포"(102)를 느끼게 하고 가공의 세계와 현실의 경계에서 아찔한 줄타기를 하는 기분이 들게 한다. 니콜라스는 콘시스 이야기－그리고 자신의 눈앞에 펼쳐진 현실－의 진위를 파악하기 위해 필사적으로 노력하고 믿기 어려운 것들을 현실로 받아들이는 순간, 그 현실은 그의 눈앞에서 산산이 부서져 버린다. 니콜라스가 변심한 줄리와 합심하여 콘시스의 의지를 좌절시키려는 순간 콘시스는 지극히 사소한 동작 하나로 무대를 전환시켜 새로운 허구의 세계로 펼쳐내고 니콜라스는 줄리가 다시 콘시스 무대의 장막 뒤로 몸을 숨기는 것을 발견한다.

콘시스가 펼치는 연극의 마지막 장은 "해독과정"(disintoxication)이라는 제목의 강력한 자극으로 니콜라스에게 가해진다. 콘시스가 공개적으로 연극이 끝났음을 선포했을 때, 니콜라스는 비로소 자신이 안전한 현실로 돌아왔다고 판단하지만, 바로 그 순간 콘시스의 과거사가 다시 재현되며 그는 어둠 속의 침입자들에 의해 납치되어 감금된다. 밀교의 제단처럼 꾸며진 공간에서 가면극이 진행되는데 갖가지 악령의 마스크를 쓰고 등장한 인물들은 스스로를 심리학의 권위자, 정신분석학자, 무대연출가 등으로 소개한다. 그들은 니콜라스를 대상으로 한 실험 결과, 즉 니콜라스에 대한 임상보고서를 낭독하고 토론을 진행한다. 그들이 니콜라스에게 벌거벗은 릴리의 등을 가죽 채찍으로 때리도록 하는 최후의 처방을 내렸을 때, 그는 자신이 그리스 게릴라들을 처형하는 광장에서 독일군의 자동 소총을 손에 든 채 실존적 선택을 강요받던 콘시스의 자리에 서 있음을 발견한다(518). 니콜라스는 릴리에 대한 처형을 거부하고 다시 결박되어 자신만을 위해 마련된 필름과 무대를 관람하도록 강요받는다. 조잡하게 촬영되어 진위를 확인하기 어려운 '외설 영화'는 릴리를 주인공으로 등장시킨 포르노 필름과 니콜라스와 앨리슨의 정사를 몰래 촬영한 장면 등이 편집되어 있는 영화이다. 그리고 영화가 끝났을 때, 니콜라스는 흑인 배우 조(Joe)와 릴리가 무대에 등장하여 성행위를 실연하는 것을 지켜봐야 한다.

『마법사』의 대단원은 니콜라스와 앨리슨의 재회로 이루어진다. 학교에서 해직된 니콜라스는 런던으로 돌아와 보라니에서의 자신의 경험이 대부분 거짓이었다는 것을 발견한다. 콘시스와 릴리의 실체를 추적하던 니콜라스는 콘시스의 드라마의 주역 가운데 한 사람인 데 시타스(de

Seitas) 부인을 만나게 되는데, 자신에 대한 악의적인 음모의 실체를 처음 대면하고 분노하는 니콜라스에게 데 시타스 부인은 "신들의 유희는 끝났어요. [. . .] 왜냐하면 신 같은 것은 애당초 없었기 때문이지요"(625)라고 말하며 앨리슨과의 화해를 주선한다.

니콜라스는 리전트 파크에서 그가 "앉은 맞은편 자리에, 소리도 없이, 그리고 너무도 간단하게"(647) 현실 속으로 돌아와 앉은 앨리슨을 발견한다. 자신이 무언가 극적인 방식의 재회를 기대하고 있었던 것에 비해 너무도 평범한 앨리슨의 출현을 보며 니콜라스는 곧 "애초에 그녀에게 부여된 역할이 현실성 바로 그것이었기에 이 단순하고 지루하기 짝이 없는 현실 속으로 돌아오는 길이 이 방법 이외에 다른 어떤 것이 가능하겠는가"(647)하는 사실을 깨닫는다.

파울즈가 1965년 발표한 이 작품을 10여 년 각고의 노력 끝에 개정판으로 다시 출판한 사실은 이 작품에 대한 작가의 관심과 애정을 보여준다. 개정판 『마법사』는 중요한 구조적인 변화가 없음에도 불구하고 불명확한 부분을 개선하려는 작가의 끈질긴 노력이 효과를 발휘하여 빈스는 피츠제럴드의 『밤은 부드러워』(*Tender is the Night*)와 에블린 워의 『다시 가 본 브라이즈헤드』(*Brideshead Revisited*), 존 바스의 『물 위의 오페라』(*The Floating Opera*) 등과 비교하며 20세기에 이루어진 소설가들의 개정 작업 가운데 가장 훌륭한 사례가 되었다고 평가하였다("A New Version" 105).

『마법사』는 무엇보다 재미있는 작품이다. 자기기만과 현실도피, 무책임함과 방종이라는 존재론적 상처를 지닌 한 젊은이가 삶의 의미와 현실의 가치, 그리고 자신의 실존적 진정성을 탐색하는 긴 여정이 추리소설적인 요소와 에로티시즘 등이 가미되면서 독자의 강한 흥미를 유발한다. 작가 자신의 지식을 과시하는 고금의 역사와 고상한 예술적 취향, 현란하게 펼쳐지는 현실과 가공의 세계의 유희 등이 독자들을 매혹시킨다.

그럼에도 불구하고 『마법사』의 통속적인 특성과 구조적 결함을 부정적으로 평가하는 시각이 적지 않다. 이 작품에 대한 부정적인 평가는 주로 지나치게 방대한 작가의 기획이 적절한지와 작품의 제2부에서 콘시스가 펼치는 현란한 진실 게임이 정당성을 갖는지에 맞추어져 있다. 작가의 방대한 기획이 독자들의 지적 호기심을 충족시키는 수준을 넘어 혼란을 가져오고, 작품의 구성이 지나치게 작위적이어서 개연성이 부족하다는 평가를 받기도 하는 것이다.

(3) 『프랑스 중위의 여자』

1969년 발표된 파울즈의 세 번째 장편소설 『프랑스 중위의 여자』는 그의 대표작으로 평가받는 작품이다. 표면적으로 『프랑스 중위의 여자』는 삼각관계를 다룬 애정소설이다. 결혼하지 않은 삼촌이 후사가 없이 사망하면 준남작 작위를 물려받을 수 있는 몰락한 귀족 집안의 예비 상속자 찰스 스밋슨과 그의 약혼녀인 신흥 자본가의 외동딸 어네스티나 프리만, 그리고 수수께끼에 둘러싸인 여성 사라 우드러프 사이에 발생하는 사랑과 배신, 이별과 재회 등을 중심으로 사건이 진행된다.

소설의 현재는 1867년 3월 말이다. 어네스티나가 휴양을 위해 트랜터 숙모(Aunt Tranter)가 살고 있는 라임 레지스에 머무는 동안 찰스가 그녀를 방문한 상태이다. 영국 남서부의 작은 해안 마을인 라임 레지스에는 일 년 중 가장 사나운 동풍이 불고 있다. 두 사람이 거칠고 황량한 바닷가와 유서 깊은 성벽을 따라 산책하다가 거센 바닷바람에 위협을 느끼고 발길을 돌리려는 순간, 찰스는 바다로 뻗어간 방파제 끝, 폐기된 대포의 총신에 기대고 서있는 검은 옷을 입은 여인을 발견하고, 약혼녀의 만류에도 불구하고 위험을 경고하기 위해 그녀에게 다가간다.

우연한 첫 만남에서부터 찰스는 형언할 수 없는 신비로움을 지닌 여인 사라에게 자신도 모르게 매혹된다. 그리고 곧 찰스는 사라가 이곳 해안에 난파되었던 프랑스 장교와 밀애를 나누었다는 이유로 마을 사람들에게 단죄되어 추방된 삶을 살고 있으며 마을 사람들은 그녀의 정신 상태가 비정상이라고 생각한다는 것을 알게 된다. 그들은 그녀가 험한 날씨에 방파제 끝에 서서 바다를 바라보았던 이유가 그 바다 넘어 프랑스 연인에 대한 그리움 때문이라고 생각하며, 그녀를 여러 가지 치욕적인 이름-그 중 하나가 '프랑스 장교와 붙어먹은 년'(French Lieutenant's Woman)이다-으로 부른다. 달리 의지할 곳이 없는 사라는 현재 위선적인 기독교 윤리로 무장한 폴트니 부인(Mrs. Poulteney)의 집에 의탁하여 살고 있다.

이후 아마추어 생물학자로서 화석을 채집하기 위해 인적이 뜸한 해안 절벽 지대, 언더클리프와 울창한 웨어코먼스 숲을 자주 찾던 찰스는 여러 차례 사라와 조우하게 된다. 사라는 마을 사람들의 차가운 시선을 피해 자신만의 영토에서 자유를 누리기 위해 이곳을 찾았던 것이다. 몇 번의 만남을 통해 찰스는 그녀에게서 설명할 수 없는 신비로움과 시대를 초월한 아름다움, 그리고 놀라운 지성을 발견하고 차츰 그녀에게 매료된다. 찰스의 정신적 스승과도 같은 그로건 박사(Dr. Grogan)는 사라의 독성과 두 사람의 관계가 갖는 위험에 대해 계속 경고하지만 찰스는 사라를 현실의 불행으로부터 구원하기로 결심한다.

두 사람의 만남이 되풀이되면서 사라는 찰스에게 자신의 과거사를 솔직하게 토로한다. 교양 있는 부모에게서 훌륭한 교육을 받았지만 가정교사 이외의 다른 경력을 갖기 어려웠던 사정, 프랑스 군함이 난파되어 부상을 입은 장교가 마을에 왔을 때 프랑스어를 구사할 줄 아는 자신이

호출되었던 사연, 훌륭한 신사라고 생각했던 장교를 따라 그가 귀국하는 항구에서 자신의 모든 것을 주었지만 돌아오겠다는 약속을 지키지 않고 있다는 경위, 그리고 폴트니 부인의 비서격으로 살게 된 형편 등이 그 내용이었다.

사라는 마을 사람들의 의심과는 달리 프랑스 장교에 대한 미련을 전혀 갖고 있지 않았으며 그녀의 정신 상태는 광기와는 거리가 멀었다. 이런 사실을 확인한 찰스는 그녀에게 현재의 질곡에서 벗어날 것을, 가슴의 주홍 글자를 떼어낼 것을, 그녀의 과거가 알려지지 않은 다른 지역에서 새로운 신분으로 살아갈 것을 설득한다. 그리고 그렇게 하기 위해 필요한 모든 지원을 하겠다고 제안하지만 사라는 단호하게 거절한다. 사라는 과거 자신의 어리석음을 스스로 응징하기 위해 "치욕과 결혼하는 선택"(142)을 했다고 설명하며 이곳을 떠나 다른 지역으로 가게 되면 이 마을 사람들이 그녀를 부르는 수치스러운 호칭-창녀-의 삶을 살게 될 것이라고 항변한다.

웨어코먼스 숲은 젊은 연인들의 애욕의 장소라는 오명을 갖고 있어서 폴트니 부인이 사라의 출입을 엄격하게 금지했는데, 사라가 이곳으로 산책 다니는 것이 발각되면서 추방되는 신세가 된다. 궁지에 몰린 사라는 찰스의 제안을 받아들여 라임을 떠나 엑서터로 간 다음, 찰스를 자신이 묵고 있는 엔디코트 호텔(Endicott Family Hotel)로 오도록 청한다. 이 작품은 모두 61개의 장으로 구성되어 있는데 사라가 찰스를 자신의 거처로 청하는 짧은 메모를 보내는 장면은 42장에 등장한다. 이때 찰스는 런던을 방문하여 예비 장인인 프리먼 씨와 면담하고 대학 시절의 악동 친구들-상류계층의 자제들-과 어울려 신사의 오락을 즐기던 중이었다.

여기까지 단일하게 진행되던 소설의 플롯은 이후 세 갈래 경로로 진행되어 세 개의 결말을 독자에게 제시한다. 사라의 기별을 받고 런던을 출발한 찰스는 라임으로 가는 기차를 갈아타기 위해 엑서터역에 내린다. 이 역의 플랫폼에서 찰스가 사라의 청을 무시하고 하인인 샘(Sam)에게 마차를 준비하게 해서 약혼녀의 곁으로 돌아가는 것이 첫 번째 결말이다. 이 결말에서 찰스와 사라의 관계는 종료되고 찰스는 빅토리아 시대 신사의 의무를 지키게 된다. 이 첫 번째 결말은 찰스와 어네스티나가 결혼하여 아이를 낳고 별로 행복하지 않은 결혼 생활을 영위했다는 "후일담"으로 끝난다.

그러나 이 첫 번째 결말이 제시되고 난 뒤 곧 작가가 등장하여, 이 결말에 만족하지 않을 독자들을 위해 시간을 엑서터역으로 다시 돌리겠다고 선언한다. 그래서 이야기는 다시 엑서터역의 플랫폼으로 돌아가는데, 찰스는 하인 샘에게 이곳에서 하루 묵겠다고 말하고 여관으로 짐을 옮기도록 지시한 다음 자신은 마차를 불러 엔디코트 호텔로 향한다. 호텔에 도착한 찰스는 사라가 계단에서 넘어져 발을 다쳤다는 안내를 받고 하는 수 없이—결혼하지 않은 젊은 남녀가 호텔 방에서 만나는 것을 상상할 수 없었던 빅토리아 시대였지만—그녀를 침실에서 면담하게 된다. 여기서 찰스는 사라의 의도적인 실수에 이끌려 그녀와 육체관계를 갖고 그 결과—사라의 처녀성을 확인함으로써—사라가 프랑스 장교에게 자신의 모든 것을 주었다는 이야기도, 그리고 다리 부상을 입었다는 이야기도 모두 거짓이었음을 알게 된다.

찰스는 순간 자신이 함정에 빠졌다는 것을 깨닫고 엄청난 충격을 받는다. 약혼녀에 대한 의무감과 사라를 동정하고 사랑하는 마음으로 인해 깊은 고민에 빠진 찰스는 근처의 성당을 찾아 고해성사를 하기도 한다. 그가 라임을 방문하여 어네스티나와의 약혼을 파기하고 다시 사라를 찾았을 때 그녀는 이미 행방을 감춘 뒤였다. 이후 찰스는 사라를 찾기 위해 필사적으로 노력하지만, 엑서터와 런던 구석구석을 뒤져서도 그녀를 찾지 못하고 절망에 싸여 미국으로 간다. 이후에도 찰스는 사립 탐정을 통해 사라를 찾는 노력을 계속하고 2년의 세월이 경과한 뒤, 사라의 행방을 찾았다는 전갈을 받는다. 그가 사라를 만나기 위해 찾아간 곳은 당시 전위적인 예술가로 악명이 높았던 단테 가브리엘 로제티(Dante Gabriel Rossetti)의 집이었고 그곳에서 그는 신여성, 러프우드 부인(Mrs. Roughwood)으로 변신한 사라를 만난다.

사라를 다시 만난 찰스는 자신의 호의를 이용하여 자신을 함정에 빠뜨리고 모습을 감춘 사라의 동기를 격렬하게 비난하는데, 사라는 찰스의 공격에 대해 직접 답변하는 대신 단 한 번의 육체관계를 통해 얻은 어린 딸을 그에게 소개한다. 찰스와 사라의 재회가 이 딸을 통해 낭만적으로 재결합한다는 것이 두 번째 결말이다.

두 번째 결말이 소개되고 난 뒤, 로제티의 집을 방문하는 찰스를 길 건너편에서 관찰하던 악극단의 흥행주 용모를 한 작가가 시계를 15분 뒤로 돌리면서 소설의 세 번째 이야기가 시작된다. 사라를 다시 만난 찰스가 과거 그녀의 행실을 거칠게 비난했을 때, 사라는 자신의 잘못을 사죄하지 않는다. 이 결말에서는 우연히 얻은 딸과 같은 매개체는 등장하지 않는다. 그 대신 사라가 자신의 모든 것—빅토리아 시대 여성으로서 감당하기 어려운 순결까지—을 희생하여 무언가를 달성하려고 한 정신을 찰스가 발견하고 자신의 삶에 대한 희미한 실존적 자각을 얻어 그녀 곁을 떠난다는 것이 세 번째 결말이다.

간단하게 줄거리를 요약하면서 세 개의 결말이 제시될 때마다 작가의 등장이 언급되었는데, 이 작품의 가장 중요한—논쟁적인—형식적 특성은 작가-내레이터의 개입이다. 찰스와 사라, 그리고 어네스티나의 스토리는 1867년에 진행되는데, 그것을 1967년을 살고 있는 작가-내레이터가 노골적으로 개입하여 간섭하고 서술하는 모습을 보인다. 소설 장르의 발생 초기에 자주 사용되었지만 헨리 제임스 이후의 현대 작가들에 의해 기피되었던 작가의 개입을 파울즈는 의도적으로 차용하고 있는 것이다. 이 작가-내레이터는 세 차례 소설 공간 안에 등장인물로 모습으로 등장하면서 작가와 서술자, 그리고 등장인물을 둘러싼 고차원의 방정식을 만들어낸다.

『프랑스 중위의 여자』는 "번영과 진보"의 시기이면서 동시에 "불안과 고뇌"의 시기였던 영국의 빅토리아 시대에 대한 사회학적 보고서이다. 당대의 영국은 제국의 팽창과 산업혁명의 눈부신 발전, 그리고 과학지식의 발달로 인해 외형적으로는 역사의 황금기를 구가했으나 과도한 도시화와 빈곤층에 대한 착취 등 자본주의의 폐해로 인해 내부적인 모순과 갈등이 심화되던 시대였다. 작품이 진행되는 1867년은 마르크스의 『자본론』이 출판된 해였고, 1859년 출판된 다윈의 『종의 기원』은 2000년 동안 서구인의 믿음의 근거가 되어왔던 기독교적 세계관에 심각한 도전을 제기하던 때였다. 이 작품은 이러한 혼란과 갈등의 시대에 영국과 영국인이 겪는 사회적, 경제적, 정신적 충격과 변화를 충실히 그리고 있다.

찰스와 주변 인물들을 통해 그려지는 귀족 계급은 무기력하고 위선적이다. 프리먼이 대표하는 신흥자본계급은 귀족 계급을 경멸하는 동시에 선망하는 속물적인 근성을 보인다. 그들 사이에 정략적인 결혼이 성립되고 이 틈바구니에 샘과 매리(Mary)로 대변되는 영악하고 생명력이 강한 하류 계층이 개입하여 생존의 게임을 벌인다. 엄격한 기독교 이데올로기를 대변하는 폴트니 부인은 가혹한 사회적 금기를 내세워 사라를 '마녀사냥'의 희생양으로 삼고 자유의지와 본능, 자발적인 사랑으로 무장한 사라는 그에 저항한다. 관능과 억제, 이성과 광기, 정직과 위선, 타락과 구원, 생존과 퇴화, 마르크스주의와 아놀드 사상. 이것들이 작품 속에서 충돌하고 갈등하는 중요한 요소들이다.

다윈의 진화론은 이 작품의 주제와 미학적 구조를 지배하는 가장 중요한 모티브이다. 각자 자신의 계층을 대변하는 다양한 인물들은 "적자생존의 법칙"에 서로 다른 방식으로 대응하면서 더러는 진화하고 더러는 퇴화하는 모습을 보인다. 화석을 "채집"하여 "분류"하는 과학 정신으로 무장된 찰스는 이 진화의 법칙에 의해 희생되는 인물이다. 사라의 불운을 동정하고 그녀의 신비로움에 매혹된 그는 자신의 낭만적 기질에 이끌려 차츰 그녀에게 사랑을 느낀다. 그가 사라와 육체관계를 맺고, 약혼이라는 사회적 구속의 사슬에서 벗어나 사라에게 다가갔을 때, 그녀는 그를 피해 잠적하고 만다. 우월한 사회적 지위가 적자생존을 위한 유리한 조건으로 작용하지 않는 것이다. 이 생존의 게임에서 주도권을 잡고 스스로의 운명을 창조적으로 개척해 나가는 인물은 사라이다. 사라가 폴트니 부인의 집에서 스스로를 유폐시키고 있는 것은 그녀에게 가해지는 사회적 편견과 위선에 대한 저항이다. 찰스와의 관계가 그를 파멸시킬 수 있는 한계에 도달했을 때, 그녀는 그의 곁을 떠남으로써 찰스에게는 실존적 선택의 기회를 제공하고 그녀 스스로는 해방을 성취한다. 그녀가 다시 등장했을 때, 당시의 전위적인 예술가 그룹과 동거하고 있었다는 사실은 의미심장하다.

다윈 사상은 등장인물들 사이의 관계, 그들의 운명의 전환을 지배할 뿐 아니라 이 작품에 나타난 작가의 예술론에도 작용한다. 요컨대 파울즈는 빅토리아 시대의 사회상을 여실히 그림으로써 그 사회의 가치를 전도하려고 시도하는 한편, 소설의 전성기였던 영국 빅토리아조 사실주의 서술기법을 채택함으로써 사실주의 전통을 패로디하고 나아가서 "어떤 문학 장르가 살아남을 것인가?"하는 문학의 진화 법칙에 대한 자신의 치열한 관심을 보여준다. 이를 위하여 작가는 헨리 제임스 이후 견고하게 구축되어 온 현대 소설의 "보여주기" 전통에서 벗어나 전지적 작가의 자의적인 개입을 서슴지 않는 실험을 시도한다.

이 작품에서 파울즈는 소설의 유용성에 대한 현대소설가들의 불안감을 공유하면서 끊임없이 글쓰기에 대한 자의식적 반성을 수행한다. 복잡하고 현란한 서술구조와 함께 복수결말의 제시는 이 작품의 메타픽션적인 특성을 보이면서 파울즈를 중요한 포스트모더니즘 작가로 자리매김하는 장치이다. 세 개의 결말이 동등한 미학적 가치를 지니고 있는지에 대해 치열한 논쟁이 진행되었지만, 작가가 설정한 텍스트의 틈새를 메우는 일은 독자의 몫이다. 그리고 적자생존의 법칙에 의해 찰스가 도태되었는가 혹은 살아남았는가 하는 문제는 독자가 복수의 결말 가운데 어떤 것을 수용하는가에 따라 결정될 것이다.

(4) 『흑단의 탑』

1974년 발표된 『흑단의 탑』은 네 편의 단편 소설과 한 편의 번역을 묶어 단편소설집의 형식으로 출판되었다. 『마법사』를 쓰는 과정에서 『콜렉터』를 완성하여 먼저 출판했던 것처럼 파울즈는 『다니엘 마틴』을 쓰는 동안 이 작품집의 초고를 며칠 사이에 완성했던 것으로 알려졌다. 『흑단의 탑』에는 표제작인 「흑단의 탑」("The Ebony Tower")을 시작으로 12세기 프랑스의 로맨스 문학을 번역한 「엘리뒤크」("Eliduc")와 세 편의 단편 소설 「불쌍한 코코」("Poor Koko"), 「수수께끼」("The Enigma"), 「구름」("The Cloud")이 수록되어 있다. 파울즈는 이 단편소설집을 통해 단편 소설 분야에서 자신의 재능을 처음 발휘하였다.

「흑단의 탑」은 펭귄출판사 판본을 기준으로 114쪽에 이르기 때문에 단편이라기보다는 중편소설(novella)로 보아야 하며 나머지 네 작품의 길이는 같은 텍스트를 기준으로 「엘리뒤크」가 28쪽, 「불쌍한 코코」 45쪽, 「수수께끼」 59쪽, 그리고 「구름」이 64쪽이다. 이 책에는 다섯 편의 소설에 더하여 「엘리뒤크」를 시작하는 자리에 작가의 저작 노트에 해당하는 6쪽짜리 「개인적인 메모」("Personal Notes")가 붙어 있는데 이 메모에는 이 소설집을 집필한 작가의 의도가 표명되어 있다.

「흑단의 탑」은 젊은 화가이며 미술비평가인 데이비드 윌리엄스(David Williams)의 이야기이다. 그는 출판사로부터 은둔하고 있는 노화가의 예술을 조명하는 책, 『헨리 브리슬리의 예술』(*The Art of Henry Breasley*)에 붙일 전기적이고 비평적인 서문을 써달라는 제안을 받고 그가 은거하고 있는 프랑스 브르타뉴(Brittany) 지방을 방문한다. 이곳에 브리슬리의 은신처 코에트미네 장원(Manoir de Coeminais)이 있었기 때문이다. 「흑단의 탑」은 데이비드가 코에트미네에 머무는 3일 동안 일어난 일들을 다룬다.

사건이 진행되는 시점은 1973년 9월인데, 데이비드는 브리슬리가 영국에서 처음으로 성공적인 전시회를 개최했던 1942년에 태어났으니 현재 32세인 셈이다. 데이비드의 부모님 두 분은 건축가이며 아직도 명성을 지닌 채 활동 중이었고 어려서부터 색채에 대한 날카로운 감각과 미술 분야에 뛰어난 재능을 보였던 데이비드는 미술대학에 진학하여 두각을 나타내었다. 작가로서의 성과뿐만 아니라 언어적인 재능이 뛰어났던 데이비드는 현대 미술에 대한 해박한 지식을 조리있게 설명할 수 있었기 때문에 강연과 미술비평 분야에서도 인정받게 되었다. 그는 대학시절 만나 결혼한 베스(Beth)와 사이에 두 딸을 낳았고, 애초에 아내와 함께 이곳을 방문할 계획이었지만 그의 아내는 지금 입원한 딸의 간호를 위해 파리에 머물고 있다.

1896년 출생한 헨리 브리슬리는 소설의 현재에서 77세의 노화가인

데, 일찍이 위대한 화가로서의 명성을 얻었지만 많은 오해와 소문에 시달리고 개인적 삶을 둘러싼 악명을 얻으며 은둔의 삶을 살고 있는 "늙은 악마"이다. 그는 20대 후반부터 조국인 영국을 등지는 삶을 살았고 20세기에 유럽 대륙을 강타한 평화주의와 초현실주의, 그리고 공산주의 등에 친화적인 입장을 가졌다. 브리슬리는 특히 1930년대와 1940년대 동안 스페인 내전의 참상과 국제적인 파시즘의 폐해를 고발하는 그림들을 통해 힘과 기술에 더하여 통찰력을 갖춘 화가라는 평가를 받았다. 1950년대에 이르러서는 감추어져 왔던 인문주의자의 면모가 드러나면서 영국과 프랑스 그리고 미국 등지에서 대단히 호평받는 화가의 대열에 올랐다. 하지만 술과 여자를 둘러싼 브리슬리의 보헤미안적인 면모가 대중들의 관심을 끌었고, 조국인 영국에 대한 경멸적인 태도와 타락한 생활 방식에 대한 소문들이 그에 대해 저속하고 배타적인 대중의 인식을 형성하게 된다. 결국 브리슬리는 1963년 코에트미네에 있는 오래된 장원을 구입하면서 사랑했던 파리를 떠나 은둔의 삶을 시작한다.

소설은 데이비드가 숲에 둘러싸여 격리된 저택에 도착하는 장면으로 시작하는데 데이비드는 처음부터 자신의 예상과 달리 전개되는 상황에 직면한다. 저택으로 들어가기 위해서 육중한 현관문을 두드렸지만 아무도 응답하지 않았기 때문에 하는 수 없이 정원 쪽으로 돌아간 데이비드는 당황스러운 광경을 목격한다.

> 데이비드는 앞 건물에 가려진 채 그곳에 들어서 있는 또 다른 낮은 건물들을 보았다. 예전에 농장이었을 때 헛간과 외양간으로 쓰였던 곳이 분명했다. 잔디밭 중간에는 커다란 초록색 버섯 모양으로 가지를 친 개오동나무가 한 그루 있었다. 그 아래 그늘에는, 대화를 나누었던 듯한 분위기로 정원용 탁자와 버들가지로 만든 의자 세 개가 놓여 있었다. 그 뒤쪽, 해가 비치는 가까운 곳에는 알몸의 여자 둘이

> 잔디 위에 나란히 누워 있었다. 몸의 반이 감춰진, 뒤쪽의 여자는 잠이 든 것처럼 등을 대고 누워 있었다. 가까이 있는 여자는 손으로 턱을 괸 채로 엎드려 책을 읽고 있었다. 그녀는 챙이 넓은 밀짚모자를 쓰고 있었는데, 모자의 윗부분에는 진한 붉은색의 뭔가가 묶여 있었다. 두 여자의 몸은 고르게 갈색빛을 띠고 있었다. 그녀들은 30미터쯤 떨어진 그늘진 문간에 낯선 사람이 있는 것을 전혀 모르고 있는 듯 보였다. (6)

이 순간 데이비드는 자기 자신이 아주 개인적인 은밀한 장소에 침투한 이방인이 된 것 같은 느낌을 받는다. 이후 이곳에 머무는 동안 데이비드는 대단히 무례하고 거침없이 말하며 격정적이면서 때로는 다정다감한 노화가와 삶과 예술에 대해 진지하고 열정적인 논쟁을 벌이게 된다.

첫 장면에서 데이비드가 목격했던, 잔디 위에 알몸으로 누워 있던 두 여성은 영국 출신의 20대 초반 미술학도들이었는데, 브리슬리와 동거하는 사이였고 브리슬리는 그녀들을 '생쥐'(Mouse)와 '변태'(Freak)라고 불렀다. 두 소녀 가운데 '변태'로 불리는 앤(Anne)은 브리슬리와 밀착한 상태에서 주로 몸시중을 드는 편이었고, '생쥐'로 불리는 다이애나(Diana)는 집안의 모든 일들을 주도적으로 꾸려나가는 역할을 하고 있었다. 그녀들은 노화가로부터 끊임없이 무시당하고 희롱당하면서도 능숙하게 브리슬리의 요구들을 충족시키며 시종일관 보채는 어린아이를 달래는 듯한 모습을 보인다. 두 여성에게서 받은 인상의 차이를 데이비드는 다음과 같이 기록한다.

> 변태는 다리를 꼬고 앉아 있었다. 이국적인 머리와 검게 태운 피부 때문인지는 모르지만 그녀의 뭔가가 그녀를 약간 흑인처럼, 원주민처럼, 남녀 양성인 어떤 존재처럼 느껴지게 했다. 확실한 이유를 알 수 없었지만, 심리적으로 그녀는 여전히 데이비드에게 거부감을 불

러일으켰다. 생쥐에게서는 아주 분명하게 보이는 어떤 지적인 요소가 그녀에게서는 경솔함과 비뚤어진 성격에 의해 가려진 것처럼 보였다. 어떤 내색도 하지 않았지만 그들 행동의 성적 암시가 그녀를 흥분시킨 동시에 즐겁게 했다는 인상을 받을 수 있었다. (59-60)

생쥐는 체구가 작지만 다리가 길고 가슴이 작지만 단단해 매력적으로 보이는, 훨씬 더 여성적인 모습을 하고 있었다. 그녀는 다리를 꼰 채 팔 하나 사이의 거리를 두고 데이비드의 맞은편에 앉아 있었다.

. . . . . .

햇빛에 노출된 생쥐의 살갗은 청동빛이었다. 그것은 그늘에 있을 때는 좀 어둡고 더 부드러워 보였다. 젖꼭지와 겨드랑이의 선, 발톱 하나에 있는 숨겨진 흉터, 아무렇게나 엉켜 말라가고 있는 머리칼. 14세기 여자처럼 섬세해 보이는 그녀의 작은 체구, 그를 현혹시키는 그녀가 입고 있던 옷과 긴 스커트. 다리 사이의 털에서 보이는 동물성. (60)

데이비드가 코에트미네에 머무는 이틀날, 브리슬리의 제안에 따라 네 사람은 숲속 호숫가로 소풍을 가기로 한다. 그들이 소풍 장소에 도착했을 때, 브리슬리는 두 여성에게 알몸으로 호수에서 수영하라고 지시하고 그들이 망설이는 모습을 보고는 "생리를 하거나 하는 것은 아니겠지"(57)라고 묻는다. 또한 다이애나와 앤이 낯선 사람인 데이비드를 의식하는 태도를 보이자 브리슬리는 "이 친구는 유부남이야. 여자의 음부 따윈 얼마든지 본 사람이라구"(57)라고 대꾸한다. 브리슬리가 말하는 방식, 그리고 두 여성을 대하는 방식이다. 그리고는 알몸으로 수영하는 두 사람을 "그는 술탄처럼 왕좌에 앉아 알몸의 젊은 두 노예를"(58) 보듯이 흐뭇하게 바라보았다. 또한 데이비드가 이곳에 머무는 동안 "저 어린 암캐들을 당신 침대에 들어오게 해요"(23)라고 자극하면서 "당신이 유부남인 것이 아쉬워요. 저것들에게 질펀한 정사를 벌여줄 사람이 필요하단 말이요"(58)라고 말한다.

데이비드는 두 여성 가운데 특히 다이애나에 대해 호감을 갖게 되는데, 그녀는 자신이 이곳에서 살게 된 경위를 데이비드에게 다음과 같이 설명한다. 영국에서 미술을 전공하던 대학생 신분의 다이애나가 남자 친구와 함께 프랑스로 여행을 오게 되었고 평소 흠모하던, 그러나 온갖 억측과 추문의 주인공인 원로 화가의 저택을 짧게 방문할 기회를 가졌다고 한다. 영국으로 돌아가 학업에 열중하던 다이애나는 어느날 충동적으로 브리슬리에게—기억을 상기시키기 위해 함께 찍은 사진과 함께—편지를 보내, 그가 가사를 도울 사람이 필요하지 않은지, 자신이 물감을 섞는 일부터 시작해서 무슨 일이든지 하겠다는 의사를 표명했고 곧 그에게서 "예쁜 여자는 언제든 쓸 수 있소. 언제 올 수 있겠소?"(65)라는 회신을 받았다는 것이다.

다이애나는 처음부터 노쇠한 원로 화가를 돕는 손녀의 역할만 하겠다고 다짐했지만 브리슬리에게는 일종의 마술과 같은 다소 놀라운 자실, 즉 상대를 무장 해제시키는 능력이 있었다고 설명한다. 브리슬리와의 관계에 대해 의혹을 품는 데이비드에게 다이애나는 첫 만남에서부터 솔직한 태도를 보인다. 그녀는 "오해하실까 봐 드리는 말씀인데요, 앤과 저는 그[브리슬리]가 아직 할 수 있는 한도 내에서 성적인 접촉을 시도하는 것을 거부하지는 않아요"(34)라고 말한다.

호숫가로 소풍을 마치고 데이비드는 이 별장에서 마지막 밤을 보내게 되는데 브리슬리는 다소 노골적으로 데이비드에게 다이애나와 은밀한 시간을 갖도록 권하고 앤 또한 두 사람의 밀회를 넌지시 지지하지만 데이비드는 결정적인 순간에 물러서며 다이애나와 성적인 관계를 갖지 않는다. 데이비드가 자신의 이런 결정에 대해 막연히 후회하는 마음을 갖고 그의 아내와 오를리(Orly)에서 재회하는 것으로 소설이 끝난다.

데이비드의 눈에 비친 두 소녀의 모습과 행동, 그녀들과 브리슬리의 아슬아슬하고 위태로운 관계들이 「흑단의 탑」의 많은 지면을 차지하고 있지만, 미술과 예술에 대해 데이비드과 브리슬리가 나누는 대화와 논쟁이 대단히 중요하다. 작품 전체에 정치와 사상, 철학과 예술에 대한 심도있는 토론과 비유가 많이 등장한다. 숲속 호수에서 수영을 마친 다이애나와 앤이 물에서 나와 햇볕에 몸을 말리며 모래톱 위에 나란히 누워 있는 모습을 묘사하며 고갱을 소환한다.

> 이번에는 고갱과 갈색 가슴과 에덴동산이 떠올랐다. 이상하게도 코에트와 그곳의 삶의 방식은 그러한 순간에, 약간 신비적이고 영원한 어떤 것에 너무도 자연스럽게 편안한 자리를 트는 것 같았다. (59)

그러다가 두 여성이 자리에서 일어나 햇빛 속에서 무릎을 꿇은 채로 바구니를 열고 점심 식사를 준비하자 "고갱이 사라지고 마네가 그 자리를 차지했다"(59)고 말하는 식이다. 피카소(Picasso)와 마티스(Matisse), 미로(Miro), 사회주의 리얼리즘과 추상화 등이 토론의 주제로 등장한다.

미술에 대한 논쟁은 추상적인 아름다움에 의미를 부여하는 데이비드와 구상적인 미를 추구하는 브리슬리의 차이를 중심으로 전개된다. 작품 속에서 브리슬리는 선문답처럼 '흑단의 탑'을 언급하는데, 이는 '상아의 탑'(Ivory Tower)과 상대적인 개념으로서 현대 미술의 모호한 요소들을 상징하는 용어로 사용되었다.

> "그가 마지막으로 한 말은 도대체 무슨 의미죠? '애보니 타워' 말이에요."
>
> "오" 그녀는 미소를 지었다. "아무 것도 아니에요. 그냥 술에 취하

면 하는 말들 중 하나예요." 그녀는 고개를 숙였다. "그가 상아탑을 대체한 게 뭐라고 생각할 것 같아요?"

"추상?"

그녀는 고개를 저었다. "그가 현대 미술에 대해 싫어하는 모든 것이죠. 미술가가 분명해지는 게 두려워 모호한 것으로 남겨 놓고 있다고 그가 생각하는 것들이오. . . . 알잖아요. 나이가 너무 들어 더 이상 파고들 수 없는 것들은 모두 어딘가에 버리게 되죠. (50)

이 작품에서 노화가 브리슬리는 사실성을 잃어버린 채 극단적인 형식성만을 추구하는 현대 미술을 '에보니 타워'라고 비판하고 있다. 나아가 극단적인 기하학적 형태만을 추구하는 추상미술을 예술가들이 자신의 감정을 드러내지 않는 안전한 방법으로 예술을 하는 방식이라고 통렬하게 비난한다. 그는 피카소를 평가절하한다. 미술비평가인 데이비드는 브리슬리와의 만남을 통해 이성과 관습의 틀에 갇혀 현대사회를 살아가고 있던 자신을 발견한다. 그리고 그곳에서 만난 두 여성을 통해 내재되었던 자신의 욕망을 인식하게 된다. 하지만 다이애나에 대한 관능적인 욕망과 아내에 대한 의무 사이에서 갈등하다가 자신의 욕망을 포기하고 일상으로 복귀한다. 「흑단의 탑」에 나타난 브리슬리와 그의 세계에 속한 두 여성, 다이애나와 앤, 그리고 그곳을 방문한 데이비드의 관계는 『마법사』의 콘시스와 릴리/줄리, 로즈/준, 그리고 그 세계 속으로 유인되어 미스터리한 경험을 하는 니콜라스의 관계를 수월하게 연상케 한다.

『흑단의 탑』에 수록된 두 편째 작품은 「엘리뒤크」("Eliduc")이다. "브르타뉴 지방의 아주 오래된 노래 하나를 여러분에게 소개하고 자초지종을 설명하려고 한다"(123)는 문장으로 시작되는 이 작품의 첫 번째 문단은 전체 줄거리를 다음과 같이 요약하고 있다.

> 브르타뉴에 엘리뒤크라고 불린 기사가 있었다. 그는 모범적인 기사로 그 나라에서 가장 용감한 사람 중 하나였다. 그리고 그의 아내는 영향력 있고 훌륭한 가문 출신으로, 좋은 교육을 받았으며 그에게 충실했다. 그들은 믿음과 사랑에 기초한 결혼을 했고, 몇 년간 행복하게 살았다. 그러던 중 전쟁이 일어나 엘리뒤크는 전쟁터로 갔다. 그곳에서 그는 길리아덩(Guilliadun)이라는 이름의 무척 예쁜 공주와 사랑에 빠졌다. 집에 남은 아내의 켈트식 이름은 길드뤼에크(Guildelüec)였고, 그래서 이 이야기는 그들의 이름을 따 「길드뤼에크와 길리아덩」으로 불린다. (123)

엘리뒤크의 주군은 브르타뉴의 왕이었는데, 이 기사를 매우 총애했고 엘리뒤크는 왕에게 충성을 다하며 많은 공을 세웠다. 하지만 시간이 지나면서 엘리뒤크를 시기하는 사람들의 중상모략에 의해 그는 왕에게 버림받고 궁에서 쫓겨나게 된다. 결백을 주장하는 자신의 이야기를 듣지 않는 왕에게 실망한 엘리뒤크는 충실한 10명의 기사들과 함께 조국을 떠나 영국으로 간다. 영국 엑서터 지역에 늙은 왕이 다스리는 나라가 있었는데 이웃 나라의 침략을 받아 국토를 약탈당하고 국가가 패망의 위기에 직면해 있었다. 왕에게는 아들이 없었으며 결혼하지 않은 딸이 하나 있었지만 누구도 침략자와 맞서 싸울 용기를 내는 사람이 없었다.

이런 형편을 목격한 엘리뒤크는 왕에게 사자를 보내어 자신이 왕을 도와 국가를 위기에서 구하겠다는 제안을 하고, 왕의 허락을 받는다. 엘리뒤크는 자신의 기사들과 왕의 부대를 지휘하여 여러 번의 전투에서 큰 승전을 거두며 적들을 완전히 물리치는 공을 세운다. 이에 왕은 크게 기뻐하며 엘리뒤크와 그의 동료들에게 큰 상을 내리고 1년 동안 그 나라에 머물도록 하였고 엘리뒤크는 왕에게 충성스런 봉사를 하겠다는 맹세를 한다. 왕의 딸이며 이 나라의 유일한 공주인 길리아덩은 대단히 아름답고 총명한 아가씨였는데 엘리뒤크의 헌신적인 공로와 뛰어난 무공, 그리고 준수한 용모에 매혹되었고, 엘리뒤크 또한 그녀에게 사랑을 느껴 두 사람은 신중하게 사랑을 가꾸어 간다.

그러는 동안 엘리뒤크의 조국인 브르타뉴에 위기가 닥쳤고 뒤늦게 자신의 과오를 깨달은 브르타뉴의 왕은 엘리뒤크를 모함했던 사람들을 모두 처형한 다음 엘리뒤크에게 돌아와서 자신을 도울 것을 명한다. 조국의 왕으로부터 기별을 받은 엘리뒤크는 크게 고심하지만 자신의 군주에게 충성하는 것이 기사의 의무라는 것을 깨닫고 조국으로 돌아갈 결심을 한다.

엘리뒤크는 더 머물기를 바라는 영국의 왕에게 자유를 줄 것을 간곡하게 요청하고 엘리뒤크가 떠나는 것을 죽음으로 막으려는 길리아덩 공주에게는 1년이 지나 약속한 날짜에 반드시 돌아오겠다고 약조를 한다. 엘리뒤크의 친척과 가족들은 고향에 돌아온 그를 크게 반겼지만 그는 행복한 표정을 짓지 않았고 그의 아내는 남편의 비밀스러운 행동에 무척 상심하게 된다. 엘리뒤크는 조국의 왕을 위해 공을 세우고 국가를 위기에서 구출한 다음 지체하지 않고 길리아덩이 기다리는 영국으로 돌아간다.

재회한 두 연인은 크게 기뻐하며 왕국을 빠져나와 사랑의 도피를 결심하는데 그들이 탄 배가 거센 풍랑에 휩싸이고 길리아덩이 마침내 자신의 연인 엘리뒤크가 결혼한 신분임을 알게 되어 낙심한 나머지 배에서 숨을 거둔다. 사랑하는 연인의 죽음을 맞아 엘리뒤크는 그녀의 시신을 자신의 고향 근처 예배당에 안치하는데 남편의 행동을 면밀하게 감시하던 그의 아내가 이를 살펴보기 위해 예배당에 오게 된다.

길리아덩 공주의 시신이 놓여 있는 제단 아래에서 족제비 한 마리가 튀어나왔는데 하인이 공주의 시신을 보호하기 위해 막대기로 쳐서 죽이는 사건이 발생했다. 조금 후에 바깥에서 살아있는 족제비 한 마리가 예배당에 들어와 자신의 짝이 죽어 있는 것을 발견하고, 밖으로 나가 수풀 사이에서 붉은색 꽃을 꺾어 죽은 족제비의 입에 물려 주었다. 그러자 즉시 죽은 족제비가 되살아났는데 이 모습을 지켜보던 엘리뒤크의 아내는 하인들을 다그쳐서 족제비 길을 막고 입에 물고 있는 붉은 꽃을 빼앗아 길리아덩 공주의 입에 물려주었다. 그러자 곧 공주는 몸을 움직이고 한숨을 쉬며 잠에서 깨어났다. 엘리뒤크는 다시 살아난 공주를 보고 크게 기뻐하며 자신의 아내에게 고마움을 표했다.

> 그들은 다시 하나가 된 기쁨을 감출 수가 없었다. 어떤 상황인지 알게 된 엘리뒤크의 아내는 남편에게 자신의 계획을 얘기한다. 그녀는 남편에게 별거를 허락해 달라고 한 뒤 자신은 수녀가 되어 하느님을 섬기고 싶다고 했다. 그리고 그가 그녀에게 자신의 땅 일부를 줘 그녀가 대수도원을 세울 수 있게 해달라고 했다. 또한 그가 그토록 사랑하는 처녀와 결혼해야 한다고 했다. 두 아내와 함께 사는 것은 법에 위반될 뿐만 아니라 모양이 좋지도, 적절하지도 않은 것이기 때문이었다. 엘리뒤크는 따지고 들고 싶지 않았다. 그는 아내가 원하는 대로 그녀에게 땅을 줄 것이었다.
>
> 엘리뒤크는 은둔자의 예배당이 있는 성 근처의 숲에 교회 하나와 수녀원의 다른 사무실들을 짓게 했다. 그런 다음 부지의 많은 부분과 소유물들을 그 일에 쏟아부었다. 모든 것이 준비되자 아내는 다른 수녀 서른 명과 함께 베일을 썼다. 그리고 자신의 교단을 만들어 새 삶을 살았다.
>
> 엘리뒤크는 길리아덩과 결혼했다. 결혼식은 화려하게 치러졌고, 그들은 오랫동안 완벽한 사랑의 조화 속에서 함께 행복하게 살았다. (199)

20여 쪽에 불과한 비교적 짧은 중세 로맨스를 위와 같이 요약했는데, 문체는 거의 원작의 것에 가깝다. 이 작품의 유래는 전작인 「흑단의 탑」에서 데이비드가 브리슬리의 문학적 소양을 언급하는 장면에 나타난다. 이 장면에서 브리슬리는 12세기와 13세기 쓰인 켈트족의 기사 모험담을 찬양하며 그 중에서도 마리 드 프랑스(Marie de France)의 「엘리뒤크」에 대해 "아주 훌륭한 이야기요. 나는 몇 번을 읽었지"(55)라고 말한다.

또한 파울즈는 「엘리뒤크」 앞에 붙인 「개인적인 메모」에서 이 작품의 탄생에 관해 자세하게 설명하고 있다. 이 「메모」는 원작자인 마리 드 프랑스에 대해 자세히 알려진 것은 없으나 이 작품이 대략 1165년부터 1185년 사이에 쓰인 것으로 추정되며, 같은 작가가 쓴 몇 편의 『단시』(短詩, *las*) 가운데 한 작품이라고 설명한다.

「엘리뒤크」는 「흑단의 탑」과 같이 프랑스 북부 브르타뉴 지방을 배경으로 한다. 파울즈 자신이 이 중세의 기사모험담에 크게 매료된 것으로 보이는데, 그것은 중세 고유의 엄숙한 분위기, 기사도 정신, 맹세와 헌신, 가사들의 사랑에 대한 그의 관심을 반영한 것이다. 또한 켈트 문화의 마법과 신비로운 분위기에 대한 파울즈의 향수어린 애정의 발로이기도 하다.

결혼하여 아내를 가진 엘리뒤크는 이국에서 모험을 수행하면서 아름다운 공주를 만나고 그들 사이에 낭만적 사랑을 초월한 '궁중 귀부인에 대한 중세 기사도적 사랑'이 성립한다. 엘리뒤크가 결혼한 신분임을 길리아덩 공주가 깨닫게 되면서 두 사람 사이의 신뢰가 무너지고 이는 공주의 죽음이라는 비극으로 발전한다. 죽음의 덫에 갇힌 그들의 사랑은 엘리뒤크의 아내 길드뤼에크의 개입으로 반전의 전기를 마련하고 해피 엔딩으로 귀결된다. 이 작품의 마지막 문단에서는 수년의 세월이 지나 이들 세 사람이 재결합하여 다른 이들의 행복을 기원하는 경건한 삶을 살아간다는 결말을 제시한다. 파울즈 소설의 모든 주인공들이 염원하는 아내와 애인 사이의 화해가 성취된 것이다(Loveday 84).

『흑단의 탑』에 수록된 세 번째 작품인 「불쌍한 코코」("Poor Koko")는 한 젊은이의 강도행각을 추리극 형식으로 쓴 이야기이다. 이 작품의 내레이터는 66세의 왜소하고 연약한 작가인데, 그는 런던을 떠나 도싯에 위치한 친구 모리스(Maurice)와 제인(Jane)의 시골집을 빌려 오랫동안 계획해 왔던 토마스 러브 피콕(Thomas Love Peacock)의 전기를 마무리하는 작업을 하고 있다. 그러던 어느 날 밤, 그는 불의의 방문객을 맞는다. 미세한 소리가 침입자의 기척을 알리고 그는 자신의 늙고 연약한 육체가 고립된 별장에서 겪게될 위험을 감지하고 두려움에 사로잡힌다. 침입자는 마침내 모습을 드러내고 그에게 안경을 벗을 것을 지시한다.

> 나는 안경을 벗어 옆에 있는 탁자 위에 올려놓았다. [. . .] 잠시 후 방이 환해졌다. 나는 아주 이상한 노란색 손을 가진 중키의 젊은 남자의 흐릿한 형태를 볼 수 있었다. [. . .] 그는 방을 가로질러 내가 앉아 있는 곳으로 왔다. 그에게서 운동을 게을리한 운동선수 같은 느낌이 났다. 나이는 20대 초반으로 보였다. 그의 얼굴이 유령처럼 보여서 처음에는 그것을 나의 근시 탓으로 돌렸었는데, 알고 보니 그는 여성용 나일론 스타킹을 눈 밑까지 덮어쓰고 있었던 것이다. 그의 머리칼은 검은색이었고, 붉은색 니트 모자를 쓰고 있었다. 눈은 갈색이었다. 그 눈이 나를 한참 동안 살펴보았다. (154-55)

침입자는 차분하고 세련된 태도를 유지하는 도시 출신의 젊은이였는데, 내레이터를 감금한 상태에서 사회적 불평등과 부의 공정치 못한 분배 등에 대한 자신의 생각을 활발하게 토로한다. 허무맹랑한 논리로 자본주의 체제를 비판하며 자신의 행위를 정당화한다. 자신은 신체적 폭력을 혐오한다고 말하면서 내레이터에게 저항하지 말고 순순히 자신의 지시를 따를 것을 요구한다. 그 괴상한 강도는 작가에게 신체적 폭력을 행사하진 않았지만, 작가가 4년 동안 모은 자료들을 모두 불태워 버린다. 젊은 강도는 온 집을 뒤져서 내레이터가 은행에서 바꾸어 온 45파운드의 현금을 탈취한 다음 그가 하고 있었던 책을 쓰는 일에 대해 대화를 나눈다. 그는 내레이터가 12권의 저서를 완료한 것과 책 한 권에 최소한 6만 개의 단어가 수록되었다는 사실을 확인하고 내레이터를 결박해 놓은 상태에서 그가 쓴 책과 수집한 자료 등을 모두 불태운다.

> 나는 입이 테이프로 막힌 상태에서 손목과 발목을 비틀며 심하게 몸부림을 쳤다. 소리가 났을 게 분명하지만 그는 알아차리지 못했다.
> 나는 내가 4년에 걸쳐 한 일을, 그 무엇과도 바꿀 수 없는 결과물을 그가 자신의 옆에 놓은 다음, 조용히 앞쪽으로 몸을 기울여 손에 든 라이터로 신문지 두세 장 끝에 불을 지피는 것을 지켜볼 수밖에 없었다. 불이 붙자 그는 아무런 말 없이 타이핑한 원고 뭉치를 불길 속에 집어넣었다. [. . .] 나는 너무도 넋을 잃은 나머지 더 이상 소리도 내지 않았다. 그래 봤자 아무 소용도 없었던 것이다. 그 야만적이고 전적으로 아무런 근거가 없는 그의 반달리즘을 막을 수 있는 것은 아무것도 없었다. 나는 무력한 분노를 느꼈다. (174)

책과 자료를 모두 불태운 범인은 오두막을 빠져나갔고, 내레이터는 구조되었다. 그 후 1년의 시간이 흐른 다음 내레이터는 자신이 겪었던 사건을 회상하며 그 결과를 기록한다. 범인은 검거되지 않았고 사건은 미해결의 경범죄로 남게 되었다. 피콕에 대한 저술은 런던에 남겨둔 자료들을 갖고 다시 해야만 했다. 그리고 자신에게 온화하게 대했던 젊은 강도가 왜 태도를 돌변하여 그가 쓴 책들과 모아놓은 자료들을 모두 태워 버렸는지 곰곰이 생각해 보고, 그 경험을—'불쌍한 코코'의 시각으로—글로 써야겠다는 결심을 한다.

이 작품은 소통의 실패에 대한 작품이다. 「불쌍한 코코」는 얼핏 보면, 사회의 어느 계층에도 속하지 못한 젊은 청년이 철없는 객기로 저지른 강도질을 소재로 세대 간, 사회 계층 간 갈등을 다루고 있는 것처럼 보인다. 그러나 그 저변의 차원에서 이 작품은 언어와 욕망의 문제를 다룬다. 소설의 후반부에서 작가는 그 청년이 왜 그 오두막집을 범행 장소로 선택했는지, 그리고 왜 물건을 훔치거나 신체적 폭력을 가하는 대신 자신이 쓴 책과 자료들을 불태웠는지를 곰곰이 생각한다.

> 그는 부엌으로 들어가 이내 빨랫줄과 주방용 칼을 갖고 나왔다. 그는 내 앞에 서서 팔 길이 두 배를 잰 뒤 칼로 줄을 자르기 시작했다.
> "내 이야기를 글로 써볼 생각은 없나요?"
> "나는 내가 이해하지도 못하는 것을 글로 쓸 수 있을 것 같지는 않소."
> 마침내 그가 원하는 길이의 줄을 만들었다. 그는 의자 뒤로 갔고, 나는 내 머리 위에서 말하는 그의 목소리를 들었다.
> "뭘 이해하지 못한다는 거죠?"
> "겉으로 보기에 전혀 바보가 아닌 사람이 지금 당신처럼 행동할 수 있다는 것 말이오."
> 그는 빨랫줄을 의자 등받이에 있는 널빤지에 감았다. 그런 다음 판을 내 어깨 위로 올려 내 가슴둘레와 다른 쪽 팔 아래로 줄을 감았다. (171)

젊은 강도는 콘래드를 흠모한다고 말하고 자신도 언젠가 글을 써보고 싶다는 욕망을 토로하기도 한다. 사람들이 강도 행각에 관심을 갖기 때문에 자신의 강도짓을 작품으로 써볼 것을 제안하지만 작가로부터 거절당한다. 이 일화는 결국 작가가 되는 것, 언어의 마술을 부리는 주체가 되는 것이 특정한 사람들의 전유물이며 그 권한이 자신에게는 허용되지 않는다는 것을 젊은 강도가 깨닫는 계기가 된다. 그는 그것에 대한 보복으로 작가의 노력을 수포로 돌리는 만행을 저질렀던 것이다.

다음 이야기 「수수께끼」("The Enigma")는 57세의 MP(Member of Parliament, 영국의 하원의원)이며 실업가인 존 마커스 필딩(John Marcus Fielding)의 실종을 다루고 있다. 필딩은 부유하고 행복한 결혼 생활을 유지하고 있으며, 아들 하나와 딸 둘을 둔, 시티그룹 내 몇몇 회사의 이사였고 이스트 앵글리아에 장원 같은 멋진 집을 소유한 인물이었다. 그는 1973년 7월 13일 오후 이사회에 참석하고, 회의를 마친 후에는 5시 22분 기차를 타고 유권자들과 면담을 위해 읍에 있는 그의 사무실에 나타날 예정이었다. 그런데 그는 이사회에 나타나지 않았다. 그 이후의 행적도 전혀 추적되지 않았다. 오후에 2시 30분에 그의 비서 파슨스 양(Miss Parsons)이 그가 이사회에 가기 위해 택시를 타는 모습을 지켜본 것이 마지막이었다. 그의 비서와 가족들은 필딩의 행방을 백방으로 수소문하지만 끝내 그는 모습을 드러내지 않았다. 그는 종적을 남기지 않고 사라져 버린 것이다.

필딩의 실종은 가장 흔한 실종자는 10대 소년이고, 그 다음이 사춘기 소녀들이며 실종자 대다수는 노동계급 출신이고 거의 예외 없이 부모에게 심각한 문제가 있다는 일반 법칙에서 크게 어긋나는 사건이었다. 그는 모든 사회적·통계적 가능성을 배반하고 실종되었다. 시간을 두고 진행된 조사를 통해 그가 탔던 택시의 기사가 특정되었고 그의 증언에 의해 필딩이 이사회장이 아닌 대영박물관으로 갔다는 사실이 밝혀졌다. 이 사건은 언론에 대서특필되면서 사회적으로 커다란 관심을 불러일으키지만 시간이 지나면서 차츰 일반인의 관심으로부터 멀어지게 된다. 그러는 동안에도 가족들은 필딩을 찾기 위해 백방으로 노력하는데 정작 사건을 담당했던 전담 수사팀은 해체되고 젊은 형사 한 사람이 사건을 맡기로 결정된다.

사건은 아주 비개성적인 목소리로 서술되며 다큐멘터리 형식으로 진행되다가 이 사건을 조사하는 젊은 형사 마이클 제닝스(Michael Jennings)가 등장하면서부터 그의 시점이 중심이 된다. 3대째 경찰에 종사하고 있는 제닝스는 자신의 이력 관리를 위해 사건의 해결에 힘쓴다. 그는 필딩 의원의 아들인 피터(Peter)와 그의 여자 친구인 이소벨 도지슨(Isobel Dodgson)과의 인터뷰를 통해 필딩의 행적을 추적하는데 그는 첫눈에 이소벨에게 반하고 만다. 그래서 이야기의 전반부는 필딩의 실종 사건이, 후반부는 제닝스와 이소벨의 사랑 가능성이 '수수께끼'로 작용한다.

런던 대학교의 대학원에 재학 중인 아들 피터와 아버지 필딩의 관계는 정치적인 문제에 대한 세대 간의 차이와 같은 사소한 문제 말고는 원만해 보였다. 필딩은 아들과 교제하게 된 이소벨에게 애정과 관심을 보였고 세 사람이 종종 외식을 즐기는 사이였던 것이 밝혀진다. 그리고 제닝스는 이소벨에게서 예상치 못했던 사건의 단서들을 조각조각 얻게 된다.

몇 번의 만남 끝에 이소벨은 자신이 느꼈던 필딩의 문제, 그를 억압하던 내면의 갈등을 이야기한다.

> 필딩 씨에게는 뭔가 고착되고 엄격한 것이 있었어요. 그것이 용기를 불러일으킬 수도 있었다고 봐요. 때때로 그런 모습을 보였거든요. 마치 다른 어떤 곳에 있는 것처럼요. 그리고 그것은 일종의 상상력을 암시하는 게 아닐까요? (227)

이소벨은 필딩이 가장으로서, 사회의 저명인사로서 사회적 책무와 위신에 대해 억압을 느끼고 있었다고 말한다. 그가 '위장된 삶'을 살고 있었다고 이야기한다. 그리고 자신과 필딩 사이의 미묘하고 은밀한 관계를 대단히 암시적인 방식으로 털어놓는다.

> "우리가 마지막으로 한 저녁 식사 말이에요." 그녀가 미소를 지었다. "'최후의 만찬'이랄까요? 사실 피터가 도착하기 전 몇 분 동안 그 분과 단둘이 있었어요. 피터는 런던 대학 경제학부 대학원에서 무슨 모임이 있었고, 그래서 조금 늦었죠. 필딩 씨는 늦는 적이 없었어요. 그래서 그렇게 둘이 있게 되었죠. 그 분은 내가 한 주 동안 무엇을 하며 지냈냐고 물었어요. 저는 빅토리아 시대 후기의 별 볼 일 없는 소설을 다시 출간하는 일을 하고 있었거든요. [. . .] 저는 뭔가를 찾으러 다음날 대영박물관에 가야한다고 말했어요" 그녀는 고개를 들어 경사를 바라보았다. "결국 가지는 않았어요. 하지만 그에게는 그렇게 얘기했죠."
>
> 그는 눈길을 내렸다. "왜 이제까지 그 얘기를 하지 않았죠?"
>
> "'아무도 묻지 않았다'가 답이 될까요?" (309)

필딩 실종의 결정적인 단서가 나온 셈이다. 필딩의 마지막 행적이 택시를 타고 대영박물관으로 갔던 것을 상기하면 그는 그녀를 만나기 위해서 그곳에 갔고 그녀를 만나지 못한 것에 낙심했던 것이 분명하다. 이소벨은 이 사건에 대한 자신의 견해를 덧붙인다.

> "물론 대영박물관 일은 순전히 우연의 일치일 수도 있어요. 어찌 생각하면 사라진 남자가 정말로 그 여자를 보러 갔을 수도 있지요. 하지만 내가 작가라면 그 남자로 하여금—그녀가 도서열람실에 없다는 것을 발견하고는—그녀가 일하는 출판사로 전화를 하게 할 것 같아요. 그녀의 하루 중에 비는 시간이 있거든요. 퇴근 시간인 다섯시 반

직후부터 그녀가 다소 지겨운 파티에 가기 위해 피터 필딩을 만났던 여덟 시경 사이에요." (237)

이소벨은 짐짓 자신의 일을—그 남자와 그 여자로—객관화하며 자신이 작가가 되어 이 일을 소설로 썼더라면 필딩이 자신에게 전화하게 했을 것이라고 말한다. 그리고 자신의 빈 시간을 언급하며 필딩의 은밀한 초대에 자신이 응했을 가능성을 넌지시 암시한다. 두 사람이 만나는 것으로 사건이 진행되느냐는 제닝스의 질문에 대해 이소벨은 부정적으로 답하면서 필딩은 자살했을 것이라는 자신의 견해를 밝힌다.

이제까지 자신이 진행했던 수사에 비추어 필딩이 해외로 도피했거나 자살했을 가능성을 전적으로 배제하는 젊은 수사관에게 이소벨은 물에 빠져 죽기 알맞은 은밀한 곳—필딩이 익히 알고 있는 지역의 숲속에 감추어진 깊고 커다란 연못—을 언급하고 그가 사람들의 눈에 띄지 않고 그곳까지 이동할 수 있는 경로를 추정하여 설명한다.

이소벨의 이야기를 합리적인 추론으로 받아들인 제닝스는 상부에 연못을 조사하겠다고 요청하지만 그 요청은 수용되지 않았고 사건은 미해결로 남게 된다. 제닝스와 이소벨이 연인 관계로 발전하는 것으로 소설은 끝난다.

이 작품은 평온한 일상 속에 감추어진 욕망에 대한 이야기이다. 작품의 초입부에 감쪽같은 필딩의 실종을 다룬 언론의 전문가는 이 사건을 '메리 셀레스트 호'(Marie Celeste) 실종 사건에 비유했다. 메리 셀레스트 호는 1872년 뉴욕에서 이탈리아로 떠났던 배인데, 뉴욕항을 떠난 지 한 달쯤 지나 바다 위에 떠 있는 모습으로 발견되었다. 배에는 아무도 없었고 구명보트도 사라지고 없었으나, 그 밖의 모든 것들은 정상적으로 보였다. 싸운 흔적도 없었고, 배의 손상도 없었으며, 승객들의 옷가지도 벽장에 그대로 걸려 있었다. 오직 배에 장착된 항해 도구만 없어진 상태였다. 필딩은 마치 메리 셀레스트 호에 승선한 승객들처럼 감쪽같이 사라져버렸다.

필딩은 성공적인 인물이었다. 경제적인 풍요로움과 가정의 평화, 사회적인 명성, 의회 내의 굳건한 지위. 실로 모든 사람이 선망하는 행복의 조건을 모두 갖춘 삶을 살았다. 영국 상류층의 품위를 지키며 성실하게 살아왔다. 그리고 그것이 위장된 삶이었음이, 작은 자극에 금이 가고 그 틈새로 숨겨져 있던 내면의 욕망이 분출되었음이 아들의 여자 친구인 이소벨의 상상력을 통해 노출된다. 이소벨은 『마법사』의 릴리/줄리, 그리고 『프랑스 중위의 여자』의 사라처럼 팜므파탈의 속성을 가진 여성이다. 필딩은 그녀에게서 자신이 억압으로부터 해방될, 그리고 자신의 욕망을 실현시킬 수 있는 틈새를 발견했음이 분명하고, 그것을 향해 한 걸음을 내딛는 순간 파멸을 맞게 된 것이다.

『흑단의 탑』의 마지막 이야기는 「구름」("The Cloud")이다. 이 이야기는 프랑스의 시골에서 휴가를 즐기는 영국인들을 다룬다. 일행은 어른 다섯 명과 세 명의 아이들인데, 40세인 폴 로저스(Paul Rogers)와 31세인 애너벨(Annabel) 사이에 캔디다(Candida)와 엠마(Emma), 그리고 톰(Tom) 등 세 자녀가 있다. 캔디다는 어른들의 허락을 받아 포도주를 한 잔 마실 수 있는 나이이며 엠마와 톰은 아직 어린아이들이다. 애너벨의 여동생 캐서린(Catherine)은 언니보다 4살 어린데 현재 남편이 사망한 상태이며 남편은 자살한 것으로 추정된다. 한편 텔레비전 프로그램 제작자인 피터(Peter)는 아내가 사망한 후 지금은 여자 친구인 샐리(Sally)와 함께 지내는 중이다.

이들은 한적한 프랑스의 시골로 휴가를 와서 숲을 산책하고 물놀이를 하고 냇물에서 물고기를 잡는 등 여유 있고 행복한 시간을 만끽하는 중이다. 틈틈이 어른들은 일에 대해, 프랑스와 영국 중산층의 특징과 차이에 대해, 관료주의와 경제, 기회와 사회적 불평등, 그리고 롤랑 바르트에 대해 한가한 토론을 즐기기도 한다. 비교적 따뜻함이 느껴지는 이들의 관계 속에서 캐서린만은 예외적인 존재에 속한다. 그녀는 남편의 죽음에 대한 충격으로부터 완전히 벗어나지 못한 채 낙심과 절망에 빠져 있는 상태이다. 큰 사건이 없이 이야기가 진행되지만 스스로를 소외시키면서 우울증의 증상을 보이는 캐서린에 의해 모종의 긴장감이 형성된다. 일행으로부터 벗어나 숲으로 흘러내리는 물길의 상류 쪽 우묵한 바위 위에 몸을 감추고 있던 캐서린은 그녀를 찾아 나선 피터를 유인하여 정사를 갖는다. 플롯의 전개상 유일한 사건이다.

햄릿과 같은 자기연민의 존재론적 상처를 지닌 캐서린이 그 상처를 극복하려는-성적인 몸부림을 포함한-노력은 작품의 말미에 맑은 하늘을 가리며 등장한 불길한 구름이 상징하듯이 실패로 끝나고 만다.

> 구름 한 점이, 몹시 신비로운 구름 한 점이, 모양이 하도 이상해서 누구든 오래 기억하게 될 구름 한 점이 하늘에 떠 있었다. [. . .] 바위벽 위로 우뚝 솟아 있는 가장자리가 하얀 거대한 회색의 소용돌이 구름은 야생적이고도 불길하게 보였고, 심한 폭풍우를 지니고 있음이 분명했다. [. . .] 평온하고 바람 한 점 없던 오후가 갑자기 무시무시하고, 냉소적이며 거짓된 것처럼 보였다. 구름은 마치 멋지게 위장한 덫의 발톱과 같았다. (309)

파울즈는 세이지(Lorna Sage)와 영상으로 기록된 인터뷰에서 『흑단의 탑』에 수록된 다섯 작품 가운데 자신이 가장 사랑하는 작품은 「구름」이라고 고백했다. 다른 작품과 비교했을 때 표면적으로는 가장 단조로운 모습을 보이지만 이 작품에서는 시적인 산문의 아름다움이 두드러진다.

파울즈 자신은 이를 맨스필드(Katherine Mansfield)의 영향이라고 밝혔다(Olshen 105). 자연에 대한 명징하고 영감이 가득한 묘사, 상징적인 분위기 연출, 경제적인 플롯의 진행, 등장인물의 성격 창조와 대화를 다루는 새롭고 사실적인 솜씨, 개방적이면서 실험적인 시점의 실험 등이 이 작품의 미학적 특장으로 지적된다.

「구름」은 관계와 소통을 다룬 이야기이다.

> 어른 다섯과 아이 셋으로 이루어진 그들은 다시 만나 함께 그늘과 햇빛 사이를 천천히 걸어갔다. 세 여자와 아이들이 앞장 서가고, 두 남자는 이야기를 나누며 그 뒤를 따랐다. 계속해서 그들은 햇빛과 그늘 속을 지나갔다. 그들의 왼쪽으로는 계속 물이 흘러 내렸다. 그들은 그늘 속에서 대화를 했고, 빛 속에서는 침묵했다. 목소리는 사고의 적이다. 아니 사고가 아니라 생각의 적이다. 축복받은 성소 같은 그곳에서 캐서린은 언니 건너편에 있는 샐리를 향해 미소를 지으며, 마지못해 탁구를 치는 사람처럼 한두 가지 질문을 하는 등 나름대로 노력하는 모습을 볼 수 있었다. (259-60)

말과 언어, 목소리는 소통의 수단인데, 그것이 사고와 생각의 적으로 작용한다. 샐리와 긴장 관계를 유지하는 캐서린은 대화를 통해 그 불편함을 해소하려고 노력하지만 무위에 그치고 만다.

> 그래서 이제 모든 것이 소통이 없는 작은 섬들처럼 되어 버렸다. 그 섬들은 그 너머에 있는 섬들로 가는 데 필요한 징검돌이지만, 그 너머에는 다른 섬들이 없었다. 작은 섬들은 자신들의 무한한 바다 가운데에 있으며, 한 사람이 1분 안에, 기껏해야 5분 안에 그것들을 모두 건너갔다. 그런데 그것은 다른 섬이었지만 또한 같은 섬이었다. 똑같은 목소리와 똑같은 가면들. 그리고 말 뒤에 있는 똑같은 공허

> 함. 분위기와 무대만 약간 바뀌었고 다른 것들은 전혀 바뀌지 않았다. 그리고 두려움은 뒤에 남겨진 동시에 계속되고 있으며, 섬들은 이전에도 있었고 앞으로도 있을 것이다. 누군가는 언어와 소설과 환영과 어리석은 환상의 이론에 몰두한다. 문득 자신이 마지막 장이 없는 책이라는 꿈을 꾸기라도 하듯이. 누군가는 야생 난 위로 사랑받는 얼굴을 숙인 채 멍청하게도 목소리를 내어 침묵을 깨뜨리며, 형편없는 사진처럼 고정된 채로 그 불완전한 마지막 페이지 위에 영원히 남아 있다. (261)

대화와 소통이 단절된 인간은 고립된 섬과 같은 존재가 된다. 섬과 섬은 연결되지 않으며 망망한 바다 위에 떠 있는 상태에서 각기 다른 모습이지만 또 본질적으로 같은 섬이다.

「구름」에 나타난 파울즈의 문장은 대단히 시적이고 오묘하다. 풍경과 인물에 대한 섬세한 묘사가 기묘하고 환상적인 분위기를 자아낸다. 작품 전반에서 많은 작가들이—D. H. 로렌스와 버지니아 울프, 찰스 디킨스와 롤랑 바르트 등—호명되는 등 문학적 인유(Allusion)이 대단히 풍부한 작품이다. 소통의 부재와 더불어 떠난 사람들이 남긴—피터의 아내와 캐서린의 남편의 죽음—부재의 무게, 자매인 애너벨과 캐서린의 성격의 차이, 애너벨이 유지하는 모계중심적 가정생활의 행복, 언어와 창작의 유용성 등 파울즈의 다른 작품에서 논의되는 많은 주제들이 이 작품의 토론 목록이다.

파울즈는 「엘리뒤크」 앞에 붙인 「개인적인 메모」에서 자신이 애초에 이 소설집에 『변주곡』(*Variations*)이라는 가제를 붙였다고 고백하면서 『흑단의 탑』이라는 제목이 좀 더 직접적인 변주가 될 수 있었다고 설명한다(117). 원로 화가의 기행과 예술론, 중세 기사의 모험과 연애담, 미궁에 빠진 강도 사건, 성공한 중년 정치인의 실종, 가족과 친구 그룹의 피크닉 등 표면적으로 대단히 이질적인 이야기들이 하나의 주제음악(Leitmotif)의 변주에 해당한다면 그 주제음악은 다름 아닌 켈트의 문화이다. 「엘리뒤크」는 비록 두 번째 순서에 배치되어 있고 20여 쪽에 불과한 짧은 이야기지만 켈트 전통과 직접적으로 연관되어 있어서 이 작품집 전체를 통합하는 핵심적인 역할을 한다. 「엘리뒤크」에 제시된 모티브들이 다른 작품들과 촘촘히 연결되어 각각 독립적인 이야기들을 대위법적인 병치의 질서를 만들어낸다.

평범한 일상 속에 감추어진 욕망과 그 욕망에 대한 각성, 가정을 가진 남성이 아내와 연인 사이에서 겪는 심리적 갈등, 현실의 이면에 숨겨진 인간의 원초적 욕망, 예술 정신과 창작의 효용성 등이 『흑단의 탑』 전편에 교차되어 나타나는 주제의 목록이다. 『콜렉터』와 『마법사』, 『프랑스 중위의 여자』를 통해 성공적인 소설가의 입지를 구축한 파울즈는 『흑단의 탑』에서 단편소설 문학의 미적 장치들을 탁월한 솜씨로 형상화했다는 평가를 받는다. 등장인물들의 성격 창조, 그들의 내면과 미묘한 심리를 표현하는 방식, 작품의 분위기(milieu)를 섬세하게 그려내는 솜씨, 자연스러우면서도 긴장감이 느껴지는 플롯의 구조 등이 이 작품에 나타난 파울즈 예술의 진면목에 해당한다.

(5) 『다니엘 마틴』

파울즈의 네 번째 장편소설인 『다니엘 마틴』(*Daniel Martin*)은 『마법사』처럼 현대를 작품의 시대적 배경으로 설정하고 당대의 다양한 시대적 과제들을 다루고 있는 소설이다. 공간적으로는 미국의 캘리포니아로부터 영국의 도싯까지, 그리고 옥스퍼드로부터 시리아의 사막까지를 포괄한다. 50대의 중심인물인 다니엘 마틴이 내레이터로 등장하지만 서술하는 목소리는 일인칭과 삼인칭 등 복수의 서술 시점이 사용되고 있으며 많은 사건과 사연들이 플래시백 형식으로 제시된다.

『다니엘 마틴』은 Picador 출판사 판본을 기준으로 704쪽에 달하는 방대한 분량의 소설이다. 작품 전체는 46개의 장으로 구성되어 있고, 각 장에는 "The Harvest", "Games", "The Woman in the Reeds", "An Unbiased View", "The Door" 등의 제목이 붙어 있다. 짧은 장은 4~5쪽에 불과한 것이 있고 긴 장은 수십 페이지에 달하는 것도 있는데, 장을 구분하고 배열하는 데 특별한 구조적 이유는 없는 것으로 보인다.

다니엘 마틴은 현재 할리우드에서 활동하는 작가이다. 그는 젊은 시절 옥스퍼드 대학교에서 대단히 행복하고 성공적인 대학 생활을 보냈다. 대학을 졸업한 뒤 결혼하고 극작을 시작했다. 영국에서 극작가로서 명성을 얻은 다니엘은 미국에 진출하여 할리우드의 시나리오 작가와 소설가로 입신하기 위해 애쓰는 중이다. 아내 넬(Nell)과의 사이에서 딸을 하나 낳았지만, 지금은 이혼한 상태이며 홀로 로스앤젤레스에 거주하면서 스코틀랜드 출신의 영국 여배우 제니(Jenny McNeil)와 교제 중이다.

다니엘이 대학 시절 절친한 친구였지만 지난 수년 동안 소원하게 지내던 앤소니(Anthony Mallory)로부터 만나고 싶다는 기별을 받고 그를 만나기 위해 귀국하면서 이야기가 시작된다. 젊은 시절 다니엘은 현재 앤소니의 아내인 제인(Jane)과 깊이 사랑하는 사이였지만 제인 대신 그녀의 여동생 넬(Nell)과 결혼했고 제인은 앤소니와 결혼하게 되었다. 20년 전의 그릇된 선택인데, 이들 네 사람은 모두 자신들의 선택이 잘못된 것임을 알고 있었다. 두 쌍의 결혼은 처음부터 잘못된 것이었고 그 결과 다니엘 부부는 몇 년 후에 이혼하게 되었으며 앤소니 부부는 이제 앤소니의 죽음을 맞아 결별을 눈앞에 두게 되었다.

앤소니는 옥스퍼드 대학에 교수로 재직하며 철학을 강의하고 있었는데, 현재는 말기 암 환자가 되어 자신이 죽기 전에 그릇된 과거를 바로잡기를 희망하고 다니엘에게 만나기를 청했던 것이다. 절박한 상황에 처한 친구를 만나기 위해 귀국하면서 다니엘은 자신의 유년 시절과 옥스퍼드 대학에서 보냈던 시간들, 그리고 좌절되었던 사랑의 기억을 떠올린다. 그는 넬과 결혼하기 전에 사랑했던 제인과 열정적인 하룻밤을 보냈던 기억을 상기한다.

다니엘과 만난 앤소니는 옛 친구인 다니엘과 화해를 시도하고 자신이 사망한 뒤 제인과 재결합할 것을 부탁한다. 앤소니는 다니엘에게 이런 당부를 남기고 가톨릭 신자이면서 자살을 선택하여 스스로 삶을 마감함으로써 자신이 남긴 유언의 진정성을 높인다. 앤소니의 죽음에 임박하여 두 커플, 네 사람이 다시 만난 일은 과거에 대한 회상과 자신들의 영혼을 재점검할 기회가 되고 다니엘 또한 자신의 내면세계를 반성하는 시간을 갖게 된다. 그는 자신이 소유한 가장 뚜렷한 특성, 즉, 작품을 쓰는 능력과 사랑을 하는 능력을 배반하며 살았다는 생각을 한다.

자신의 과거와 현재에 대한 다니엘의 각성은 그것을 회복하기 위한 몇 가지 노력으로 귀결된다. 우선 그는 자신이 쓰려고 했으나 쓰지 못했던 소설을 다시 쓰기 위해 노력한다. 작품을 통해서 자신의 진정한 모습이 드러나는 것을 두려워했던 잘못을 반성하고 그것을 극복하기 위해 노력한다. 작품을 쓰는 행위가 그에게 영혼을 구원하는 주술적인 힘으로 작용하게 되는 것이다.

한편 그는 과거의 상실을 다시 꺼내서 그것을 복원시키려는 노력을 경주한다. 다니엘은 관계가 소원해진 아내 넬, 그리고 자신의 딸인 케롤라인(Caroline)과의 관계를 개선하고 발전시키기 위해 노력한다. 미국에서 교재하고 있던 제니에게 결별을 선언하고, 잃었던 제인의 사랑을 다시 찾기 위해 애쓴다. 다니엘과 제인은 이집트와 시리아, 그리고 레바논으로 크루즈 여행을 떠나 서로를 이해하고 성숙한 사랑을 공유하는 경험을 한다. 이 소설의 마지막 4분의 1은 두 사람의 사랑이 결실을 맺는 과정을 그리고 있다. 그리고 소설이 마무리되는 44장 「세상의 종말」("The End of the World")에서 그들은 시리아의 사막을 방문하고 멸망한 도시와 생명이 멸절된 땅에서 그들의 사랑은 재생한다.

700쪽이 넘는 방대한 소설의 스토리라인을 위와 같이 간략하게 정리하였다. 그러나 이 작품을 읽는 일은 파울즈의 다른 소설들을 읽는 것에 비해 훨씬 어렵다. 플롯, 즉, 사건의 배열과 구성이 대단히 복잡하며, 다니엘의 인생에 등장하는 수많은 인물과 에피소드들을 플래시백을 통해 회상하는 방식으로 소설이 진행되기 때문이다. 작가는 필요할 때마다 소설의 스토리라인에서 벗어나는 자유를 맘껏 누리고, 사건의 연대기적 배열을 무너뜨리며, 별로 중요하지 않은 사건이나 과거의 시간 속을 탐험하기 위해 함부로 시간의 흐름을 정지시키기도 한다. 다니엘의 마음속에서 과거는 언제나 현재로 작용하고 끝없이 평가되면서 '지금 바로 이곳'(the here and now)에 영향을 주고 미래를 조합해 내기도 한다. 그래서 이 작품을 읽는 독자들은 마치 제임스 조이스나 윌리엄 포크너의 소설을 읽을 때처럼 집중력을 발휘해야 하는 것이다.

서술 시점의 다양한 변화 또한 이 작품의 독해를 어렵게 하는 요소이다. 다니엘 자신의 내레이션은 일인칭 또는 삼인칭의 목소리로 교차하며 제시되는데, 이런 방식은 주인공의 주관적 시점과 더불어 자신을 객관화한 시선을 동시에 담보하는 효과를 거둔다. 소설의 46개 장 가운데 4개의 장은 제니의 시점에서 서술되는데, 여성 내레이터의 등장은 『콜렉터』에서 미란다의 일기를 기술한 일인칭 서술자 이후 최초의 것이다.

서술 시점과 치밀하고 복잡한 플롯 구성의 원리가 작동하는 양상을 이해하기 위해 소설이 시작되는 몇 개의 장을 분석해 보기로 한다. 이 작품이 시작되는 첫 3개의 장은 모두 삼인칭 시점으로 서술되고, 과거를 다루고 있으나 연대기적으로 배열된 것은 아니다. 소설의 제1장은 「추수」(“The Harvest”)인데 1942년 8월의 일을 다루고 있다. 이 장에서는 영국 데번(Devon)주의 농촌에서 밀을 수확하는 풍경이 대단히 사실적인 필치로 그려지고 곧이어 토끼 사냥(A massacre of rabbits)의 장면이 생생하게 묘사된다. 이것은 다니엘이 10대 소년으로 겪었던 일을 회상하는 내용이다. 그리고 이 장이 끝나는 마지막 문단에서 이 작품의 전형적인 시점의 전환이 이루어지고 시간과 등장인물이 다니엘의 모습으로 수렴되는 결과를 가져온다.

> 나는 그 소년의 주머니를 더듬어 칼날이 접히는 재크나이프를 꺼냈다. 그리고는 지금 막 그가 도살한 두 마리 토끼의 더러운 흔적을 닦아내기 위해 붉은 흙에 칼날을 꽂았다. 가는 구멍, 간, 창자, 그리고 악취. 그는 일어나서 돌아선 다음 너도밤나무에 이니셜을 새기기 시작했다. 살아있는 나뭇가지의 부드러운 녹색 껍질을 벗겨내고 껍질 안을 깊게 파 들어갔다.
>
> 안녕!
>
> 나의 소년 시절과 그리고 내 꿈이여, 안녕! (16)

삼인칭으로 서술되던 이야기가 어떤 설명이나 준비도 없이 불쑥 일인칭 화자(나)의 목소리로 바뀐다. 이런 서술 시점의 변화를 통해 파울즈는 표면적으로는 사실주의 서술양식을 엄격하게 유지하면서 추수와 토끼 사냥의 일화에 제의적이고 신비스러운 분위기를 미묘하게 가미하는 성과를 이루어내고 있다.

다음 장인 제2장 「게임」(“Games”)은 다니엘이 영국으로 귀국하기 직전인 1977년 로스앤젤레스에서 일어난 일을 그리고 있다. 이 시점에 다니엘은 홈리스나 다름없는 형편없는 처지에 놓여 있다. 말은 거창하게 하지만 싸구려 시나리오를 쓰는 곤궁한 처지이다. 다음 장인 제3장 「갈대밭의 여인」("The Woman in the Reeds")은 제2차 세계대전이 끝난 뒤 다니엘의 옥스퍼드 대학 시절을 다룬다. 이 장에서 다니엘은 보헤미안의 면모를 지닌 무기력한 중산층 탐미주의자의 모습으로 등장하여 『마법사』의 니콜라스를 연상케 한다. 옥스퍼드 대학에 함께 다니는 다니엘과 제인은 밤길을 걷다가 물에 빠져 익사한 한 여인의 시체에 걸려 넘어지는 사건을 겪는다. 이 사건은 첫 장에 등장하는 토끼 도살 장면과 함께 앞으로 진행되는 많은 사건들에 어두운 그림자를 드리운다.

제4장 「편견 없는 시선」("An Unbiased View")에서는 다니엘을 바라보는 제니의 시선이 처음 등장한다. 뒤이어 제5장 「문」("The Door")에서는 제니와 다니엘이 전화 통화를 하면서 죽음이 임박한 앤소니가 다니엘의 귀국을 요청한 것에 대해 대화를 나누는데, 사건의 발생 순서로 보면 제2장 바로 다음 장에 해당한다. 제6장은 「전쟁 후유증」("Aftermath")인데, 다니엘의 옥스퍼드 하숙방을 배경으로 다니엘과 제인이 서로에 대한 극진한 사랑을 고백하는 장면을 담고 있다. 이 장면은 갈대밭에 빠져 죽은 여인을 발견했던 사건 바로 뒤에 발생하며 세 개의 장을 건너뛰어 제9장 「불필요한 행동」("Gratuitous Act")으로 연결된다. 이 장에서 다니엘과 제인은 육체적인 사랑을 나눈다. 익사한 여인의 시체를 발견한 체험은 두 사람을 심리적으로 밀착시켰고, 제인은 자신이 앤소니를 사랑하고 있으며 자신의 동생 넬이 다니엘을 사랑하고 있는 현실에 갈등하면서도 그녀와 다니엘 두 사람이 서로를 진심으로 사랑하고 있다는 사실을 인정하고 육체관계를 갖는다. 두 사람의 육체적인 결합은 향후 네 친구의 기억과 그리고 겪어나갈 많은 일들에 커다란 영향을 주는 사건이 된다.

이제까지 이 작품이 시작되는 9개 장에서 사건이 구성되고 진행되는 방식과 서술 시점이 교차되는 양상을 살펴보았다. 이 소설의 46개 장에서 다양하게 교차되는 시점의 양상을 러브데이의 분석에 의지하여 정리해보면 다음과 같다. 완전히 삼인칭 시점을 채택하고 있는 장은 1~3, 5~6, 17, 32, 36~46까지 18개 장이다. 일인칭 시점으로 서술되는 장은 8, 10, 12~13, 15~16, 18, 25, 27~29장이 다니엘의 시점으로, 4, 21, 28장의 일부, 34장이 제니의 시선으로 서술되어 총 15개의 장이다. 7, 9, 11, 14, 19~20, 22~24, 26, 30, 33, 35장 등 13개의 장은 일인칭과 삼인칭 시점이 혼합되어 있다. 전체적인 그림을 이야기하자면 스토리가 삼인칭으로 시작되어—1장부터 6장까지—삼인칭으로 끝나고 있는—36장부터 46장까지—셈이다(Loveday 109).

한편 사건의 구성을 정리하면 다음과 같다. 이 작품은 다섯 개의 사건 줄기로 구성된다. 첫째, 다니엘의 유년기, 둘째, 다니엘의 청소년기, 셋째 옥스퍼드 대학 시절, 넷째, 다니엘의 결혼 전후, 다섯째, 앤소니의 죽음과 그 이후에 벌어지는 일들이 그것이다. 이 다섯 개의 사건 줄기가 발생 순서대로 배열되어 있지 않지만 그렇다고 완전히 뒤죽박죽인 것은 아니다. 앞에서 살펴본 것처럼 이 작품의 제1장은 1942년 영국 데번을 배경으로 다니엘의 청소년기—15세 무렵—를 다루지만 제2장 1977년 미국 할리우드에서 다니엘이 등장하는 장면부터 소설의 메인 스토리—다섯 번째 줄거리—가 시작된다. 이 메인 스토리가 2, 4~5, 7, 10, 12~15, 17~20, 23~27, 29, 31~33, 35~46장까지 모두 34개의 장을 차지하며 이 작품의 뼈대를 구성한다.

이 메인 스토리의 큰 물줄기에 나머지 4개의 사건 줄기가 플래시백의 형식으로 끼어드는 것이다. 제8장이 다니엘의 유년기 사건이고, 1장과 30장이 청소년기 경험이며, 3장과 6장, 그리고 9장이 옥스퍼드 대학 시절을 그리고 있다. 11장과 13장, 14장, 16장, 22장, 그리고 29장이 다니엘과 넬의 결혼 전후의 사건을 기록한다.

『다니엘 마틴』은 파울즈의 소설 가운데 주인공의 이름을 작품의 제목으로 삼은 최초의 작품이다. 그리고 이 작품은 무엇보다 작가인 파울즈의 자전적인 요소가 가장 많이 투영된 작품이기도 하다. 파울즈 자신이 여러 차례 인터뷰 등을 통해서 이 작품의 주인공 다니엘이 작가 자신을 모델로 하여 창조된 인물이라는 것을 강조했다. 다니엘은 파울즈가 창조한 다른 어떤 인물들보다 정신적으로나 정서적으로 파울즈와 일체감을 가졌다. 다니엘이 진정 자신이 원하는 작품을 쓰기 위해 노력하는 과정에서 그는 자신이 무엇을 써야 하는지를 고민하며 다음과 같이 토로한다.

> 혐오스러운 문화적 유행이라니, 망할 놈의 엘리트주의적인 죄책감, 실존주의적 메스꺼움이 뭐야, 그리고 무엇보다 이미지 안에, 그리고 그 뒤에 가려진 채 진짜(The Real)를 말하지 않는 저 빌어먹을 가공의 세계 (454)

문화적 위선과 엘리트주의적 피해의식, 그리고 실체를 있는 그대로 말하는 대신 희미한 가공의 세계에 천착하는 태도에 대한 비판 등은 작가인 파울즈의 예술 철학을 그대로 보여준다.

등장인물과 작품의 주제, 그리고 전반적인 분위기 등 여러 차원에서 『다니엘 마틴』은 파울즈의 전작 소설들의 변주곡으로 들린다. 다니엘 자신은 『마법사』의 니콜라스와 본질적인 존재론적 상처를 공유하면서도, 더욱 성숙하고 인간적인 면모를 갖춘 인물이다. 옥스퍼드 대학에서 "천상의 쌍둥이"(The Heavenly Twins)로 불리던 제인과 넬은 쌍둥이 혹은 한 쌍의 젊은 여성들에 대한 파울즈의 관심을 반영하고 있다. 『마법사』

에 등장하는 릴리/줄리, 로즈/준의 쌍둥이 자매, 그리고 『프랑스 중위의 여자』의 헤로인 사라와 런던의 창녀 사라, 『흑단의 탑』에 수록된 「구름」에 나오는 애너벨과 캐서린이 같은 원형의 복제에 해당한다. 제인은 파울즈 소설 목록에 늘 등장하는 매혹적이며 신비한 팜므파탈의 이미지를 갖고 있다. 그리고 이 작품의 주인공 다니엘은 『마법사』와 『프랑스 중위의 여자』에서처럼 자신의 실존적 정체성을 찾는 모험을 수행한다.

이러한 유사점에 더하여 『다니엘 마틴』이 파울즈의 전작들과 구별되는 뚜렷한 차이점도 있다. 이 작품은 성숙한 사랑 이야기이다. 다니엘은 파울즈의 주인공 가운데 가장 성숙한 남성이다. 그는 관대하고 공감능력이 뛰어나며 공정한 정신의 소유자이다. 파울즈의 전작들이 즐겨 차용하고 있는 남녀 사이의 권력 투쟁과 성적인 교섭의 문제가 이 작품에서는 뚜렷하게 드러나지 않는다. 주인공인 다니엘과 제인은 주변 인물들과의 관계 속에 존재한다. 『콜렉터』의 프레더릭과 『마법사』와 『프랑스 중위의 여자』의 중심인물들은 고아이거나 사회적으로 소외되고 고립된 인물들이다. 그에 비해 다니엘과 제인은 가족과 친구, 자신들의 세대, 그리고 국가와의 관계 속에 존재한다. 우정과 어린아이들에 대한 따뜻한 관심, 그리고 어른의 책임 등 인도주의적 주제도 이 작품의 변별적인 특징 가운데 하나이다.

제2장
존 파울즈와 실존주의

실존주의 철학은 존 파울즈 소설을 이해하는 중요한 열쇠말 가운데 하나이다. 파울즈는 옥스퍼드 대학교에서 프랑스 문학을 전공하면서 카뮈와 사르트르에 심취했었고 자연스럽게 실존주의 철학과 누보로망의 세례를 받은 것으로 알려졌다. 『아리스토스』의 「서문」에서 파울즈는 자신이 이 책에서 표현하려 했던 가장 중요한 사상은 "이 시대에 우리를 위협하는, 모든 순응하라는 압력에 대항하는 개인의 자유를 보호하려는 것"(7)이라고 선언함으로써, 실존주의적 관심이 자신의 세계관의 기반임을 밝히고 있다. 또한 같은 책의 「실존주의」라는 항목에서는 "실존주의는 개인의 개체성을 박탈하려는 모든 사상체계, 심리학 이론, 그리고 사회적 · 정치적 압력에 대한 개인의 저항이다"(115)라고 천명하고, "최고의 실존주의는 자신의 유일무이함(Uniqueness)을 확인하고, 지적인 자기만족에 대한 해독제로 작용할 수 있는 욕망(anxiety)의 진정한 가치를 깨달으며, 자기 스스로의 삶을 선택하고 통제하는 방법을 배워야 할 필요성을 각성하는 일들을 개인의 의식 속에 재형성하려는 시도이다"(116)라고 정의하고 있다.

파울즈는 또한 실존주의 사상이 자유를 구속하는 압력에 대한 저항일 뿐 아니라 자신의 삶에 대한 적극적인 개입을 의미한다고 주장한다.

> 실존주의 사상 안에는 도덕적 규범이나 행위 규범을, 이것들이 단지 전통이라는 명분 이외에 어떤 정당한 설명도 없이 오직 권위 혹은 사회적 힘에 의해 강요할 때, 그것을 거부하도록 촉구하는 태도가 내포되어 있다. 실존주의는 동기들(motives)을 점검해보도록 끊임없이 촉구한다. 최초의 실존주의자는 키에르케고르가 아니라 소크라테스였다. 그리고 사르트르 학파는 헌신(commitment)이라는 개념을 개발해 냈다. 가톨릭 신앙이나 공산주의, 실존사상처럼 종교적 혹은 정치적 도그마에 끊임없이 헌신하는 것은 근본적으로 비실존주의적이다. [. . .] 진정한 실존주의자는 그 구성원으로 소속되기를 강요하는 어떤 조직에도 결코 구속되지 않는다. (*Aristos* 116)

이러한 파울즈의 사상은 니체(Friedrich Nietzsche)와 하이데거(Martin Heidegger), 사르트르와 카뮈 등으로 대표되는 무신론적 실존주의자들과의 친화성을 드러낸다. 이들의 실존주의 사상은 "하나의 낙관론이고 행동의 이론이다"(사르트르 50). 무신론적 실존주의자들은 인간의 운명을 초월적으로 간섭하는 신의 존재를 부정하고 근본적으로 인간을 고독하며 자유로운 존재로 파악한다. 또한 이들은 인간이 현실 속에서 주체적인 선택을 통해 행동한다고 보기 때문에 이들의 철학은 낙관주의의 면모를 보인다. 자신의 공허한 삶에 대한 인식이 고독과 허무, 절망 등을 가져오지만, 궁극적으로 그 삶을 부정하고 좌절하도록 작용하지는 않는다. 그 대신 자신의 존재에 대한 진정한 실존적 자각은 인간으로 하여금 자신의 삶을 긍정하고, 그 삶을 성실하게 영위함으로써 참다운 자아를 구축하게 한다.

파울즈 소설의 주인공들은 공통적으로 소설이 시작되는 장면에서 자신의 현실에 대해 회피적인 태도를 보인다. 이는 실존주의 철학자들이 '불안'(anxiety) 혹은 '자기기만'(self-deception)이라고 규정한 징후와 같은 것이다. 그리고 자신의 자아를 찾는 개인적 탐험을 끝냈을 때, 그들은 자신의 운명을 스스로 선택하도록 강요받는 기로에 선 모습으로 등장한다. 그 선택을 통하여 그들은 자기 운명의 주인은 바로 자신이라는 것을, 그리하여 자신에게 주어진 현재의 삶 속으로 걸어 들어가 그 삶을 치열하게 살아가야 한다는 사실을 깨닫는다. 파울즈의 주인공들이 존재론적 상처를 가진 상태에서 자신의 실존적 정체성 혹은 진정한 자아를 찾아가는 개인적 탐험을 수행하는 구조는 중세 기사도 문학의 구조이다.

러브데이는 파울즈의 소설을 읽을 때 무엇보다 중요한 일이 작가가 작품 속에 설정한 의도(design), 다시 말해서 사건들 사이에 존재하는 패턴, 혹은 상호연관성을 살피는 일이라고 전제하고 "파울즈의 작품 전체를 관통하면서 작가의 상상력이 만들어낸 모든 작품 세계에 일정한 형태를 부여하는 것은 다름 아닌 로맨스문학이다"(7)라고 지적하였다. 후패커(Robert Huffaker) 또한 파울즈 작품의 주인공들이 고독과 사랑 혹은 자유를 찾아 끝없이 추구하는 절망적이고 낭만적인 탐험을 파울즈 소설의 기본적인 구도로 설명하였다(26-7).[4]

---

4) 그 외 파울즈의 소설을 로맨스 문학 전통으로 해석한 글들은 Ronald Binns, "John Fowles: Radical Romancer," *Critical Quarterly* 15 (1973): 317-34, Janet Lewis and Barry N. Olshen,

캐서린 타복스(Katherine Tarbox) 또한 파울즈의 소설들이 근본적으로 같은 이야기라고 전제하고 그 플롯의 전개 과정을 다음과 같이 정리했다.

> 그의 작품들은 어느 정도 나르시시즘을 앓고 있는 주인공들로 시작된다. 그 주인공들은 부정직한 삶을 살며 자신의 진정한 정체성을 대신해서 맡겨진 역할을 연기한다. [. . .] 그들이 자신의 거짓된 자아로부터 벗어나려는 욕구, 자기 스스로 덮어쓴 마스크를 벗어버리려는 노력은 그 주인공들을 선택받은 소수가 되게 한다. [. . .] 이 선택된 개인들은 개인적인 고난을 통해 이미 진정한 자아를 획득한 자비로운 마법사에게 압도된다. 그리고 그 정신적 지도자는 주인공들을 파울즈가 소위 '신의 유희'라고 부르는 게임으로 이끈다. (2-3)

타복스의 설명은 파울즈의 소설들이 일관되게 주인공들이 자아를 찾는 탐색의 모티브를 채택하고 있으며 주인공들의 탐색의 과정에 삶에 대한 예지를 가진 마법사와 같은 정신적 스승이 간섭하고 있음을 강조하고 있다. 타복스 이외에도 많은 비평가들이 파울즈의 소설을 중세 기사도 문학 전통 속에서 수용하고, 작가가 등장인물의 성격 창조 및 플롯 구성의 측면에서 고안해낸 일정한 패턴을 밝히기 위해 노력하였다.

파울즈의 주인공들이 수행하는 실존적 탐험을 작동시키는 근본적인 동력은 '미스터리'(Mystery)다. 미스터리는 파울즈가 하나의 사상체계로 발전시킨 대단히 독특하고 다층적인 개념이다. 가장 일반적인 차원에서 파

"John Fowles and the Medieval Romance Tradition," *Modern Fiction Studies* 31 (1985): 15-30, James R. Baker, "Fowels and the Struggle of the English Aristoi," *Journal of Modern Literature* 8 (1980-1): 163-80, Kerry McSweeny, *Four Contemporary Novelists: Angus Wilson, Brian Moore, John Fowles, V. S. Naipaul* (Montreal: McGill-Queen's UP, 1983), 101-50, Robert Scholes, "John Fowles as Romancer," in *Fabulation and Metafiction* (Urbana: U of Illinois P, 1979), 37-46 등이 있다.

울즈는 미스터리를 우주 속에서 우리의 삶을 지배하는 일반원칙으로 규정한다. 캐서린 타복스와의 인터뷰에서 그에게 미스터리란 무엇을 의미하는가 하는 질문을 받았을 때, 파울즈는 "미스터리는 자연 속에 존재하는 모든 사물의 근저에 놓여 있는 무엇이다. 나는 수많은 미스터리를 알고 있다. 어떤 사물이 왜 그렇게 행동하는가? 어떤 사건들이 왜 그런 방식으로 발생하는가? 이런 것들이 미스터리다."(185)라고 대답했다. 이렇게 정의할 때 미스터리는 살아있는 모든 생명체의 존재 방식을 지배하는 삶의 근본원리가 된다. 마치 토마스 하디의 "내재적 의지(Immanent Will)"나 에머슨(Ralph Waldo Emerson)의 "대신령(Oversoul)"과 같은 개념처럼 들린다.

파울즈는 『아리스토스』에서 미스터리를 보다 구체적으로 정의하고 있다. 이 책에서 파울즈는 자신의 철학적, 예술적 그리고 윤리적 사상들은 선문답과 같은 문체로 정의하고 있는데, 그 첫 번째 장인 「보편적인 상황」("The Universal Situation")에서 정리하고 있는 미스터리 개념은 세 가지 차원의 의미를 가진 것으로 이해된다. 첫째로, 파울즈는 미스터리를 "알려진 것" 혹은 "알 수 있는 것"의 반대 개념으로서 인간의 실존을 에워싸고 있는 "알려지지 않은 것" 혹은 "알 수 없는 것"이라고 정의한다. 우주 안에서 인간의 실존 상황을 "알려진 것"과 "알려지지 않은 것" 사이의 갈등과 긴장으로 파악하는 파울즈에게 미스터리란 "알려진 것" 즉 "인식된 세계"와 더불어 인간의 실존 양식을 결정하는 두 개의 축 가운데 하나이다. 요컨대, 모든 장소, 모든 시간 속에 부재함으로써 오히려 그 전지적인 편재성을 확보하는 신처럼, 미스터리는 "알려지지 않은" 혹은 "알 수 없는" 하나의 원리로서 인간의 존재를 에워싸고 있는 보이지 않는 보편적 의지이다.

원자가 양과 음의 분자로 구성되어 있는 것처럼 모든 사물은 그것

자체의 존재와 부재로 이루어져 있다. 이런 방식으로 '신'은 만물 속에 그리고 매 순간 부재함으로써 존재하는 것이다. 이것이 바로 가장 단순한 사물에 이르기까지 그 사물을 구성하고 있는 어두운 핵심, 혹은 미스터리이며, 존재-곧-부재의 방식이다. (26)

두 번째 차원에서 미스터리는 사물이 지속적으로 존재하기 위해 필요한 에너지원으로 파악된다. 파울즈는 "우리는 최종적인 분석에 있어서는 결국 계속 살아간다. 왜냐하면 우리는 우리가 왜 여기서 이렇게 살아야 하는지 모르기 때문이다. 바로 이 '알지 못함' 혹은 '우연'(hazard)이라는 조건은 마치 물이 필수적인 것처럼 인간에게 필수적인 요소이다"(26)라고 설명한다. 인간이 인식할 수 없는 거대한 미스터리의 세계가 이미 알려진 삶의 표면 너머를 에워싸고 있는 상황을 인간의 축복이라고 생각한 파울즈는 그 미스터리를 인간이 자신의 실존 상태를 유지할 수 있도록 제공되는 힘의 원천으로 규정한다.

그런데 그 힘은 인간을 현실 속에서 좌절시키기보다 부단히 단련시킴으로써 인간으로 하여금 자신의 삶의 터전, 그 현재 속으로 다시 돌아가게 하는 긍정적인 힘으로 작용한다. 『아리스토스』에서 "신의 유희"를 정의하면서 파울즈의 미스터리의 긍정적 작용을 다음과 같이 설명한다.

우리는 존재의 표면 너머에 무엇이 있는지 알 수 없는 상태이기 때문에 최상의 상황에 놓여 있는 셈이다. 우리는 결코 어떤 일의 원인을 알 수 없다. 우리는 결코 내일을 알 수 없다. 우리는 신을 알지 못하고 신이 존재하는지도 알 수 없다. 우리는 심지어 우리 자신에 대해서 알 수 없다. 세계와 세계에 대한 우리의 인식을 에워싸고 있는 이 신비한 벽은 우리를 좌절시키기 위해서가 아니라 우리를 단련하여 현재 속으로, 우리의 삶 속으로, 우리의 당장의 존재 속으로 돌려보내기 위해 거기 있는 것이다. (19)

마지막으로 미스터리는 그것 자체가 본질적으로 도달할 수 없고, 인식할 수 없고, 규명될 수 없는 무형의 실체이기 때문에, 삶의 지혜, 혹은 자신의 정체성, 그리고 궁극적으로 미스터리의 본질적 의미를 찾기 위해 그 미스터리의 미로를 탐험하는 개인에게 어떤 결정적인 해답을 제시해 주지 않는 냉혹한 우주적 질서를 의미한다.

> 미스터리 혹은 알 수 없음은 에너지이다. 미스터리가 설명되는 순간, 그것의 에너지원으로서의 기능은 정지되고 만다. [. . .] 사실 신은 알 수 없는 존재이기 때문에 우리는 이 실존적인 미스터리의 원천을 가두는 댐을 쌓을 수 없다. '신'은 결국 모든 질문과 모험의 에너지이며 모든 행동과 의욕의 원천이다. (27)

이처럼 파울즈가 규정한 미스터리는 인간에게 알려지지 않은, 혹은 인간이 알 수 없는 삶의 원리이면서, 동시에 인간으로 하여금 현재의 실존적 상태를 계속 지속케 하는 에너지원으로 작용하고, 그 미스터리의 정체를 파악하려는 개인의 노력에 대해 적극적인 해답을 제공하지 않는 우주적 질서라는 다층적인 의미를 갖는다.

『콜렉터』와 『마법사』, 그리고 『프랑스 중위의 여자』는 로맨스 문학의 모험담(Quest Motif)을 작품의 기본 구조로 채택했고, 각 작품의 주인공들은 사랑을 획득하기 위해, 자신의 진정한 실존적 정체성을 깨닫기 위해, 혹은 삶의 미스터리가 그들에게 제시하는 지혜를 얻기 위해 모험을 수행한다. 이 세 작품을 모험담으로 수용할 때, 다음에 제기되는 질문은 "그 모험의 주체가 되는 기사(Quester)는 누구인가"하는 것이다.

『마법사』의 도식은 단순명료하다. 이 작품에서 모험을 수행하는 주인공은 의심의 여지없이 니콜라스이다. 니콜라스가 자신의 실존적 정체성을 탐색하는 모험을 수행하고, 소설가와 같은 상상력을 가진, 혹은 신과 같은 지혜와 능력을 지닌 콘시스가 그의 탐험을 돕는 정신적 스승의 역할을 한다. 작품 속에서 발생하는 모든 사건은 그에게 집중되어 있고, 그 사건들은 예외 없이 니콜라스의 관점에서 서술된다. 그는 또한 작품 속에서 변화하고 성장하는 유일한 인물이기도 하다.

『콜렉터』가 프레더릭의 이야기인지 미란다의 이야기인지는 논란거리이다. 프레더릭은 일견 "수세기 동안 사회적 불평등이 부화시킨 부드러운 음성을 지닌 괴물"(Huffaker 75)이나 "낭만적 연인을 돋보이게 하는 비열한 반영웅"(Lewis and Olshen 19)처럼 보인다. 그는 예술적 감수성이 결여되어 있으며 도덕적으로 성장하는 모습을 보이지도 않는다. 자기 스스로는 퍼디난드(Ferdinand)로 불리고 싶어 하지만, 미란다는 금새 그의 정체를 캘리번(Caliban)으로 간파한다.

그와 비교했을 때, 아름다운 미술학도인 미란다는 삶의 활력과 성장에 대한 잠재력을 지니고 있으며, 풍부한 상상력과 자유로운 정신, 그리고 인간적인 마음을 소유하였다. 그녀는 정신이상자에게 의해 납치되고 감금당하는 절망과 궁지에 처해 있음에도 불구하고 약간의 도덕적 성장을 보여주기도 한다. 더욱이 이 작품의 절반 정도의 지면은 그녀가 쓴 일기의 형태로 미란다의 시점에 의해 서술된다. 그래서 많은 비평가들이 자신을 납치하고 감금한 악당에 대해 미란다가 육체적으로 그리고 정신적으로 벌이는 투쟁에 주목하면서, 『콜렉터』를 신체적 자유와 정신적 성장을 향한 미란다의 모험으로 해석한다.

윌리엄 파머가 미란다를 『마법사』의 니콜라스와 『프랑스 중위의 여자』의 찰스처럼 자신의 존재의 의미를 찾아 모험을 수행하는 인물로 해석한 이후(79) 많은 비평가들이 그의 견해를 수용했다. 리차드 케인(Richard Kane)은 아이리스 머독과 뮤리얼 스파크, 그리고 존 파울즈 등 대표적인 현대 영국소설가들의 작품을 로렌스류의 악마가 주인공을 교육시키는 과정으로 해석하면서 프레더릭과 콘시스, 그리고 사라를 각각 미란다와 니콜라스, 그리고 찰스를 교육시키는 교훈적인 악마(Didactic Demon)라고 지목하였다(114). 『콜렉터』에서 프레더릭은 콘시스처럼 주인공의 탐험을 디자인하는 멘토의 지위를 갖고, 자기 탐색의 모험을 수행하는 주체는 미란다라고 파악한 것이다.

올센 또한 파머, 케인과 유사한 입장을 보인다. 올센은 파울즈가 작품 속에서 가장 막강한 권력을 행사하는 인물을—그렇게 되면 『콜렉터』에서는 나비 수집광인 프레더릭을, 『마법사』에서는 콘시스를, 그리고 『프랑스 중위의 여자』에서는 사라를—작품 제목으로 삼았던 것에 주목하면서 이들 권력자들을 다른 인물들을—각각 미란다와 니콜라스, 그리고 찰스를—압도하는 힘과 의지를 지닌 행위자로 보았다(87). 이때 작품의 제목으로 등장한 인물들은 소설 공간 안에서 실제로 모험을 수행하는 대신 다른 등장인물의 동작과 행위를 인형극에서처럼 무대 뒤에서 조종하는 역할을 한다. 미란다는 무대 위에서 연기하는 배우가 되고 프레더릭은 커튼 뒤에 숨어서 줄을 당기는 조종자가 되는 셈이다. 리차드 케인과 베리 올센의 견해를 바탕으로 파울즈의 작품이 채택하고 있는 모험담의 패턴을 다음과 같이 도식화할 수 있다.

작품	모험의 주인공	탐험의 목표	권력을 가진 자 인형의 조정자
『콜렉터』	미란다	신체적 자유 정신적 성장	프레더릭
『마법사』	니콜라스	자기 정체성	콘시스
『프랑스 중위의 여자』	찰스	사라의 사랑 실존적 자유	사라

이 표에 표시된 사라의 좌표에 대해서 이견이 제시될 수 있다. 사실 『프랑스 중위의 여자』에서 이 탐험의 방정식은 조금 복잡한 양상을 보인다. 찰스가 니콜라스처럼 자신의 실존적 정체성을 찾아 고독한 탐험을 수행하는 인물인 것은 분명하다. 사라가 그 탐험을 견인하는 역할을 하고 있는 것도 사실이다. 그런데 앞서 정리한 비평가들 가운데서도 파머는 사라를 니콜라스 또는 찰스와 함께 자신의 실존적 정체성을 찾아 탐험을 수행하는 주체로 파악하고 있다. 사라가 빅토리아 시대의 사회적 편견과 완고한 도덕적 위선에 저항하여 자신의 주체성을 추구하고, 결국 신여성으로서의 진정성을 획득하기 때문이다. 그녀의 지위를 단순히 찰스의 여정을 뒤에서 조종하는 권력자라기보다 스스로 치열한 모험을 수행하는 주인공으로 평가하는 견해가 타당성을 가질 수 있다.

그러나 『프랑스 중위의 여자』에서 작품의 제목이 사라를 지칭하고 있음에도 불구하고 이 작품은 찰스의 스토리로 해석해야 한다는 것이 필자의 생각이다. 작품을 읽는 동안 독자들은 좀처럼 사라의 동기를 파악할 수 없다. 우신 사라는 미란다가 그랬던 것만큼 작품의 지면을 많이 차지하지 않는다. 그녀는 종종 사건의 핵심적인 전개에서 벗어나 모습을 보이지 않기도 한다. 또한 사라는 샘과 매리, 미스터 프리먼, 그리고 찰스의 삼촌과 같은 작품의 보조 등장인물들과 아무런 관계를 갖지 않는다. 이 모든 보조 인물들과 작품의 하위 플롯(Subplot)은 오직 찰스와의 관계를 통해서 의미를 형성한다. 비록 이 작품의 중심 사건이 사라의 기획과 의도에 의해서 전개되고 있지만 하고피언(John V. Hagopian)의 지적처럼 "서술하는 카메라의 초점은 찰스에게 맞추어져 있고 독자는 오직 찰스가 그녀를 이해하는 방식으로만 사라를 이해한다. 찰스가 사라를 이해한 결과에 의해 그가 변화를 겪는 것, 이것이 바로 이 소설의 본질이다."(198)

파울즈가 로맨스의 주인공들인 등장인물의 성격을 창조하는 패턴에 대해서 러브데이와 맥스위니 등의 학자들은 조금 다른 견해를 보인다. 맥스위니는 파울즈 작품에 등장하는 남성 주인공들이 "인식의 세계에서 미지의 세계로의 통과제의"(106)를 수행하는 여행자들이라고 간파하였다. 맥스위니는 이들 남성 주인공들의 후면에 그들의 여정을 견인하는 일종의 정신적 스승(mentor)이 존재하며, 이 주인공들과 정신적 스승 사이에 주인공들을 안내하는 대리인, 혹은 화학 작용의 촉매와 같은 역할을 담당하는 여성 보조 인물인 "냉정하고 지성적이고 아름다운 젊은 영국 아가씨들"(106-7)이 등장한다고 주장하였다.

러브데이는 파울즈가 그리스의 철학자 헤라클레이토스(Heraclitus)의 영향을 받아 "도덕적이고 지적인 소수 엘리트"와 "무지하고 순응하는 대중"의 갈등을 그의 소설의 핵심적인 주제로 채택했다고 지적하고, 현명한 노인 - 여성 중재인 - 남성 주인공의 3중 구조가 파울즈의 모든 소설에 반복적으로 등장하는 기본구도라고 설명하였다(3). 맥스위니와 러브데이의 견해를 수용하여 파울즈가 채택한 로맨스 문학의 패턴을 다시 그리면 다음과 같다.

작품	남성 주인공	여성 안내자 중재인	정신적 스승 마법사
『콜렉터』	프레더릭	미란다	G.P.(조지 패스톤)
『마법사』	니콜라스	앨리슨 릴리/줄리	콘시스
『프랑스 중위의 여자』	찰스	사라	단테 가브리엘 로제티

이 두 가지 도식 가운데 어느 것이 더욱 타당한 것인지를 과도하게 논의하는 일은 '의도론적 오류'(intentional fallacy)에 빠질 위험이 있다. 두 가지 도식 모두가 파울즈가 로맨스 문학의 전통 속에서 등장인물의 성격을 창조하고 배열한 방식을 이해하는 데 유용하다고 평가할 수도 있다. 그러나 앞 장에서 정리한 파울즈의 미스터리 사상을 등장인물의 성격 창조에 적용해 볼 때, 각각의 로맨스에서 탐험의 주체들은 남성 주인공들이라는 것이 필자의 생각이다.

이를 서술적으로 표현하면 다음과 같다. 파울즈 소설의 남성 주인공들은 "알려지지 않은" 인생의 기본원리인 미스터리에 대해 무지한 자들이다. 이들은 이해할 수 없는 에너지로 작용하는 미스터리에 이끌려 인생이라는 미스터리의 미로를 탐험한다. 그들의 탐험은 미스터리에 대한 지혜를 이미 보유하고 있는 은둔자와 같은 정신적 스승에 의해 인도된다. 그리고 대체로 아름다운 모습을 한 여성 보조 인물이 은둔자를 대신하여 남성 주인공을 유인하고, 그를 함정에 빠트리거나 그의 정신적 성장을 돕는다. 탐험의 주체인 남성 주인공들은 미스터리의 바다를 건너는 고통스럽고 긴 여행을 마치고 마침내 리얼리티라는 현실의 대지에 도착하지만, 미스터리 자체가 도달할 수 있거나 획득 가능한 것이 아니기 때문에, 그들은 그 모험의 목표, 자신의 존재의 의미에 대한 완전한 해답을 얻지 못한 채 단지 몇 조각 삶의 지혜를 얻어 돌아온다.

프레더릭과 니콜라스, 그리고 찰스 등 파울즈 소설의 남성 주인공들은 그들의 사회적 출신 성분이 뚜렷이 다름에도 불구하고 작품이 시작하는 장면에서 대단히 유사한 상황에 놓여 있다. 공교롭게 이들은 중하류계층(프레더릭)과 중상류 지식인 계층(니콜라스), 그리고 상류 귀족 계급(찰스)을 각각 대표하지만, 존재론적으로 동일한 좌표에 놓여 있다. 이들은 육체적으로, 생물학적으로, 그리고 정신적으로 소외되어 있으며 평범한 영국인 기질을 대변하고, 무엇보다 자신들의 실존적 실체를 에워싸고 있는 "알 수 없는" 근원인 미스터리의 존재에 대해 무지한 상태이다. 세 사람 모두 부모를 여읜 고아들이다. 이들은 생물학적으로, 그리고 사회적으로 소외되어 있을 뿐 아니라 공통적으로 정신적으로 황폐한 상태에 놓여 있다. 그릇된 자아의식은 그들로 하여금 외부 세계와 건강한 관계를 설정하지 못하게 하고 책임을 회피하게 만든다. 그들은 또한 현재의 실존 너머에 있는 미지의 세계, 미스터리의 영역과 관계를 맺지 못한다.

제1절 『콜렉터』—포획할 수 없는 미스터리의 세계

『콜렉터』의 프레더릭은 중하류 계층에 속한, 사회적으로 존재 가치가 미미한, 주변 사람들로부터 인정받지 못하는 보잘 것 없는 인물이다. 열등감에 사로잡혀 있고 미래에 대한 전망이나 인간에 대한 따뜻한 애정, 공감 능력 등이 결여된 인물이다. 그가 축구복권 당첨이라는 행운에 의해 갑작스럽게 부자가 되었지만 그것이 그의 사회적 신분을 변화시키지 못한다. 그의 존재론적 상처와 같은 자신의 계층에 대한 열등감은 사라지지 않고 그는 오히려 분열된 자아로 인한 고통을 받는다. 복권에 당첨되고 난 뒤, 그는 화려한 식당에서 외식을 즐기고 값비싼 레이카(Leica) 카메라를 구입하기도 하고 심지어 거리의 여인을 상대로 호사를 부려보기도 하지만 그가 본래 지니고 있던 끈질긴 계급의식으로부터 해방되지 못한다.

> 그들은 내가 보지 않는 곳에서는 지난날 시청 서기에 불과했던 나를 제대로 대우하고 있지 않음이 분명했다. 돈을 마구 뿌려보았자 아무 소용이 없는 일이다. 입을 열기가 무섭게, 혹은 어떤 행동을 하기가 무섭게 우리의 본색이 탄로 나고 말기 때문이다. 이봐요, 공연히 우릴 속이려고 하지 마슈. 우린 당신네들이 어떤 신분의 사람들이라는 것을 알고 있단 말씀이오. 아니 어쩌자고 옛날 신분으로 돌아가려고 하지 않는 거요? 그들이 마음속으로 이렇게 말하고 있다는 것은 너무나도 뻔한 일이었다. (8)

이렇게 분열된 자아를 가지고 프레더릭은 자신이 꿈에 그리던 아름다운 소녀 미란다의 사랑을 획득할 계획을 세운다. 자신이 이제 부자가 되어 미란다에게 합당한 남편감이 되었다고 생각한 그는 그 목표를 달성할 수 있는 무모하고 치밀한 계획에 착수한다. 프레더릭이 미란다에게 접근한 것은 자신이 무지했던 세계, 점잖은 말투를 구사하는 런던의 상류사회, 그리고 상상력과 예술의 세계와의 접촉을 의미한다. 이것은 그가 전혀 알지 못하고 이해할 수 없는 미스터리의 세계로의 여정을 시작했다는 의미이다. 그가 경제적으로 획득한 물질적 부는 그의 꿈을 실현시킬 수 있는 기회를, 외딴 곳의 저택을 구입하고 소녀를 납치하여 감금할 수 있는 물리적 수단을 제공했을 뿐이다. 그는 여전히 인간의 삶에 존재하는 미스터리의 본질에 대해 무지할 뿐 아니라 그것을 다룰 수 있는 상상력이 결핍된 상태로 그 여정을 시작한다. 그는 나비를 채집하듯이 그의 이상형인 미란다를 수집하려 하지만 그녀는 그가 결코 이해할 수 없는, 편입해 들어갈 수 없는 미스터리의 세계 속에 존재하기 때문에 그의 노력은 실패로 끝나고 만다.

프레더릭을 미스터리에 무지한 채, 그 미스터리의 실체를 찾아 모험을 수행하는 주체라고 가정할 때, 러브데이와 맥스위니가 규정한 등장인물의 3중 구도 배열에서 미란다와 조지 패스톤(G.P.)의 실존적 좌표는 명쾌하게 파악된다. 프레더릭과 미란다, 그리고 G.P.는 일렬로 서 있다. 프레더릭과 미란다는 마주 보고 서 있고 미란다의 뒤에 완전히 몸을 가린 채 G.P.가 위치한다. 그리고 G.P.의 뒤에는 프레더릭이 결코 이해할 수 없는 거대한 미스터리의 세계가 있다.

미란다는 프레더릭이 이해할 수 없는 것의 총화이며, 그가 결코 편입될 수 없는 세계의 대변자이다. 그는 진정한 예술이 무엇인지 모른다. 미란다는 그의 과학적 취향과 사진 애호를 끊임없이 경멸하며 그에게 진정한 예술의 가치를 가르치려 애쓴다. 그는 위대한 인류애를 이해하지 못한다. 미란다는 그에게 반핵운동에 기금을 내도록 요구하지만, 그는 그녀에게 기금을 내겠다고 거짓으로 약속한다. 프레더릭은 타인과 진정한 관계를 형성하지 못하고 책임을 감당하지도 못한다. 미란다는 처음에는 그녀 자신을 위해서, 그리고 나중에는 자신을 감금한 괴물을 위해서 그와 진정한 인간관계를 형성하기 위한 노력을 기울인다.

비록 미란다는 프레더릭이 결핍하고 있는 모든 것이지만 그녀 스스로는 까다롭고 잘난 척하며 위선적인 인물이다. 미숙한 미술학도로서 그녀는 41세 화가이며 사이비 예술가인 G.P.의 강한 영향을 받는다. 미란다는 G.P.가 성적으로 문란한 삶을 영위하며 심미주의자인 척하기를 즐기는 속물적인 인물이라는 것과 그에 대한 자신의 열정이 어리석은 우상숭배라는 것을 깨닫고 있음에도 불구하고 정신적으로 그에게 종속된 상태를 벗어나지 못한다. 미란다는 자신의 일기에 G.P.의 가장 큰 장점을 모든 위선과 허세를 부정하고 분개하는 "솔직한 열정"(naked passion)이라고 기록하고 있다.

G.P.가 미란다에게 행사한 긍정적인 영향력은 바로 프레더릭이 이해할 수 없는 미스터리의 본질이다. 미란다는 자신의 10월 20일자 일기에 G.P.가 그녀의 삶을 변화시킨 방식을 긴 리스트로 작성하고 있는데, 그 첫 항목에 기록한 것이 바로 진정한 예술 정신, 창조적 열정이다.

> 1. 만일 그가 진정한 예술가라면, 그는 자기의 예술에 자기의 전부를 쏟아 넣게 마련이다. 그렇지 못할 경우, 그는 진짜 예술가가 아니다. 이 경우 G.P가 말하는 '창조하는 사람'은 아닌 것이다. (152)

이 작품에서 G.P.가 오로지 미란다의 일기 속에만 등장하고 있는 것은 은둔자 현인의 위상에 걸맞은 것이다. 그리고 그가 대변하는 삶의 진리, 곧 미스터리의 본질은 바로 그가 미란다를 교육하고 변화시켰던 정신이다. 그것은 진정한 예술 정신, 생명을 존중하는 마음, 자유로운 영혼, 그리고 변화와 성장의 잠재력을 가진 여성적인 특질이다. 그 미스터리의 본질에 대한 감수성이 결여되어 있는 프레더릭은 채집하고 분류하여 박제하는 과학 정신으로 무장된 인물이다. 그는 생명이 본질인 예술 정신을 이해하지 못하고 사진을 통해 죽음을 재생하는 작업에 몰두하며 억압하고 강제하는 남성성을 상징한다.

프레더릭은 나비를 채집하는 아마추어 과학도이다. 그는 수집하고 분류하고 박제하는 과학적 원리에 사로잡힌 인물이다. 그는 희귀종 나비를 채집하는 정신으로 미술학도인 미란다를 납치하여 감금한다. 과학 정신을 대변하는 프레더릭이 예술적인 감수성을 지닌 미란다에게 가하는 폭력은 "과학이 예술을 감금하고 살해하는 하나의 알레고리"(Leman 131)로 읽힐 수 있는 것이다. 프레더릭은 나비를 채집하듯이, "희귀종 점박이 노랑나비"를 사로잡는 마음으로 그의 환상 속의 사랑을 채집하려 한다.

> 그녀를 볼 때마다 나는 마치 아주 희귀한 나비를 잡으려는 사람처럼 가슴이 두근거렸고, 또한 매우 조심스러워지곤 했었다. 이를테면 '희귀종 점박이 노랑나비'를 잡으려 할 때와 흡사한 심정이라고나 할까. 나는 항상 그녀를 이렇게 생각했다. 내 말은 이런 행운은 아주 드물고 어쩌다 일어나기는 하지만 너무도 근사한-다른 나비들과는 비교도 할 수 없는 노릇이지-일이라는 것이다. 그러니까 그녀를 진짜 전문가나 알아주는 그런 나비와 같은 존재로 여겼다. (3)

프레더릭이 미란다의 환심을 사기 위해 자랑스럽게 자신이 채집한 나비 견본을 보여주었을 때, 미란다는 곧 자신을 감금한 괴물이 나비를 채집하듯이 자신을 억류하고 있음을 간파하고 나비들을 "내 동료 희생자들"(54)이라고 부른다.

미란다는 보던 그림책을 덮었다. "당신 이야기를 해 보세요. 여가에는 무엇을 하고 지내나요?"

"나는 곤충학자요. 나비를 채집하고 있소."

"그러시겠죠. 신문에 그렇게 났더군요. 그러니까 지금은 나를 채집하신 거네요." (42)

"어디 이제 제 동료 희생자들을 좀 보여주시겠어요?" (54)

프레더릭은 나비를 수집했던 것처럼 미란다를 억류하고 소유하려 하지만 금새 그녀가 "채집 - 분류 - 박제"의 방법론에 의해 가두어지지 않는 존재라는 사실을 깨닫게 된다. 화려한 날개를 펼친 채 아름답게 박제되어 있는 나비가 파괴적인 과학 정신이 만든 "죽어 있는 아름다움(dead-beauty)"의 상징이라면 미술 학도로서 미란다가 견지하고 있는 예술적 원리는 바로 생명의 원리이기 때문이다. 프레더릭이 수집한 나비 표본을 보고 미란다는 그가 채택한 채집의 방법론, 즉 죽음의 원리를 비난한다.

"이것들은 아름답기는 하지만 정말 슬픈 모습이군요."

생각하기에 따라서 세상 모든 것이 다 슬픈 것 아니겠소? 내가 말했다.

"하지만 그렇게 만든 것은 바로 당신이잖아요?" 그녀는 서랍을 사이에 두고 나를 뚫어지게 바라보았다.

"이제까지 얼마나 많은 나비를 죽인 건가요?"

보시는 바와 같소.

"아녜요, 내 말은 그런 뜻이 아니예요. 만일 당신이 이 나비들을 죽이지 않았더라면 얼마나 많은 나비들이 태어났을지를 말하고 있는 거예요. 당신이 말살해 버린 그 모든 살아있는 아름다움을 말하는 거라고요." (54)

과학의 원리와 죽음의 미학에 사로잡힌 프레더릭은 공교롭고도 적절하게 사진에 집착한다. 나비 수집이라는 취미를 미란다가 격렬하게 비난했을 때, 프레더릭은 자신의 또 다른 취미로 "사진 찍기"를 내세웠지만, 그림으로 살아 있는 아름다움을 표현하는 미란다에게 사진이란 다시 과학적 복제, 즉 죽어 버린 아름다움의 또 다른 모습일 뿐이다. 그녀는 프레더릭이 자랑스럽게 보여주는 사진들을 보며 "다 죽은 거예요. 특별하지 않아요. 이 사진들 다요. 그림으로 그리면 살아 있지만, 사진으로 찍은 건 죽은 거예요."(55)라고 비난한다.

미란다는 자신의 감금 상태에서 탈출하기 위한 최후의 수단으로 프레더릭을 유혹하여 성관계를 가지려 하지만 그가 성불능의 상태에 빠져 실패하고 만다. 그 후 프레더릭은 매일같이 미란다에게 외설적인 포즈를 취하게 한 뒤 이를 사진으로 기록하는 일에 열중하게 되는데, 윌리엄 파머는 1970년 영국의 한 극단이 이 작품을 공연하였을 때의 무대를—프레더릭이 카메라로 미란다를 능욕하는 장면을—다음과 같이 흥미 있게 리포트하고 있다.

> 클렉이 셔터를 누르기 시작하자 잔인한 섬광등 불빛이 무대의 어둠을 뚫고, 리드미컬하게, 점점 더 빠르고 점점 더 강하게, 침대에 묶여 있는 미란다의 싱싱한 몸뚱이를, 둔하게 내리꽂는 빛 뭉치로 공격하기 시작했다. 그러는 동안 클렉은 자신의 카메라를 어루만지며 흥분된 상태로 어둠 속을 기어 다녔다. 그리고 마침내 이 장면과 이를 지켜보던 관객들은 탈진한 암흑 속으로 떨어졌다. 그들은 다같이 기계적 오르가즘에 도달했고 인간 세상에서 이루어진 것과 유사한 무언가가 괴상하고 억압적이며 분열된 부자연스러운 빛과 사악한 어둠의 세계로 변형되었다. (42)

미란다를 상대로 정상적인 성관계를 가질 수 없는 프레더릭은 그녀를 발가벗기고 치욕적인 포즈를 취하게 한 다음 그 모습을 사진으로 찍는 일을 되풀이한다. 이런 모습은 카메라에 의한, 셔터를 누를 때마다 번쩍거리는 빛에 의한 겁탈이 되고, 이를 어둠 속에서 지켜보던 관객들은 일종의 기계적인 오르가즘에 도달하여 탈진하게 된다는 것이다. 카메라, 기계, 과학이 아름다운 여성, 예술을 능욕하고 있는 셈이다.

프레더릭은 미스터리의 세계에서 절연된 채, 미란다라는 피상적인 미스터리의 표상에 유인되어 그 세계와 접촉하고 그 안에 진입해 보지만 그 모험의 여정은 미스터리의 강을 건너 그 본질에 대한 깨달음을 획득하는 방식으로 진행되지 않는다. 그 여정은 목적지를 향해 앞으로 나가는 방식이 아니라 시행착오를 거듭하며 제자리를 맴도는 형태이다. 미란다가 프레더릭을 "상상력이라고는 전혀 없는 인간"(148)이라고 진단한 것은 두 사람의 관계가 어떻게 발전할 것인지를 통렬하게 예견하고 있는 셈이다. 작품 말미에 미란다의 죽음을 자신만의 방식으로 처리한 프레더릭이 또 다른 납치의 대상—제2의 M, 울워즈 백화점에서 일하는 마리안(Marian)—을 향해 새로운 걸음을 내딛는 것이 그의 여정이 순환되는 패턴임을 웅변적으로 증명하고 있다.

사건이 진행될수록 프레더릭과 미란다는 자기 두 사람이 철저하게 다른 세계에 속해 있다는 사실을 깨닫는다. 그녀에 대한 광적인 사랑에도 불구하고 프레더릭은 결코 미란다의 정신세계 속으로 들어갈 수 없다. 그 대신 그는 그녀가 "자신이 도저히 예측할 수 없는 전형적인 여성"(56)임을 깨닫는다. 심지어 그는 미란다를 육체적으로 착취하지도 못한다. 프레더릭은 미란다를 통하여 인생의 신비한 본질, 곧 미스터리와 직면하고 분투하지만 결국 그는 관찰자의 지위에 머물 뿐, 그 미스터리의 세계로 편입하는 데 실패하고 만다.

『콜렉터』에서 프레더릭을 미스터리를 향한 모험을 수행하는 주인공이라고 해석할 때, 그 다음에 제기되는 질문은 "그는 과연 영웅인가"하는 것이다. 앞에서 프레더릭의 반영웅적인 특성을 설명했지만, 그는 확실히 고성에 감금된 미녀를 구출하는 백마를 탄 기사는 아니다. 오히려 그는 미녀를 납치하여 감금한다. 그러나 그의 악마적 속성과 둔감한 과학 정신에도 불구하고 독자의 동정을 획득하여 승리자가 되는 쪽은 프레더릭이라는 것이 필자의 생각이다. 이 점에서 필자는 러브데이가 솔직하고 단순한 프레더릭의 문체와 세련되고 수사적인 미란다의 일기체를 비교한 후, "결국 효력을 발생하는 쪽은 프레더릭의 서술이다"(27)고 진단한 것에 동의한다.

제2절 『마법사』－다시 발견한 일상의 가치

『마법사』는 자신의 실존적 현실을 직면하지 못하고 끊임없이 그 현실로부터 탈출을 모색하는 한 부르주아 영국 청년의 방황을 그린 소설이다. 이 작품의 주인공인 니콜라스는 '소외'와 '자기기만'이라는 현대인의 존재론적 상처를 대변하는 인물이다. 그는 현실 속에서 구체적이고 명확한 인간관계를 설정하지 못한 채, 끊임없이 환상과 가공의 세계로의 탈출을 꿈꾼다. 니콜라스는 소설이 시작되는 장면에서 냉소적인 무신론자의 모습으로 나타난다. 그는 프레더릭이 그랬던 것처럼 분열된 정체성을 가진 채 이중적인 삶을 영위한다. 대학 시절 이후의 자신의 삶을 반추하면서 니콜라스는 자신이 "사치스러운 생활 태도"와 "지적인 허영심", "사이비 귀족적인 권태감", 그리고 프랑스 실존주의 사상을 부조리하게 모방하는 미숙한 냉소주의자이며 탐미주의자였다고 고백한다(17).

니콜라스의 이러한 특성은 특히 이성과의 관계에서 여실히 드러나는데, 그는 준수한 용모와 무관심, 그리고 고독한 분위기－그는 이를 "치명적인 무기"라고 불렀다－로 위장한 채, 여자를 만날 때마다, "그녀가 옷을 벗기 전에 사랑과 결혼은 다른 것임을 알고 있는지 확인하기 위해 주의를 기울이고", "처녀 하나를 떼버림으로써 얻는 안도감을 자유를 향한 사랑이라고 오해"(21)하는 바람둥이였다. 그는 대학을 졸업하고 "패배할 수밖에 없는 태세로 무장하고 사회에 나왔으나"(17) 성적인 편력에서는 화려하게 성공을 거둔다. 그리고 다시 타인과 진정한 감정적인 유대감을 형성하지 못한 채, 자신에게 주어진 책임을 회피하는 태도로 일관하며 진정한 자유가 무엇인지도 알지 못한 상태에서 자신에게 필요한 것이 새로운 땅, 새로운 인종, 새로운 언어라고 선언하고 그 자유를 찾아 나선다. 일시적으로 재직하고 있던 이스트 앵그리아의 이류 사립 학교를 사직하면서 니콜라스는 공교롭게 자신에게 새로운 미스터리가 필요하다고 선언한다.

> 떠나던 날 비가 몹시 퍼부었다. 날씨는 그랬지만 나는 이상한 흥분에 휩싸여 날아갈 것만 같았다. 어디로 가게 될는지는 알 수 없었으나 나에게 필요한 것은 알고 있었다. 나에겐 새로운 땅, 새로운 인종, 새로운 언어가 필요했다. 뭐라고 딱 꼬집어 말할 수는 없지만 새로운 신비를 필요로 하고 있었던 것이다. (18-19)

니콜라스는 무의미한 일상과 소모적인 정사로 점철된 런던에서의 삶을 정신적 마비 상태로 진단하고 이러한 상황에서 벗어나기 위해 그리스의 프락소스 섬 영어 교사직에 자원하는데, 이때 그는 항공기 승무원인 앨리슨과 동거하고 있었다. 그는 자기 스스로 그녀에게 감정적으로 구속되지 않도록 경계하는 한편 그녀가 차츰 자신에게 집착하는 모습을 보이는 것을 부담스럽게 생각한다. 그가 영국을 떠나는 순간 그는 해방감을 맛보지만, 그것의 구체적인 느낌은 앨리슨에 대한 승리감이었다.

> 내가 그녀를 사랑한 것보다 그녀가 나를 더 사랑했다는 사실, [. . .] 내가 앨리슨에게 이겼다는 느낌이 강하게 들었다. 거기에다 미지의 나라로 간다는 흥분에 날아갈 듯한 심정이 되어, 나는 정서적 승리의 쾌감을 맛볼 수 있었다. [. . .] 나도 모르게 콧노래가 흘러나왔다. 그것은 나의 슬픔을 감추기 위해 억지로 하는 행동이라기보다는 무엇으로부터 놓여난 것을 축하하기 위한 자연스러운 감정에서 나온 행동이었다. (48)

그리스 임지에 부임한 이후 이국적인 섬의 정취와 원시적인 자연의 아름다움은 니콜라스에게 일시적인 위로를 제공하지만, 그는 곧 다시 고독과 권태로움에 빠진다. 주말 동안 아테네에 나가 보낸 방종한 시간은 성병의 고통을 그에게 선사했고, 위대한 시인을 꿈꾸는 그가 역설적으로 대자연의 아름다움에 압도당했을 때, 그는 자신이 창조할 수 있는 최후의 선택인 자살을 기도한다. 그러나 엽총의 총구를 머리에 대고 나무에 기대어 앉았을 때, 니콜라스는 죽음에 대한 자신의 욕망이 "윤리적인 것이 아니라 근본적으로 미학적인 행위"(62)라는 사실을 깨닫고 자살하려는 노력을 포기한다. 시인이 되려는 니콜라스의 노력은 무질서한 현실에 대해서 냉소적이고 방관적인 태도를 유지한 채, 그 삶에 미학적인 의미를 부여하려는 시도였다. 니콜라스는 자신이 절박하게 선택한 자살이라는 행위가 자신의 삶을 소재로 시를 쓰려는 노력의 극단적인 형태였음을 깨닫는다. 그가 꿈꾸었던 죽음은 물리적 실체를 지닌 현실적인 죽음이 아니라 자신의 존재에 극적인 의미를 부여하는 문학적인 죽음이었던 것이다.

> 이제부터 나는 영원히 경멸받이 마땅한 인간이 되리라는 점은 분명히 깨달을 수 있었다. 전에도, 그리고 지금 이 순간에도, 나는 의기소침한 삶을 살아왔고, 또 전에도 그리고 앞으로도 나는 전적으로 거짓된, 실존주의적 용어로 말하자면, '진정치 못한' 삶을 살 것이다. (62)

자살을 시도하고 좌절하는 과정을 통하여 니콜라스는 자신의 실존에 대한 자각에 이르지만 그 자각은 현실을 부둥켜안고 내딛는 건강한 걸음을 의미하는 것은 아니었다. 죽음을 대하는 니콜라스의 이러한 태도는 작품 후반에 그가 앨리슨의 자살 소식을 들었을 때도 똑같은 모습으로 재현된다. 앨리슨의 죽음이 자기 때문이라는 책임감을 느끼면서도 니콜라스는 그녀의 죽음을 "도덕적 세계에서 미적 세계로 전환시키려고"(401) 노력한다. 앞서 그가 시도했던 자살이 현실도피의 일환이었던 것처럼 니콜라스는 앨리슨의 죽음을 현실적이고 육체적인 죽음으로 받아들이는 대신 그 죽음에 미학적 의미를 부여하기 위해 노력했다. 그는 여전히 도덕적 원리가 지배하는 현실 세계로부터 유리된 채, 삶과 죽음을 미학적으로 관조하는 '자기기만'의 상태에 놓여 있었던 것을 보여주는 사례이다.

시작(詩作)과 자살이라는 명백히 모순된 두 개의 행위가 실은 무엇으로부터 도피하려는 동일한 시도였다는 것을 깨달은 니콜라스가 일상으로 돌아와 새장에 갇힌 듯한 자신의 무기력한 삶을 다시 시작하는 순간 그는 참으로 "불가사의한 사건들"(63)을 경험하게 된다. 이 불가사의한 사건들은—앞서 줄거리 요약에서 정리한 것처럼—보라니 곶의 은밀한 별장, 불가사의한 "마법사" 콘시스와의 만남, 그가 펼치는 믿기 어려운 4개의 라이프 스토리, 그리고 콘시스의 스토리가 연극의 형식으로 재연되는 일들을 말한다.

보라니를 처음 방문했을 때, 별장에 흥미를 느끼고 다가간 니콜라스는 누군가 의도적으로 바위 위에 펼쳐놓은 시집을 발견하는데, 그것은 붉은 잉크로 밑줄을 그은 엘리엇(T. S. Eliot)의 「리틀 기딩」("Little Gidding") 시구였다.

> 우리는 결코 탐험을 멈출 수 없다
> 그리고 모든 탐험의 목적은 바로
> 우리가 출발했던 지점에 다시 도착하는 것
> 그리하여 그 장소를 처음으로 발견하게 되는 것이다. (69)

니콜라스가 별장으로 들어가는 입구를 찾았을 때, 그는 철조망 사이에 세워진 '대합실'(Salle D'Attente)이라는 팻말을 발견하고, 런던에서 만났던 자신의 전임자 미트포드(Mitford)가 "대합실을 주의하라"고 경고했던 것을 상기한다. 별장의 주인에 대한 정보를 수집하면서 니콜라스는 은둔의 삶을 살고있는 콘시스의 정체가 의혹투성이라는 것과 그의 과거 행적에 대해 부정적인 평가를 하는 마을 사람들이 많다는 것을 알게 된다. 마을 사람들의 적대감은 주로 제2차 세계대전 중 독일군 점령기 동안의 콘시스의 행적에 대한 소문에 의지한 것이었다. 그러나 니콜라스는 그 소문의 진위를 파악하는 일조차 불가능하다는 것을 깨닫게 된다.

『마법사』에서는 니콜라스의 여정을 견인하는 정신적 스승의 역할은 분명하다. 루벤스타인(Roberta Rubenstein)이 "불가해한 신성의 상징적 재현"(335)이라고 부른 콘시스는 대단히 복합적인 인물이다. 그는 문명비평가, 철학적 예언자, 광인, 무당, 마법사, 예술가, 무대 연출가, 흥행사 등 다양한 면모를 지니고 있다. 은둔자 현인의 위상에 걸맞게 보라니의 신비로운 저택에서 소외된 삶을 영위하는 그의 과거 및 현재의 행적은 미스터리에 싸여있다. 그가 니콜라스에게 구술하는 자신의 40여 년의 과거사가 이 작품의 방대한 2부를 구성하고 있지만 그것의 진실성은 니콜라스에 의해, 그리고 콘시스 자신이 연출하는 메타시어터 형식의 드라마를 통해 끊임없이 부정된다.

『마법사』의 2부에서 콘시스가 연출하는 연극 혹은 진실 게임의 규모와 그 동기의 정당성에 대한 논의는 『마법사』에 대한 비평 가운데 가장 논쟁적인 주제가 되어왔다. 지나치게 방대한 콘시스의 과거에 대한 서술이 작품의 균형을 깨트리고, 독자의 인내를 실험하는 인위적 가공성이 개연성 부족이라는 예술적 결함으로 지적되어 왔다(Churchill 86; Kennedy 254). 또한 비논리적이고 비현실적인 콘시스의 이야기를 사실주의 양식으로 표현한 방식이 효과적인지에 대한 의문이 제기되기도 했다(McSweeny 126; Loveday 32). 한편 몇몇 비평가들은 콘시스의 픽션이 작품 전체를 통해 효과적이고 정당하게 작용하고 있다고 평가하기도 했다. 랙함은 스토리의 길이와 개연성의 측면에서 취약점을 가지고 있음에도 불구하고 『마법사』가 독자들에게 독서의 순수한 기쁨을 선사하는 복합성과 상징적 가능성을 지니고 있기 때문에 이 작품을 파울즈 최고의 작품으로 평가해야 한다고 주장하였고(94-96), 올센은 이 작품의 스타일상의 다양성이 주제와 일관성을 유지하고 있다는 견해를 제시하기도 했다(56).

실제로 작품을 읽어 나가는 동안 독자들은 줄곧 콘시스의 동기에 대해 강한 의문을 품게 된다. 그가 니콜라스의 전임자들에게도 똑같은 게임을 펼쳤었다는 단서가 희미하게 제시되어 있기는 하지만 콘시스가 왜 니콜라스를 대상으로 이처럼 복잡하고 작위적인 실험을 시행하는지, 그리고 니콜라스는 왜 잔혹극과 같은 방식으로 자신에게 가해지는 콘시스의 무대에서 자발적으로 벗어나지 않는지에 대한 논리적인 설명을 찾기 어렵다. 하지만 이 작품의 예술적 결함으로 지적될 수 있는 개연성 부족은 작가 자신의 실존주의 사상에 의해 설명이 가능하다고 필자는 생각한다.

파울즈는 인간의 실존적 상황이 항상 합리적인 설명이 가능한 상태는 아니라고 주장한다. 우리의 삶은 우리가 이해할 수도, 통제할 수도 없는 "우연"에 의해 결정된다. 『아리스토스』에 등장하는 "Hazard"라는 용어는 "우연" 혹은 "위기"라는 의미를 내포하고 있는데 파울즈는 이를 현대인의 삶을 결정하는 필수적인 요소라고 규정하였다.

> 우리는 최종적인 분석에 있어서는 결국 계속 살아간다. 왜냐하면 우리는 우리가 왜 여기서 살아야 하는지 모르기 때문이다. '알지 못함'(Unknowing) 혹은 '우연'(Hazard)이라는 상황은 마치 물이 필수적인 것처럼 인간에게 필수적인 요소이다. (26)

"우연"이라는 개념은 파울즈의 다른 중요한 사상인 "신의 유희" 및 "미스터리"와 밀접한 관계를 갖는다. '신의 유희'는 파울즈가 고안한 어휘로 보인다. 파울즈는 『마법사』의 개정판 「서문」에서 『신의 유희』를 이 작품의 다른 제목으로 고려했다고 밝히면서 자신의 의도를 다음과 같이 설명한다.

> 나는 콘시스를 통하여 인간이 신에 대해 가지고 있는 여러 가지 견해들을 [. . .] 대변하는 가면을 선보이려고 했다. 다시 말해서 절대적인 지혜와 혹은 절대적인 능력과 같이 실재하지 않는 어떤 것들에 대한 인간의 환상을 표현하려고 했다. 그러한 환상을 파괴하는 작업이 나에게는 대단히 인간적인 목표처럼 보였다. (10)

"신의 유희"란 인간이 자신의 운명을 지배하는 절대자의 존재에 대한 환상을 갖고 있다는 것을 전제한다. 무대 위에서 인생의 주인공들이 자신의 운명을 붙들고 분투하는 동안 그 운명을 지배하는 능력을 지닌 절대적인 존재가 무대 밖에서 지켜보고 있다는 미신이다. 파울즈는 신을 권력이나 존재, 혹은 영향이 아니라 하나의 상황이라고 정의한다. 그는 "만약 창조주가 있었다면, 그의 두 번째 행위는 아마도 사라져버리는 것" (*The Aristos* 18)이었을 것이며, 인간은 이제 신이 없는 세계에서 살도록 남겨진 것이라고 주장한다.

"미스터리"는 인간의 실존을 결정하는 "우연"의 다른 이름이다. 파울즈는 미스터리를 살아있는 모든 생명체의 존재 방식을 지배하는 근본 원리라고 규정한다. 우주 안에서 인간의 실존을 "알려진 것"과 "알려지지 않은 것" 사이의 갈등과 긴장으로 파악하는 파울즈에게 미스터리란 모든 장소, 모든 시간 속에 부재함으로써 오히려 전지적인 편재성을 확보하는 신처럼, "알려지지 않은" 혹은 "알 수 없는" 하나의 원리로서 인간의 존재를 에워싸고 있는 보이지 않는 보편적 의지를 의미한다. 앞에서 인용했던 구절을 다시 한 번 인용해 본다.

일상생활에서 '신'의 편재되어 있는 부재함(ubiquitous absence)이 바로 이 존재하지 않음(non-existing)과 이 미스터리, 그리고 계산할 수 없는 잠재력이라는 인식이다. [. . .] 미스터리 혹은 '알 수 없음'은 에너지이다. 미스터리가 설명되는 순간, 그것의 에너지원으로서의 기능은 정지되고 만다. [. . .] 사실 신은 알 수 없는 존재이기 때문에 우리는 이 실존적인 미스터리의 원천을 가두는 댐을 쌓을 수 없다. '신'은 결국 모든 질문과 모험의 에너지이다. (*The Aristos* 27)

파울즈는 이와 같이 우리가 알지 못하는 상황에 처해 있는 것을 존재의 최상의 상태로 파악한다. 미스터리는 우리를 좌절시키기 위해서가 아니라 우리를 훈련시켜서 현재의 삶 속으로 돌아가도록, 그리하여 그 현실을 지속적으로 살아가도록 작용한다. 콘시스의 해명할 수 없는 동기는 인간의 실존을 결정하는 "우연"이라는 힘의 작용이며, 니콜라스의 이해할 수 없는 머무름은 바로 알 수 없는 존재 상황을 지속하도록 에너지를 공급하는 미스터리의 작용인 것이다.

이 작품에서 콘시스는 소설가 혹은 신과 같은 절대적인 권위와 능력을 가지고 니콜라스에게 가공의 세계와 현실 사이의 현란한 유희를 펼쳐 보이며 그에게 자신의 삶에 대한 실존적 자각, 미스터리라는 인생의 감추어진 진리에 대한 각성을 촉구한다. 그리고 니콜라스를 상대로 펼쳐지는 콘시스의 교육은 그가 고안한 여성 캐랙터들을 통해 수행된다. '마법사'의 대리인이며 미스터리의 중재자인 이들 여성들은 호주 출신의 국외 추방자 앨리슨과 콘시스의 휘하에서 릴리와 로즈(Rose) 역할을 연기하는 쌍둥이 자매 줄리와 준(June)이다.

앨리슨과 릴리/줄리는 정반합의 대조를 이루는 인물들이다. 앨리슨은 실체를 가진 생활인이고, 릴리/줄리는 순수한 고안품이다.

> 앨리슨은 피부에 물집이 생기고, 낙태 수술을 하고, 눈물을 흘리며 생계유지를 위해 노력하면서 현실 세계 속에 살고 있다면, 줄리는 오직 미스터리와 세련됨, 부, 그리고 도달할 수 없는 높은 영광에 에워싸인 채 낭만적인 모습으로 보라니 세계 속에만 존재한다. (McSweeny 124).

작품 초반에 니콜라스는 앨리슨이 그에게 집착하고 있다는 것, 진정한 사랑과 의미 있는 관계를 희구하고 있다는 것을 의식하고도 새로운 삶을 찾아 그녀의 곁을 떠난다. 니콜라스는 콘시스의 저택에서 릴리를 처음 보고 그녀의 정체를 알지 못한 상태에서, 그리고 그녀와 콘시스의 관계에 대한 의혹을 지닌 채, 그녀에게 치명적으로 매혹당한다. 그 순간 이후 니콜라스는 자신을 대상으로 콘시스가 연출하는 혼란스러운 유희의 와중에서 콘시스의 충실한 도구로 작용하는 릴리의 모습을 만날 때마다 앨리슨의 정직하고 소박한 삶의 방식을 떠올린다.

콘시스는 일련의 연극과 "해독과정"을 통해 니콜라스에서 인생에 대한 그릇된 환상으로부터 벗어날 것을 교훈한다. 릴리는 니콜라스가 동경하는 가공적인 아름다움의 상징으로 작용하면서 "어두운 신비와 아름다움"(242)으로 그를 매혹하고 그로 하여금 콘시스의 임상 실험에 계속 참여하도록 유인하지만, 끝없는 변신과 부정직함으로 그를 줄곧 위기에 빠트린다. "해독작용"을 통해 콘시스는 니콜라스에게 릴리의 배신에 대해 육체적 체벌을 가함으로써 응징하는 실존적 선택을, 그리하여 그녀에 대한 중독으로부터 깨어날 것을 주문한다.

앨리슨과 릴리가 만들어내는 대조는 바로 콘시스가 니콜라스에게 주는 교훈의 핵심이다. 소설의 끝 장면에서 콘시스의 친구이고 그의 음모의 공범자인 쌍둥이 자매의 어머니 데 시타스(de Seitas) 부인은 니콜라스에게 "제 딸들은 바로 당신 자신의 이기적인 모습의 의인화입니다."(601)라고 선언한다. 현란한 진실 게임을 통하여 콘시스는 니콜라스에게 릴리에 대한 중독에서 깨어나 그녀의 배신을 응징할 것을, 앨리슨의 일상적인 건강성을 선택할 것을, 그녀의 애정과 헌신에 대한 비상한 능력을 받아들일 것을 교훈한다.

보라니에서의 체험과 릴리를 매개로 한 콘시스의 계속된 단련은 니콜라스로 하여금 앨리슨을 새롭게 발견하도록 그를 변화시킨다. 그리하여 앨리슨과 재회하는 순간 니콜라스는 새롭고 신비한 모습의 앨리슨을 발견한다.

> 그녀는 신비한 존재로 다가왔다. 전혀 새로운 여성이 되어. 여기서 몇 발짝 물러서 다시 시작하지 않으면 안 되었다. 그리고 익히 알던 장소가 전혀 새롭게 느껴지는 순간. (650)

『마법사』에서 니콜라스는 런던을 떠나 그리스로 갔다가 런던으로 돌아왔다. 이러한 니콜라스의 물리적 여정은 그가 사회적 의무와 윤리적 책임이 작동하는 현실 세계를 떠나 이상과 환상의 세계, 곧 현실과 가공세계가 현란하게 교차되는 콘시스의 세계로 갔다가 다시 현실 속으로 복귀한 것을 상징한다. 주인공이 긴 탐험을 끝내고 출발했던 지점으로 돌아왔으나 그곳은 그에게 새로운 모습으로 발견되는 세계이다. 작품 초반에 콘시스가 니콜라스를 자신의 세계로 유인하기 위해 사용했던 「리틀 기딩」의 진리("모든 탐험의 목적은 바로/우리가 출발했던 지점에 다시 도착하는 것/그리하여 그 장소를 처음으로 발견하게 되는 것이다")가 실현된 것이다.

『마법사』는 파울즈의 다른 작품들처럼 일종의 "열린 결말"로 끝난다. 니콜라스는 미스터리의 바다를 건너는 긴 항해를 마치고 그가 익히 알고 있는 일상성의 세계로 돌아왔으나 삶의 의미에 대한 결정적인 자각으로 무장하고 돌아오지 않는다. 자신의 행위를 지켜보는 신들이 사라져버린 무대에 앨리슨과 단둘이 남겨진 니콜라스는 그녀와의 관계를 어떻게 설정할 것인지를 결정해야 하는 선택의 기로에 서게 된다. 그 기로에서 작가는 주인공들의 운명에 대한 단정적인 해답을 제시하고 있지 않다. 그 대신 마지막 문단은 모든 것이 유예된 채 멈추어 서 있는 정경을 묘사하고 있다.

> 그녀는 말이 없었다. 그녀는 결코 말하지도, 용서하지도, 손을 내밀지도 않으리라. 결코 이 얼어붙은 현재 시제를 떠나지 않으리라. 모든 것이 멈추어 서서 유예된 상태. 멈추어 버린 가을의 나무들과 가을 하늘, 익명의 사람들. 계절을 잊은 찌르레기 한 마리가 연못가의 버드나무에서 노래를 했다. 잿빛 비둘기들이 건물 위로 날아올랐다. 자유의 편린, 살아 있는 수수께끼 놀이. 그리고 어디선가 낙엽을 태우는 냄새. (656)

소설이 시작되는 장면에서 니콜라스의 가장 근본적인 존재론적 문제는 자신의 현실을 직시하지 못하고 그 현실에 대해 냉소적이고 도피적이며 "자기기만적인" 태도를 견지하는 것이었다. 그는 도덕률이 지배하는 현실 세계를 벗어나 미적 원리가 작용하는 가공의 세계를 동경하지만 그 세계가 내포하고 있는 병적인 요소, 고통과 불확실성에 지치게 되었을 때, 다시 현실의 소중함을 깨닫게 된다. 콘시스가 그를 위해 연출하는 드라마의 극단적인 유희성은 그를 "리얼리티에 굶주리도록"하고 "삶의 고통을 받아들이도록"(Scholes 6) 작용한 것이다.

니콜라스는 자신의 존재에 대한 각성과 현실에 대한 새로운 충성심으로 무장하고 그가 떠났던 지점, 곧 현실 속으로 돌아왔다. 그리스에서의 체험은 그로 하여금 인간의 삶을 초월적인 경지에서 조정하는 신은 존재하지 않는다는 사실을, 그리하여 우리 존재의 주인은 바로 우리 자신이라는 것을 깨닫게 하였다. 이 작품의 에필로그("이제껏 사랑해보지 못한 사람들도 내일에는 사랑하리라. 또한 사랑했던 사람들도, 내일에는 사랑하리라.")는 자신의 존재에 대한 실존적 자각을 얻게 된 니콜라스가 이제 자신의 삶과 현실 속으로 기꺼이 개입하는 태도를 갖게 되었음을 보여준다.

제3절 『프랑스 중위의 여자』—실존적 정체성을 찾는 고독한 여정

『프랑스 중위의 여자』의 첫 장면에 등장하는 주인공 찰스는 겉으로는 빅토리아 신사계급의 전형으로서 안정된 삶을 영위하고 있는 것처럼 보이지만 그 또한 프레더릭이나 니콜라스와 동일한 존재론적 상처를 지니고 있다. 이 작품을 서술하는 전지적인 서술자는 그의 시대와 현대를 다음과 같이 비교한다.

> 찰스와 그의 동시대 인물들, 그리고 그의 친구들에게 있어서 존재를 지배하는 시간의 박자는 분명 아다지오였다. 문제는 한정된 시간 속에 하고 싶은 일을 모두 끼워 넣는 것이 아니라, 남아도는 여가의 드넓은 광장을 채우기 위해 해야 할 일을 마치 물레에서 실을 뽑듯 서서히 짜내면 되는 것이었다.
>
> 오늘날의 부(富)가 가져오는 가장 보편적인 증상은 파괴적 노이로제이다. 그러나 그 시대의 증상은 고요한 권태였다. (16)

프레더릭이나 니콜라스와 마찬가지로 찰스 또한 혼란스러운 자기 정체성 때문에 고통받는다. 그는 자기 자신이 과학 정신으로 무장한 합리주의자이면서 명확하고 건전한 불가지론자라고 생각한다. 젊은 시절 지적인 허영을 추구하기도 하고 성적으로 방종하기도 했으며 성직자가 되려고 결심하기도 했던 찰스에 대해 전지 화자는 그가 "바이런적인 권태를 갖고 있었지만, 천재성과 간통이라는 바이런적인 탈출구를 갖고 있지 않았다"(19)고 진단한다.

외견상 사회적으로 안정된 지위를 누리고 있음에도 불구하고 찰스는 자기 자신의 내면적 상처 때문에 외부로부터의 자극과 충격에 손상되고 상처받기 쉬운 약점을 갖고 있었다. 이런 존재론적 상처 때문에 그는 니콜라스가 그랬던 것처럼 자신이 알 수 없는 것, 즉, 미스터리에 쉽게 매혹되고 유인된다. 소설의 첫 장면에서 찰스는 거센 바람이 몰아치는 방파제 끝에 위태롭게 서 있는 미지의 여성과 짧은 만남을 통해 그의 존재의 깊은 심연에 소용돌이를 경험한다. 이 만남에서 찰스는 형언할 수 없는 신비로움을 지닌 여인, 사라에게 자신도 모르게 매혹된다. 찰스를 매혹시킨 것은 바로 "알려지지 않은 것", "알 수 없는 것", 그리하여 신비로운 그 무엇이었다.

> 그녀의 얼굴은 어네스티나처럼 예쁘지는 않았다. 그 얼굴은 어느 시대의 기준과 취향으로도 아름다운 얼굴은 아니었다. 그러나 그것은 잊을 수 없는 얼굴이었으며 비극적인 얼굴이었다. 마치 숲속의 옹달샘에서 물이 솟아나듯 슬픔이 그녀의 얼굴로부터 청순하고 자연스럽게, 그러면서도 억제할 수 없이 솟아오르고 있었다. 그 얼굴에는 일부러 꾸미는 가식이라든가 위선이 없었고 신경질과 가면이 없었다. 무엇보다도 광기는 전혀 없었다. (14)

『프랑스 중위의 여자』에서 가식과 허위, 불안정한 현재의 실존적 상황에서 벗어나 자신의 존재에 대한 진정한 각성을 찾아 모험을 수행하는 주체는 찰스이다. 한편 이 소설에서 사라의 위상은 이중적이고 복합적이어서 수많은 논란의 대상이 되었다. 먼저 사라는 단순한 미스터리의 중재자, 미란다와 앨리슨 그리고 릴리가 담당했던 남성 주인공의 변화와 성장을 돕는 촉매의 역할을 하는 것처럼 보인다. 둘째로 사라는 스스로 자신의 실존적 자유를 얻기 위한 모험을 수행하는 구도자의 모습을 갖고 있기도 하다. 그녀는 찰스의 사랑과 동정을 이용하여 자신의 현실의 질곡, 그 절망과 소외의 상태에서 벗어나 비상한다. 마지막으로 사라는 찰스의 실존적 각성을 기획하고 그것을 작동시킨 배후의 인물이기도 하다. 앞에서 맥스위니와 러브데이의 견해를 수용하여 그린 두 번째 도식에서 단테 가브리엘 로젯티의 자리에 사라를 넣는 것도 무리한 일은 아니다.

사라는 수수께끼와 같은 인물이다. 그녀는 가난한 소작농의 딸로 태어났으나 프랑스어를 구사할 정도의 교육을 받았으며 "본능적이라 할 깊은 통찰력"(47)과 인간에 대한 폭넓은 이해력, 풍부한 감수성과 의지력을 소유한 인물이다. 그녀는 빼어난 미모는 아니었으나 신비로운 분위기로 첫 대면에서부터 찰스를 매혹시킨다. 난파당한 프랑스 장교와 사련(邪戀)을 나누었다는 이유로 공동체로부터 추방된 삶을 살고 있는 그녀를 그로건 박사는 정신분열 혹은 우울증을 앓고 있는 환자로 진단하고 찰스에게 경고한다. 그리고 이러한 그녀의 현실, 곧 그녀가 처해 있는 현재의 실존적 상황은 모두 거짓으로 드러난다.

복합적인 사라의 좌표 가운데 먼저 '탐험의 수행자'로서의 사라의 면모를 살펴보자. 사라는 빅토리아 시대의 도그마와 제도적 억압, 사회적 편견 등에 저항하여 자신의 실존적 자유를 추구하고, 종국에는 전위 예술가 그룹과 공동 생활하는 신여성으로 부활함으로써 그 목표를 달성한다. 이 작품을 사라가 자신의 정체성을 찾아 실존적 탐색을 수행하는 이야기로 해석할 때, 논쟁의 핵심은 그녀가 변모하는가, 탐색의 과정을 통해 실존적 자각에 이르는가, 혹은 처음부터 지혜를 가지고 있었는가 하는 점이다.

윌리엄 파머는 사라를 탐험의 주체로 분류하면서도 "사라는 이 작품이 시작되기도 전에 이미 자아를 획득하였다. 그녀는 자신이 누구인지를 알았고, 스스로 자유를 누리는 상태에서 타인으로 하여금 어떻게 자유를 쟁취하는지 자극할 줄도 알고 있었다"(75)고 단정하였다. 러브데이 또한 "찰스가 성장하고 변화한 것과 같은 방식으로 사라가 변화의 모습을 보여주고 있지 않기 때문에, 그녀는 찰스와 같은 의미에서 작품의 주인공 역할을 수행하지 못한다. 그녀는 수단일 뿐 목표는 찰스다"(71)고 진단함으로써 파머의 주장을 뒷받침하였다. 파머와 러브데이의 견해를 수용하자면 사라를 자신의 실존적 정체성을 찾아 험난한 여정을 수행하는 구도자로 분류하는 견해는 다소 취약해 보인다. 이미 선험적인 지혜를 갖고 있었기 때문이다.

사라의 두 번째 정체성은 찰스를 유인하고 그를 함정에 빠트리고, 마침내 그를 버림으로써 앨리슨과 릴리가 니콜라스를 상대로 수행했던 미스터리의 중재자 역할이다. 릴리처럼 그녀는 여러 벌의 옷을 껴입고 위장한 채, 찰스를 만날 때마다 그 옷을 한 벌씩 벗어 던지며 변신한다. 사라를 미스터리의 중재자로 볼 때, 문제는 그녀의 뒤에 숨어 있는 은둔자 현인은 누구인가 하는 점이다.

『프랑스 중위의 여자』에서는 G.P.나 콘시스와 같은 정신적 스승의 모델이 쉽게 눈에 띄지 않는다. 몇몇 비평가들은 닥터 그로건을 프로스페로(Prospero) 유형의 현인으로 평가하기도 한다(Loveday 3-4; Binns, "Radical Romancer" 324-25). 가톨릭 신자이며 아일랜드인인 닥터 그로건은 라임 레지스 지방의 명물 의사로서 기인 기질이 농후한 노총각이다. 그는 진화론에 대한 열정을 찰스와 공유하고 있으며 찰스를 정신적으로 인도하는 현명한 장로의 모습을 하고 있다.

그러나 근본적으로 닥터 그로건은 빅토리아 조의 모럴리티를 대변하는 인물이다. 그는 찰스가 그랬던 것처럼, 진화론에 대한 열정은 지니고 있었으나 진화론의 핵심, 즉 적자생존의 원리를 터득하지 못했다. 그의 과학 정신은 사라의 본질적 미스터리를 꿰뚫어 보지 못한다. 그리하여 그는 사라의 증상을 여성적인 히스테리 발작으로 해석하고 찰스에게 그녀를 경계하고 비켜설 것을 충고한다.

더욱이 닥터 그로건은 사라의 뒤에 서 있지 않다. 닥터 그로건과 사라를 미란다와 G.P. 그리고 릴리와 콘시스의 관계로 도식화할 수는 없다. 사라는 결코 그의 모럴리티의 전도사가 아니기 때문이다. 그 대신 우리는 사라의 뒷면에 희미한 그림자와 같은 모습으로 라파엘전기파(Pre-Raphaelite) 화가들의 모습을 본다. 사라는 미란다가 G.P.에 대해 말하는 것만큼 이들 예술가집단에 대해서 말하지 않고 또한 이들은 콘시스처럼 교묘한 음모를 실행하지도 않는다. 단지 작품 말미에서 새로운 실존을 찾은 사라의 모습 뒷배경으로 그 모습을 드러낼 뿐이다.

찰스가 사라를 찾아 이들 예술가집단의 집을 찾았을 때, 그는 이 집이 바로 그 추문의 당사자, 아편을 상용하고 혼음을 일삼는다는 화가의 집이라는 것을 깨닫는다. 이 작품에서 이들이 추구하는 예술적 목표에 대한 자세한 토론이 진행되고 있지는 않지만 우리는 이들과 『콜렉터』에서 미란다의 정신적 스승 역할을 했던 G.P.의 모습이 중첩되는 것을 발견할 수 있다. 그리고 이들이 사라에게 행사한 영향력, 찰스가 통찰할 수 없었던 미스터리의 본질은 바로 변화된 사라의 모습을 통하여 웅변적으로 표현된다.

그녀의 옷차림은 아주 특이했다. 너무나 전과 달라서 한순간 다른 여자가 아닌가 하는 생각이 들었다. 마음속에서 그는 언제나 미망인처럼 칙칙한 옷을 입고 있는 사라를 보아 왔다. 그러나 이 여인은 패션에 대한 온갖 형식적 개념을 거부하는 것으로 알려진 이른바 '신여성'의 복장을 완전히 갖추고 있었다. 화려한 감청색 스커트, 금도금된 별 모양의 버클이 달린 진홍빛 벨트, 분홍색과 하얀색 줄무늬가 엇갈린 실크 블라우스. 블라우스에는 미끈하게 흘러내린 긴 소매와 섬세한 하얀 레이스로 만든 조그만 칼라—이 칼라에는 작은 카메오 보석이 달려 있어서 타이 역할을 해주고 있었다—가 달려 있었

> 다. 머리는 빨간 리본으로 뒤에서 느슨하게 묶여 있었다. (347)

스스로 자아실현의 목표를 향해 모험을 수행하는 주체이면서 찰스를 미스터리의 세계로 유인하는 도구로 작용하기도 했던 사라는 동시에 찰스에 대한 정신적 스승, 즉 '마법사'의 역할을 하기도 한다. 사라의 세 번째 좌표에 해당한다. 실제로 사라는 여러 가지 차원에서 콘시스를 연상케 한다. 그녀의 본질은 미스터리다. 콘시스의 경우처럼 그녀의 과거와 현재에 대한 진실은 명확하게 밝혀지지 않는다. 콘시스가 니콜라스를 자신이 연출한 사이코드라마의 주인공인 동시에 관객으로 선택한 동기가 불분명했던 것처럼, 사라가 어떤 이유에서 자신의 현실에서 벗어나기 위해 찰스를 도구로 사용했는지, 왜 그를 유혹하고 그에게 파멸이라는 고통스런 과정을 통한 실존적 탐험을 강요했는지 그 동기를 규명하기 어렵다. 사라를 모험의 주체로 파악하기도 했던 윌리엄 파머는 또한 그녀가 『마법사』의 콘시스와 같은 역할을 담당하고 있다고 지적하고, 이 작품을 찰스가 그의 정신적 스승인 사라의 가르침을 받고 빅토리아 시대의 분류하고 화석화하는 충동에 대해 저항하도록 교육받는 과정(50-1)이라고 설명한 것은 타당한 견해라고 할 수 있다.

로제티의 저택에 들어서면서 찰스는 자신이 야수에게 잡혀가 오랫동안 실종되었던 소녀를 구출하기 위해 야수의 소굴에 들어서는 기사라는 생각을 한다. 그러나 그는 곧 사라와 짧은 만남을 통해 감금당한 미녀는 없으며 자신 또한 구원의 기사가 아니라는 사실을 깨닫는다.

> 그는 그녀를 곤궁에서 구하기 위해, 이 야릇한 집구석의 야릇한 처지에서 구원하기 위해 이곳에 왔다. 완전무장을 갖추고, 야만스런 용의 머리를 벨 각오도 되어 있었다. 그런데 소녀가 모든 규칙을 어기고 있는 격이었다. 소녀는 사슬에 묶여 있지도, 흐느껴 울지도 않

았고, 구원해달라고 애원하며 손을 비비지도 않았다. 그는 자신이 마치 가장무도회가 열리는 줄 알고 괴상한 옷차림으로 사실은 정장 차림의 만찬 파티에 나타난 사람 같은 기분이 들었다. (349)

사라는 구원의 기사에게 구출되는 가련한 소녀의 역할을 거부할 뿐 아니라 기사가 가야 할 길을 적극적으로 지시하는 현인의 역할을 자임한다. 그녀는 "인생은 저에게 친절했어요", "저는 새로운 애정을 찾았어요"(350)라고 말하며 현대적인 정신으로 무장한 채 찰스 앞에 당당히 서 있다.

그러나 사라를 작품이 시작되기 전부터 자신의 자아에 대한 실존적 각성을 획득한, 그리하여 찰스를 상대로 콘시스와 같은 '신의 유희'를 펼쳐 나가는 '마법사'와 같은 인물로 평가하는 것은 다소 무리라는 것이 필자의 생각이다. 찰스가 2년 만에 그녀를 전위적인 화가들의 거주지에서 찾아냈을 때, 그녀는 찰스에게 행사했던 자신의 음모에 대해 다음과 같이 고백한다.

당신을 그렇게 만들 의도는 없었어요. 저는 최선의 조치를 취하려 했을 뿐이에요. 저는 당신의 신뢰와 관대한 처사를 악용했어요. 맞아요. 당신에게 약혼자가 있다는 것을 알면서도 저는 당신에게 몸을 던지고 억지로 저 자신을 강요했어요. 그때 저는 광기에 사로잡혀 있었지요. 그날 엑서터에서는 그런 사실을 명확하게 깨닫지 못했어요. 그때 당신이 저에 대해 품었던 가장 나쁜 생각이 바로 진실이었어요. (351)

우리가 사라의 이러한 고백을 수용한다면 그녀가 처음부터 완성된 의도를 가지고 찰스를 실험에 빠뜨렸다는 평가는 받아들이기 어렵게 된다. 그보다는 찰스와 마찬가지로 자신의 진정한 정체성을 찾아 실존적 탐색을 수행하는데 단지 찰스보다 몇 걸음 앞서 걸으며 그의 길을 안내하는 역할을 수행하고 있다고 보는 것이 타당할 것이다.

『프랑스 중위의 여자』는 찰스의 이야기이다. 이 작품에서 찰스는 인습과 체면 존중이라는 빅토리아조 신사계급의 낡은 껍질을 깨고 자신의 존재의 의미와 자유의지, 그리고 선택의 중요성에 대한 실존적 자각을 체득하는 현대인으로 거듭난다. 그의 탐험을 통하여 실존주의 사상과 진화론이라는 파울즈의 핵심적인 주제가 완성된다.

32세 아마추어 지질학자인 찰스는 진화론을 숭배하는 과학적 신념으로 무장하고 있으나 여러 가지 측면에서 빅토리아조 후기, 도태의 대상이었던 지주 신사계급(Gentry)을 대표하는 인물이다. 그는 종교적으로는 불가지론자였으며, 당대의 부자들이 앓는 보편적인 증상인 "권태"에 시달리는 인물이었다.

> 나태가 바로 찰스의 가장 두드러진 특징이었다. 19세기 전반부에 팽배했던 자기책임이란 의식이 자기중심이란 의식으로 변천하고 있는 현상을 찰스도 많은 동시대 인간들처럼 직감하고 있었다. [. . .] 지적인 나태자는 그 나태함을 지성의 탓이라고 정당화하기 위해 눈은 높은 곳에 고정시키는 법이다. 찰스도 간단히 말해서 바이런적인 권태를 가지고 있었지만, 천재성과 간통이라는 바이런적 탈출구는 가지고 있지 않았다. (19)

『마법사』가 시작되는 장에서 니콜라스가 그랬던 것처럼, 이 작품의 첫 장면에 나타난 찰스의 존재론적 상처는 나태함과 권태였다. 그는 시대의 변화, 상업 자본가의 득세, 노동의 가치 등에 대해 무지했다. 프리먼 가문이 소유하고 있는 자본과 이윤에 대한 본능이나 샘이 대변하는 하류계층의 신분 상승에 대한 강한 열망도 소유하고 있지 않은 찰스는 적자생존의 법칙에 의해 자연도태 되어야 하는 전형적인 빅토리아 시대 인물이었던 것이다.

『프랑스 중위의 여자』는 칼 마르크스의 『유태인 교리』(*Zur Judenfrage*)에서의 인용을 작품 앞에 모토로 사용하였다. 1844년에 쓰인 "모든 해방은 인간 세계와 인간관계를 인간 자신에게 복원시키는 것이다"는 마르크스의 텍스트는 인간의 진정한 해방에 대한 역설적인 진리를 규정한 것으로서 이 작품의 실존적 자유 추구라는 주제와 밀접한 관계를 갖는다. 그리고 이때 자신의 진정한 해방을 추구하는 주체는 찰스이다. 파울즈 자신이 이 작품의 주제를 주인공 찰스가 자신의 자유를 실존적으로 깨달아 가는 과정이라고 밝힌 바 있지만("Notes on an Unfinished Novel" 140-41) 마르크스에서 인용한 제사(epigraph)는 그 과정에서 찰스가 체현하는 역설적인 궤적을 보여주는 것이다.

모든 인간관계를 자신에게 복원시키는 노력은 시대가 요구하는 일관된 사회적 의무로부터의 이탈이라는 점에서 역설적이다. 비유적으로 말하면 벗어남으로써 회복된다는 논리이다. 『프랑스 중위의 여자』에서 찰스는 사회가 그에게 요구하는 도덕적 의무로부터 벗어남으로써 자신이 중심이 되는 진정한 인간관계를 형성할 수 있게 된다. 찰스는 약혼녀인 어네스티나에 대한 혼약의 의무와 가문에 대한 충성의 의무, 그리고 경제적 성공을 보장하는 신흥 자본 계급으로의 편입 등 자신에게 부여된 타율적인 인간관계를 거부하고, 그 대신 본능과 진실한 사랑을 선택한다. 빅토리아 시대의 완고한 사회적 관습이나 계급의식의 굴레로부터 벗어나 개인의 주체적인 자유의지에 대한 찰스의 각성은 마르크스가 언명한 진정한 인간 해방의 길, 다시 말해서 "인간이 자신의 세계를 회복하는 일이 진정한 해방에 이르는 길"이라는 진리를 구현한 것이다.

마르크스와 더불어 이 작품의 실존주의적 주제와 밀접한 관계를 갖는 사상가는 다윈이다. 진화론은 실존주의 사상과 더불어 『프랑스 중위의 여자』를 이해하는 가장 중요한 열쇠이다. 파울즈는 이 작품의 61개 장마다 한두 개의 제사를 인용하여 총 80개의 제사를 사용하였다. 이 제사들은 대부분 빅토리아 시대 황금기인 1840년대부터 1870년대 사이의 저작에 집중되어 있는데 그 가운데 찰스 다윈의 『종의 기원』에서의 인용이 3번 등장한다. 이 세 개의 제사뿐 아니라 소설의 플롯이 진행되는 동안 찰스와 그로건 박사 등을 통해 다윈의 사상이 지속적으로 언급되기도 한다.

『프랑스 중위의 여자』 19장에 등장하는 다윈으로부터의 제사는 바로 적자생존의 법칙을 설파한다.

> 생존할 수 있는 수 이상의 개체가 각 종 속에서 태어나고 그 결과 자주 반복되는 생존경쟁이 일어나기 때문에 복잡하고 때로는 다양한 생존조건을 맞아 각 개체는 아무리 미미하더라도 자체에게 유리한 어떤 형식으로 변할 때에 생존할 가능성이 높으며 자연도태에서 벗어난다는 결론이 도출된다. (120)

『프랑스 중위의 여자』가 충실히 그려내고 있는 19세기 중엽의 영국 사회에서는 세 가지 중요한 사회적 변화가 진행되는데, 그것은 다름 아닌 새로운 중산 계층의 출현과 귀족 계급의 몰락, 그리고 여성 해방 운동의 발아였다(올센 64). 『프랑스 중위의 여자』의 등장인물들은 이러한 사회적 변화의 시대상을 충실히 구현한다. 그리고 이들 등장인물의 존재와 행위의 좌표를 규정하는 단 하나의 원리는 진화론이다.

이 작품이 그리고 있는 상류 귀족 계층은 무책임하고 무기력하며 도덕적으로 방탕한 특성을 보인다. 사회적인 영향력을 확대해 가는 신흥 자본 계급은 귀족 계급을 경멸하면서도 그 계층으로의 편입을 갈망한다.

영악하고 질긴 생명력을 지닌 하류 계층은 배신과 음모를 작동시켜 신분의 상승을 호시탐탐 도모한다. 엄격하고 위선적인 기독교 이데올로기가 아직 잔존한 상황에서 새로운 사상과 자유의 개념을 장착한 신여성이 모습을 드러내기도 한다.

이러한 시대적 변화의 한 복판에서 몰락한 귀족 계급의 예비상속자인 찰스는 손쉽게 자연 도태될 종으로 분류된다. 찰스가 사라에게 유인되어 정사를 갖고 신사의 명예와 약혼녀에 대한 의무, 그리고 사라에 대한 사랑과 자신의 행위에 대한 책임 의식 사이에서 혼란을 겪으며 존재론적 선택의 기로에 서게 된 50장의 제사는 생존에 적합한 적자(The Fittest)의 모델을 다음과 같이 제시한다.

> 시간이 경과하는 동안 새로운 종이 자연도태를 통해 형성되면 다른 종들은 점점 희귀해져서 마침내 멸종하는 결과가 어쩔 수 없이 따라온다고 나는 생각한다. 이렇게 변화와 향상을 감행하는 종과 가장 가까이서 경쟁하는 형태들은 자연히 가장 피해가 크다. (293)

자연도태의 대상인 찰스를 상대하여 그와 경쟁하는 적자는 이론의 여지없이 사라와 샘이다. 이들은 능동적으로 변화를 수용하며 찰스를 이용하고 그를 도태시킨다. 주인을 배신하고 이를 자신의 신분 상승의 전기로 활용하는 샘은 생존에 적합한 신흥 중산계급에 편입되고, 자유로운 영혼과 직관력을 지닌 현대 여성의 상징으로서 사라는 찰스의 맹목적인 사랑을 이용하여 자신의 시대적 굴레를 벗어던지고 실존적 자유를 성취한다.

러브데이의 지적대로, 직관적인 여성성과 이지적인 남성성의 대결이 남성의 도태와 여성의 생존으로 귀결되는 것은 파울즈의 기본적인 구도 가운데 하나이다(60-61). 그리고 이 여성과 남성의 대립은 예술과 과학이라는 또 하나의 대립 구도와 연결된다. 파울즈는 『콜렉터』에서 미술학도로서 생명을 재생산하는 미란다와 나비 수집가인 클렉의 대비를 통해 이미 이 사상을 구체화하였다. 나비를 수집하고 분류하는 클렉의 과학 정신은 그가 죽은 모습을 재생산하는 사진 찍기에 몰두하는 것을 통하여 다시 한 번 부각된다. 한편 『프랑스 중위의 여자』에서 찰스는 그가 수집하는 화석과 같이 생존의 법칙에서 도태되어 죽음의 모습으로 화석화될 운명에 처해 있는 것처럼 보인다(Palmer 25).

찰스가 도태되었는가 살아남았는가 하는 진화론적 주제는 이 작품의 복수결말과 불가분의 관계를 갖고 찰스의 실존적 탐험의 결과를 결정한다. 소위 '가상적 결말' 혹은 '거짓된 결말'이라고 불리는 43장의 결말에서는 자연도태의 법칙이 찰스에게 작동하지 않는다. 그가 엔디코트 호텔로 오라는 사라의 메모를 무시하고 약혼녀에게 돌아감으로써 사라와 샘의 생존의 법칙은 미처 작동할 수 없었다. 세 개의 결말이 동등한 미학적 가치를 지니고 있는지에 대한 논쟁이 활발하게 진행되었지만, 필자의 생각으로 이 최초의 결말은 거짓이다.

60장에 제시되어 있는, 소위 '낭만적 결말' 혹은 '해피 엔딩'으로 불리는 두 번째 결말은 찰스와 사라가 화해와 결합을 이루는 것으로 되어 있다. 이 결말을 이루어내는 중요한 매개체는 랠러지(Lalage)이다. 작가 스스로가 "소설의 끝머리에 가서 아주 하찮은 역할이 아니라면 새로운 인물을 등장시키지 말아야 하는 것은 소설기법상의 전통적인 법칙이다. 랠러지의 등장은 용서되어야 한다고 믿는다."(361)라는 변명을 앞세우고 있지만, 독자의 입장에서 이를 용인하기는 어렵다. 20개월 동안 자신을 찾는 찰스의 필사적인 노력을 외면하던 사라가 단 한 번의 정사로 얻어진 딸을 안고서 그의 앞에 나타나 재결합을 시도한다는 결말은 논리적 타당성을 결여하고 있는 것으로 보인다. 이 결말에서 찰스의 진화론적 위상과 실존적 자아 탐구의 궤적은 분명치 않다. 찰스는 살아남았다고 보기보다 사라에 의해 구제되었다고 하는 편이 타당할 것이기 때문이다. 그리고 이때 샘은 사라의 거처를 익명으로 찰스에게 통지함으로써 그에게 진 마음의 빚을 보상하는데, 이로써 샘은 최종적이고 완전한 적자의 지위를 획득한다.

『프랑스 중위의 여자』에서 작가가 창조하고 사라가 작동시킨 진화의 법칙과 플롯 전개상의 논리적 타당성에 어울리는 결말은 '현대적 결말' 혹은 '실존주의적 결말'이라고 불리는 최후의 것이다. 이 결말에서 랠러지의 존재는 배제되어 있다. 찰스와 사라의 마지막 면담은 화해 없이 끝난다. 찰스는 사라에게 "당신은 내 가슴에 비수를 꽂았을 뿐만 아니라, 그 칼을 비트는 데서 기쁨을 느끼고 있소"(362)라고 추궁한다.

> 기억하고 있는지 모르지만, 당신은 나한테 말한 적이 있었소. 당신에게 마지막으로 의지가 되어줄 사람은 나뿐이라고. 내가 당신의 인생에 남아 있는 마지막 희망이라고. 이제는 처지가 뒤바뀌었군. 당신은 나한테 내줄 잠시의 시간조차 없단 말이지. 좋아요. 하지만 변명하려고 애쓰진 마시오. 이미 나에게 준 모욕만으로도 충분한데, 그건 그 상처에 원한을 덧붙일 뿐이니까. (363)

이 장면에서 사라는 찰스에 대한 자신의 행위를 변명하지 않았다. 그 대신 찰스가 그녀를 돌아보았을 때, 언젠가 샘과 매리에게 그들의 밀애 장면이 발각되던 순간 사라가 지었던 미소, 그 의미를 헤아리기 어려운 야릇한 미소를 짓고 있는 사라의 모습을 본다.

> 그는 그녀의 눈 속에서 그녀의 진정한 의도를 알 수 있는 증거를 찾아보았지만, 자기 자신을 제외하고는 모든 것을 희생할 각오가 되어

있는 정신—그 정신의 완전무결한 상태를 본래대로 유지하기 위해서라면 진리나 감정, 심지어는 여자다운 정숙함까지도 아낌없이 버리겠다는 정신—만을 보았을 뿐이다. [. . .] 그리고 그녀가 제안하는 플라토닉한 우정—한 때는 그보다 더 친밀한 관계였고 결코 정신적인 애정만을 나눈 사이가 아니라 할지라도—을 받아들이는 것은 그녀에게 더 큰 상처를 주게 되리라는 사실도 알 수 있었다. (364)

이 마지막 '실존주의적 결말'에서 사라는 상처받지 않았다. 그녀는 시대가 그녀에게 제공할 수 있는 최상의 안식처인 전위예술가 그룹에 안착하여 존재론적 자유를 구가한다. 그리고 자신의 행위를 상식과 합리성에 의지해 파악하려고 노력하는 찰스에게 진정한 진화의 법칙을 배울 것을 요구한다. "진화란 우연과 자연의 법칙이 결합하여 새로운 적자를 만들어내는 과정"(361)이라는 것을 배울 것을, "자기 자신을 제외한 모든 것을 희생시킬 수 있는 정신"으로 무장하기를 가르친다.

『프랑스 중위의 여자』의 마지막 장인 61장에 나란히 제시되어 있는 두 개의 제사는 진화의 법칙이 작동하는 원리와 주인공 찰스의 실존적 각성의 실체를 규명하는 단서가 된다.

(나선형 핵산 속에 자연의 광선이 일으키는 임의적인 돌연변이에 불과한) 진화란 우연이란 것이 자연의 법칙과 협동하여 생존에 보다 적응된 생체를 만들어내는 과정에 불과하다.

(Martin Gardner, *The Ambidextrous Universe*) (361)

참된 신앙은 아는 것을 실천하는 것이다.

(Matthew Arnold, "Notebooks") (361)

다윈 사상의 변주에 해당하는 가드너의 진술은 사라의 행위를 상식과 합리성에 의해 파악하려고 노력하는 찰스에게 주는 실존주의적 교훈이다. 그것은 진화란 우연과 자연의 법칙이 결합하여 새로운 적자를 만들어내는 과정이라는 것과 자신을 상대로 사라가 작동시킨 게임이 바로 그 생존의 법칙을 따르고 있다는 사실을 각성하라는 교훈이다.

찰스는 사라가 설치한 생존의 법칙이라는 덫에 걸려 시험당하지만, 도태되는 대신 자신의 존재론적 의미에 대한 각성을 통해 다시 태어난다.

> 찰스는 그 집을 떠났다. 대문에 이르렀을 때 미래는 현재가 되어 나타나서는 그가 지금 가야 할 곳을 알지 못하는 상황을 목격했다. 그는 세상에 다시 태어난 느낌이 들었다. 모든 성인의 능력과 기억력을 지닌 채 다시 세상에 온 기분이었다. 그러나 갓난아기의 무기력은 그대로 지니고 있어 모든 것을 다시 시작하고 다시 배워야 한다. (365)

사라가 교육하고 찰스가 배운 실존적 교훈이 자아에 대한 각성과 삶에 대한 개입이라면 그 교훈을 체현한 사람은 찰스이다. 로제티의 집을 나서는 순간 찰스는 자신이 오랜 여정의 끝에 성인의 능력과 기억력을 지닌 채 삶을 다시 시작하여 모든 것을 새로 배워야 하는 무력한 갓난아이의 위치에 서게 된 것을 깨닫는다.

『프랑스 중위의 여자』에서 찰스는 사라에 대한 불가사의한 열정과 사회적 굴레 사이에서 갈등과 혼란을 경험한다. 자신을 대상으로 의도적으로 펼치는 사라의 사랑의 유희, 우연을 가장한 접근과 강요된 이별의 과정을 겪으며 찰스는 자신의 존재의 의미를 스스로 깨우쳐야 한다는 사실을 고통스럽게 체득한다. 그리고 그 결과 찰스가 습득하게 된 실존적 자각의 정체는 아놀드에게서 차용한 "참된 신앙은 아는 것을 실천하는 것이다"는 진리이다. 자신의 진정한 자아를 찾기 위한 오랜 여정 끝에 찰스는 바로 아놀드의 격언을 수용하고, 복원할 수 없는 과거를 뒤로 한 채 자신이 아는 것을 행하는 길을 선택한다. 이 작품의 마지막 문단은 찰스의 각성을 다음과 같이 그리고 있다.

> 그는 마침내 자신 속에서 신념의 작은 입자를 발견한 것이다. 그 위에 자신을 세울 수 있는 진정한 고유성을 찾은 것이다. 자신은 아직 고통스럽게 부정하려 하지만, 그 부정을 뒷받침하듯 그의 눈에서는 눈물이 솟아오르고 있었다. 사라가 비록 스핑크스의 역할이라는 유리한 입장에 있는 것처럼 보인다 하더라도, 인생이란 상징이 아니라는 것, 수수께끼가 아니라는 것, 그리고 그 수수께끼를 푸는 데 실패하는 일이 있을 수 없다는 것을 찰스는 이미 깨닫기 시작했다. 인생에는 하나의 얼굴만이 존재하는 것이 아니고, 주사위가 한 번 굴리는 내기에서 졌다고 포기해버릴 수 있는 것도 아니다. 인생이 아무리 부적절하고 허망하고 또 절망적으로 도시의 냉혹한 심장부로 끌려 내려갔다 하더라도 우리는 우리의 삶을 견디어 내야 한다. 그리하여 깊이를 알 수 없는 거친 바다로, 찝찔한 소금기가 배어 있는 저, 인간들을 소외시키는 바다로 다시 나아가야 한다. (366)

찰스는 혼자가 되었다. 아놀드의 제사가 마지막에 동원된 것은 의미심장하다. 『마법사』의 마지막 장에서 니콜라스가 발견했던 것처럼, 이 지점에서 찰스는 인생을 간섭하는 신의 존재란 없다는 사실을 깨닫는다. 자신의 삶을 간섭하고 고통을 부여했던 사라의 악의적인 의도는 무의미한 것이라는 교훈을 얻는다. 그리고 우리의 인생은 "우연히 주어진 능력 범위 내에서 우리가 우연히 갖게 된 것"(365)이라는 진리를 받아들인다. 그리하여 우리가 선택할 수 있는 유일하고 최상의 대응 방식은 바로 그 "삶을 견디어 내야 한다"는 것, "깊이를 알 수 없는", "거친", "인간들을 소외시키는" 저 바다로 나아가야 한다는 사실을 깨닫는다.

제3장

포스트모던 메타픽션 작가로서의 존 파울즈

『소설의 발생』에서 이안 와트가 18세기 초에 새로 등장한 소설의 장르적 특성으로 "리얼리즘"이라는 개념을 주창한 이후 소설 문학은 모든 예술 형태 가운데 인생의 진면목을 가장 충실하게 반영하는 문학 형식으로 이해되어 왔다. 실제로 발생기 동안 소설을 썼던 많은 작가들은 자신들의 작품이 상상력의 산물로 인식되는 것을 두려워하며 자신이 실제 경험했거나 들었던 이야기를 서술하고 있다고 위장하여 강조하기도 했다. 이후 19세기 말에 이르기까지 소설 문학은 이성의 시대, 신고전주의, 그리고 계몽주의라는 지적 풍토를 바탕으로 "사실주의 문학"이라는, 세계문학사에 유례없는 전성기를 구가하게 된다.

19세기 말까지의 서구의 지적 풍토에서는 이성과 지식, 자유와 자율성, 그리고 진보 등의 개념이 특권적인 지위를 누리고, 인류 사회와 역사, 그리고 개인의 삶을 재단하는 "객관적 진리" 혹은 "진리의 절대성"에 대한 믿음이 통용되었다. 그리고 이 시기 동안 활약한 소설가들은 신념과 가치를 독자들과 공유하고 작가가 인식한 삶의 모습과 진리를 독자들에게 교훈으로 설파하는 "신과 같은 지위"를 향유하였다. 방법론적으로 이들은 사실주의 전통에 입각하여 등장인물의 외면적인 모습과 행위를 치밀하게 묘사함으로써 그 실재에 접근하려 했다.

한편 이러한 자아와 주체에 대한 신념이 세기의 전환기를 거치며 커다란 도전에 직면하게 되는데, 그 도전은 19세기 후반 동안 위대한 선각자들의 치열한 지적 탐색을 통해 준비되어 왔다. 찰스 다윈은 진화론과 적자생존의 원칙을 내세워 서구의 전통적, 종교적 신념의 기반에 의문을 제기했고, 니체는 신의 죽음과 인간의 자유의지를 선언하였다. 또한 마르크스는 상부구조라는 문명의 건축물 밑에 깔린, 물질에 토대를 둔 하부구조를 들춰내고, 역사의 발전이 변증법적 유물론에 근거하고 있다고 주장하였다. 프로이트의 정신분석학은 인간의 의식에 대한 기존의 신념을 와해시키고 인간 내면의 무의식과 욕망의 개념을 체계화하였으며, 자연주의자들은 과학적, 실증주의적 방법론을 통해 인간을 자유의지나 고상한 상상력을 지닌 이성적 존재가 아닌 본능과 환경의 지배를 받는 동물적 존재로 인식하게 하였다.

이들 19세기 사상가들의 회의와 도전은 20세기 초반 서구의 지성사에 모더니티라는 개념으로 응고되고 문학과 예술 전 분야에 걸쳐서 위대한 모더니즘의 시대를 열기에 이른다. 시간에 대한 새로운 철학적 사유와 진화론, 역사에 대한 새로운 해석, 꿈과 무의식에 대한 깨달음, 인간 소외와 인생의 부조리성에 대한 인식 등은 서구의 지식인들에게 인간의 존재론적 의미에 대한 새로운 각성을 가져다주었고, 이러한 각성을 바탕으로 특히 소설가들은 새로 인식된 리얼리티를 미학적으로 재현할 새로운 예술 형식을 탐색하게 된다.

사회적으로 통용되는 객관적 진리에 대한 회의와 절대적 진실이 자의적임을 인식한 모더니스트들은 그들이 직면한 혼돈과 무질서로부터 새로운 질서를 모색하는 방편으로 개인의 용기와 도덕, 그리고 자아와 상상력의 가치를 옹호하는 입장을 취한다. 모더니즘 소설은 의식의 흐름이나 복수 시점, 자동 서술 등의 기법을 통해 텍스트를 난해하게 만들고 이러한 현상은 궁극적으로 예술지상주의 혹은 문학의 엘리트주의라는 보수적 경향을 만들어내기도 했다.

제2차 세계대전의 종전을 기점으로 20세기 중반을 지나면서 인류는 그들의 선조가 체험하지 못했던, 더러는 대단히 참혹하고 더러는 눈부신 역사의 변화를 목격하게 된다. 두 번의 세계대전, 홀로코스트와 히로시마의 참상, 과학의 발전과 우주 시대의 개막, 존 F. 케네디와 킹 목사의 암살, 민권·반전·여성운동의 개화, 무절제한 생태계 파괴로 인한 환경의 위기 등은 기존의 세계관을 부정하고 새로운 시대정신의 출현을 예고하였다. 한편 인류 경제활동 양식의 총아로 군림해 온 자본주의는 후기산업사회를 개막하였고, 그것의 다른 이름들인 정보화사회·대량복제사회·대량소비사회는 무개성, 무정형, 불확정을 특징으로 하는 특유한 문화 현상을 만들어내기에 이른다.

또한 제2차 세계대전 이후 실존주의와 부조리운동, 허무주의를 거친 인류의 지적 풍토는 1960년대 구조주의의 충격을 시작으로 새로운 정신분석학과 계보학, 기호학, 새로운 철학, 새로운 마르크스주의, 새로운 예술, 그리고 사회비판이론이라는 새로운 지평을 열었고, 그 결과 이성/언어중심적 형이상학의 해체, 기표와 기의 사이의 자의적이고 유희적인 관계로부터 야기되는 기호체계의 혼란, 실용주의, 다원주의, 정신 분열 현상 등의 유행을 가져오게 되었다. 이 시대의 작가들은 언어가 의미를 창조할 수 없다는 절망감을 안고 새로운 감수성과 새로운 리얼리티를 이제는 그 유용성이 의심받게 된 언어를 통해 표현해야 하는 힘든 과제에 직면하게 된 것이다.

이 시기 동안 활동했던 소설가들은 그들의 모더니스트 선배들과는 또 다른 딜레마와 직면하게 되었다. 소설가이면서 소설의 미학적 원리에 대해 깊은 관심을 가졌던 쿤데라(Milan Kundera)의 지적처럼 "인간이 단지 인간 영혼이라는 괴물들하고만 싸워야 했던 평화로운 시대는 조이스와 프루스트의 시대로 마감"(25)되었던 것이다. 1959년에 쓴 「대중사회와 포스트모던 픽션」("Mass Society and Postmodern Fiction")을 통하여 20세기 후반의 포스트모더니즘이라는 시대정신을 문학적 논쟁에 처음 도입한 어빙 하우(Irving Howe)는 이 시대 소설가들의 딜레마를 다음과 같이 설명한다.

> 세계는 갈수록 고정된 형태에서 벗어나는 경향을 보이는데, 나날이 유동성이 더해가는 경험에 어떻게 형태를 부여할 것인가? 또한 사회적 행동 양식과 도덕적 판단 양식 사이의 상관관계를 소설의 핵심적인 가정들을 통해 어떻게 재천명할 수 있을까? 그리고 만약 이것이 불가능하다고 판명된다면, 그 자체로 의미를 갖는 도덕적 규범을 어떻게 가상적으로 만들어낼 수 있을까? 이러한 질문들이 오늘의 젊은 소설가들이 직면한 어려움의 실체들이다. 이것은 마치 우리의 사회적 사고와 문화적 전통 양자 모두의 지침이 한꺼번에 사라져버린 형국을 의미한다. (198)

여기서 하우가 표현한 "갈수록 고정된 형태에서 벗어나는 세계"와 "나날이 유동성이 더해가는 경험"은 바로 오늘날의 소설가들이 인식하게 된 정형화될 수 없고 유동적인 새로운 리얼리티를 의미한다. 또한 "사회적 행동 양식과 도덕적 판단 양식 사이의 상관관계"란 다름 아닌 작가와 독자가 공유할 수 있는 가치와 신념의 기반을 말하는 것이다. 19세기 작가들과는 달리 현대의 소설가들은 더 이상 독자들과 공유할 수 있는 사회적 행동 양식이나 도덕적 판단 양식에 의지할 수 없는 상황에 놓이게 된 것이다. 하우는 이 글에서 1950년대 활약한 소설가들의 작품들이 예술세계로 몰입하는 난해성과 복수 시점 등 전 시대 모더니즘의 전통에서 벗어나 진지함을 희화화하거나 도덕적 메시지를 모호하게 하고, 환상과 현실의 경계가 붕괴되는 특징 등을 보이고 있다고 지적하였다.

프랭크 커모드(Frank Kermode) 또한 현대 소설가들의 과제를 "픽션과 리얼리티 사이의 딜레마"(131)라고 진단한다. 아이리시 머독과 뮤리엘 스파크, 사르트르의 작품을 논하면서 커모드는 이들 작가들이 직면한 딜레마를 "전형적인 형식"(paradigmatic form)과 "우연한 실재"(contingent reality) 사이의 "긴장 혹은 불협화음"(tension or dissonance)(133)으로 설명한다. 의미 있고 안정적인 경험을 객관적이고 구체적인 픽션의 세계로 그려내는 것이 소설의 "전형적인 형식"으로 통용되어 왔다. 그런데 인간의 존재 자체가 부조리한 것이고 경험은 우발적인 것으로 인식되는 시대를 사는 소설가들은 이 불안정한 리얼리티를 독자들이 수용할 수 있는 픽션으로 가공해야 하는 딜레마와 싸워야 하는 것이다.

19세기 사실주의 작가들이 인생의 외면적 경험을 개연성과 필연성의 법칙에 입각하여 묘사함으로써 "객관적 진실"을 그려내는 데 치중했다면 20세기 초 모더니스트들은 등장인물의 의식과 내면세계를 의식의 흐름이나 내적 독백, 복수 화자, 풍부한 상징과 신화적 패턴 등을 통해 그려냄으로써 "주관적 감수성"이라는 새로운 리얼리티를 재현하는 데 힘썼다. 그에 비해 20세기 후반의 소설가들은 주체의 소멸, 진리의 절대성에 대한 회의, 그리고 자아의 해체라는 시대적 상황 속에서 형체를 확정할 수 없고 질서를 부여할 수 없는 인간의 경험과 끝없이 분열되어 포착할 수 없는 개인의 자아라는 새로운 리얼리티를 소설 속에 형상화해야 하는 과제와 씨름하게 된 것이다.

새로운 리얼리티와의 싸움과 더불어 이 시대 소설가들은 문학의 매개 수단인 언어의 효용성이 의심받는 새로운 환경 속에서 작업해야만 했다. 언어의 지시적 기능에 대한 구조주의 언어학의 도전은 이들 작가들에게 문학 작품이 현실을 반영하지 못한다는 회의를 갖게 하였고, 이는 필연적으로 작가 자신의 글쓰기 행위에 대한 자기반영적인 태도와 리얼리티와 픽션의 경계에 대한 예민한 관심, 그리고 패러디와 혼성모방이라는 유희적인 방법론을 채택하게 하였다. 이에 따라 많은 이론가들이 "소설의 종말", "작가의 죽음", "고갈의 문학", "메타픽션", "불확정성의 시학"과 같은 용어를 통하여 이 시대 소설 문학의 정체성을 규명하려는 노력을 경주해 왔다.

데이비드 롯지는 1971년 출간한 『교차로에 선 소설가들』(*The Novelist at the Crossroads: and other essays on fiction and criticism*)에서 일군의 작가들을 "교차로에 선 소설가들"로 지명하였다. 롯지는 1940년대부터 1960년대까지의 소설가들이 직면하고 있는 문제를 범박하게 사실주의 소설 전통에 대한 의심과 반동으로 규정하였다. 그는 이 시기의 소설가들이 사실주의 문학의 미학적, 인식론적 전제들에 대해 강한 의심을 품고 있었지만, 담대하게 앞으로－사실주의의 큰길에서 벗어나－나아가는 대신 사실주의 전통의 갈림길 반대편으로 뻗은 두 개의 루트, 즉 '논픽션 소설'(non-fiction novel)에 이르는 길과 로버트 숄즈의 '우화적 소설'(fabulation)을 대안으로 모색하고 있다고 주장하였다(19). 이 책에서 롯지는 그레엄 그린과 뮤리엘 스파크, 어네스트 헤밍웨이, H. G. 웰스 그리고 존 업다이크를 구체적으로 분석하면서, 이 책을 출판한 시기가 파울즈의 초기 대표작 세 편이 모두 발표된 뒤였지만 파울즈를 논의에 포함시키지 않았다.

예술성과 대중성을 두루 갖춘 것으로 평가되는 파울즈는 제2차 세계대전 이후 활약한 영국의 소설가 가운데 비평가들의 각별한 주목을 받아온 작가이다. 예술 형식에 대한 새로운 유행이 유럽과 미국을 중심으로 활발하게 전개되고 포스트모더니즘이라는 용어가 문학과 예술 일반뿐만 아니라 시대정신으로까지 통용되기 시작한 이후에도 영국의 소설가들은 다소 고답적인 전통의 틀 안에 갇혀있다는 평가를 받았다. 그에 비해 파울즈는 소설의 형식에 대한 과감한 도전과 실험을 통해 포스트모던 시대의 가장 중요한 소설 양식으로 꼽히는 메타픽션 작가로 일찌감치 자리매김하였다. 그의 작품들의 중요한 특징들은 메타픽션의 미학적 원리를 선명하게 보여준다. 한편 파울즈는 전통적인 소설의 유용성을 신봉하면서 사실주의 문학 전통에 대한 자신의 신념을 여러 차례 표방하였고, "소설의 죽음"이나 "작가의 부재"와 같은 당대의 중요한 명제들에 대한 거부감을 드러내기도 했다. 그래서 파울즈는 전통과 혁신, 리얼리즘 문학과 반리얼리즘 문학의 교차로에 선 것처럼 보인다.

교차로에 선 소설가로서 파울즈의 소설론은 다원적이고 이질적이며 가끔 상호모순적인 것처럼 보인다. 파울즈의 이러한 특성을 절충적인 입장에서 평가하는 비평가들도 있다. 프레더릭 홈즈(Frederick Holmes)는 19세기가 사실주의 소설의 위대한 시대로 평가되는 이면에 빅토리아 소설의 여러 전통들이–심지어 사회주의 리얼리즘 작가들에게까지–비호감의 대상이 되고 있음을 파울즈가 의식하고 있었다고 전제한다.

> 빅토리아 소설을 모방함으로써 파울즈는 자신의 이야기가 사실적인 차원에서 믿을 만한 것으로 받아들여짐과 동시에 자의식적으로 가

> 공의 것임을 드러내는 역설적인 효과를 거두고 있다. [. . .] 파울즈가 사용한 낡은 서술양식은 독자들로 하여금 그것의 인습성을 인식하게 만든다. 그래서 독자들은 실제 일어난 일이 눈 앞에 펼쳐지는 것을 목격하는 것이 아니라 매우 낯선 소설을 읽고 있다는 것을 상기하게 된다. ("The Novel, Illusion and Reality" 186)

여기서 홈즈는 『프랑스 중위의 여자』에서 파울즈가 구사한 서술양식이 19세기 사실주의 화법에 대한 신뢰를 기반으로 새로운 소설 형식에 대한 독자들의 자각을 이끌어내고 있다고 진단하였다. 러브데이 또한 이 소설을 역사소설과 자의식적인 현대적 글쓰기의 성공적인 융합으로 평가하였고(48), 린다 허천(Linda Hutcheon)이 제시한 "사료편찬적 메타픽션" (historiographic metafiction)(*A Poetics of Postmodernism* 5)이라는 용어는 향후 파울즈 비평의 레이블이 되었다.

파울즈는 소설이 실재를 가장 충실하게 반영하는 문학 장르라는 전통적 견해에 대해 회의를 제기하고, 작가의 창작 행위, 전지적인 소설가의 지위, 그리고 언어의 의미지시 기능 등에 대해 치열한 관심을 보여주었다. 『콜렉터』는 동일한 사건을 두 개의 상반된 시점을 통해 이중적으로 서술하는 양식을 채택하고 있다. 이 두 개의 서술은 사건의 중요 두 당사자가 일인칭 시점을 통해 주관적으로 서술해 가지만 상호텍스트적인 기능을 수행함으로써 자신의 창작 행위에 대한 작가의 자의식적이고 자기반영적인 태도를 보여준다. 『마법사』에서 파울즈는 픽션과 리얼리티의 현란한 유희를 통해 독자들에게 인간 경험의 진정한 의미가 무엇인지를 각성하게 한다. 가공의 세계가 교묘하고 견고한 방식으로 실재의 모습을 하는 순간, 그것의 허구성이 폭로되어 허물어지는 사건이 되풀이 된다. 『프랑스 중위의 여자』에서 파울즈는 작가 - 내레이터 - 등장인물로 이루어진 고차원의 방정식을 통하여 다양한 모습의 작가 개입을 선보이고, 세 개의 복수결말을 제시하여 독자와의 유희를 시도하기도 한다.

이런 전위적인 실험들은 신과 같은 지위에서 자신이 창작한 소설의 의미를 창조하고 결정하는 소설가의 권위에 대한 작가 자신의 의심을 반영하는 것이다. 파울즈의 이러한 태도는 그가 사실주의 서술 방식으로의 복귀를 주장하면서도 한편으로는 거대 담론이 사라지고 소설 장르의 유용성이 의심되는 현실을 자각하였고, 또한 '주체의 소멸'이나 '저자의 죽음'과 같은 문제로 고민하는 동시대 소설가들과 인식을 같이하고 있음을 보여준다.

제1절 『콜렉터』－하나의 사건을 서술하는 두 개의 시선

『콜렉터』에서 파울즈가 보여주는 소설 창작에 대한 자의식적인 노력은 이중 서술 양식이라는 독창적인 방식을 통해 나타나고 있다. 이 작품은 단일한 사건을 두 개의 시선－두 개의 내레이션－으로 서술한다. 비천한 시청 직원인 프레더릭이 축구복권에 당첨되어 일확천금하게 되면서 아름다운 미술학도 미란다를 납치·감금하여 길들이기를 시도하는 하나의 사건을 제1장에서는 프레더릭의 일인칭 내레이션으로, 제2장에서는 미란다의 일기체 일인칭 화법으로 서술하고 있는 것이다. 이 소설의 이중 서술은 일종의 상호텍스트로 작용하여 두 화자가 대표하는 극단적으로 이질적인 두 개의 세계를 서로 비추는 기능을 수행한다. 이와 동시에 작가는 하나의 리얼리티에 대한 두 개의 해설을 독자들에게 제공함으로써 작품의 의미를 창조하는 작가의 권위－에 대한 의심－와 독자의 능동적인 해석의 여지에 대한 자의식적인 태도를 드러낸다.

하나의 사건을 두 개 이상의 시점으로 서술하는 방식이 아주 새로운 것은 아니다. 이미 영국소설의 효시로 평가되는 리차드슨의 『파멜라』(*Pamela, or Virtue Rewarded*)에서 이와 유사한 기법이 사용되었다. 주인공 파멜라가 겪은 일들을 서간체 형식으로 기록하여 부모에게 보내면 그녀의 부모가 그 사건을 재구성해서 이해하고 그에 관한 그들의 정서적 반응을 다시 기록하여 딸에게 보냄으로써 "사건의 발생 - 파멜라의 해석 - 파멜라의 기록 - 기록의 전달 - 부모의 독서를 통한 사건 재해석 - 부모의 시각으로 사건의 경위를 다시 기록"하는 효과를 만들어낸다(King 4840). 독자는 동일한 사건에 대해 파멜라의 시각과 부모의 시각이라는 복수의 관점으로부터 각각 보고를 듣는 입장에 놓이게 되는 것이다.

한편 이 작품에 사용된 이중 서술 양식이 딱히 20세기 후반 포스트모더니즘 시대의 특징인 메타픽션의 특성과 잘 어울린다고 하기는 어렵다. 오히려 20세기 초 피카소 등의 입체파 화가들이 사물의 전면과 후면 모습 모두를 평면 위에 그림으로써 그들이 새로 인식한 실재를 표현하려 했던 노력과 일맥상통한다고 보아 모더니즘적 기법의 연장으로 이해하는 것이 자연스러울 수도 있다.

『콜렉터』에 사용된 이중 서술 양식은 일차적으로 두 등장인물이 대표하는 두 개의 대립된 세계, 즉 작가가 진단한 현대와 현대인의 두 전형(archetype)을 효과적으로 보여주는 동시에, 독자들에게 하나의 진실에 대한 두 개의 해설을 제공하는 효과를 거둔다.

> 이 작품의 미묘함과 특징적인 초상화는 거의 전적으로 서술양식의 복잡함에서 기인한다. 파울즈는 적대적인 두 주인공으로 하여금 자신들의 이야기를 직접 하도록 하고 있다. 이렇게 함으로써 그렇지 않았더라면 단순한 사건의 연속에 불과한 이야기에 이중적인 시각을 부여할 수 있었다. (Olshen 20)

올센은 『콜렉터』가 채택하고 있는 이중 서술 방식이 이 작품의 독특한 기법이라고 정리하면서 이를 통해서 작가는 그러지 않았다면 단순하고 직렬적인 사건의 연속적인 기록으로 전락할 위험을 피하면서 진리를 포착할 수 있는 이중적인 시각을 성공적으로 제시하고 있다고 주장하였다. 요컨대 이중 서술의 직접적인 효과는 두 개의 서술이 각각 일인칭 시점에 의해 대단히 주관적으로 제시되었음에도 불구하고, 독자는 발생한 하나의 사건에 대해 보다 객관적이고 포괄적인 관점을 갖게 되고, 그래서 주인공들에 대한 보다 종합적인 이해를 획득할 수 있다는 점이다.

프레더릭과 미란다는 거의 모든 점에서 극단적으로 이질적인 인물들이다. 미란다는 한마디로 프레더릭이 도저히 이해할 수 없는 세계, 그에게 결핍되어 있는 특징들의 총화와 같은 존재이다.

> 그녀는 영락없는 여자였다. 도저히 예측할 수 없는 존재. 한 순간 미소를 짓다가도 다음 순간 저주를 퍼붓는다. 나는 도저히 그녀의 기분을 따라 맞출 수가 없다. (56)

프레더릭은 미란다를 납치해서 지하실에 감금하고 서로에 대한 이해를 넓혀 나가면 차츰 관계가 증진되어 사랑에 이를 수 있을 것이라는 희망을 품어 보지만 그가 노력하면 할수록 미란다는 그에게 예측할 수도, 이해할 수도 없는 존재로 다가오고, 그래서 "그녀는 예측할 수 없는 존재이다"는 언급은 미란다를 표현하는 프레더릭의 기본 코드가 된다.

프레더릭과 미란다가 아무것도 공유할 수 없는, 전혀 다른 세계를 속해 있는 인물들이라는 사실은 두 사람의 내레이션에서 발견되는 대조적인 문체상의 특징을 통해 더욱 극명하게 드러난다. 상상력과 예술적 감수성이 빈곤한 프레더릭의 서술은 단순하고 무미건조한 문체로 이루어져 있다. 그는 "내가 이렇게 했다. 그녀가 이렇게 했다"는 식으로 진부하게 말한다.

> 이것 한 가지는 분명하다. 내가 그녀를 존중하면 그녀도 차츰 나를 존중할 것이다. 그녀가 처음 한 일은 원하는 물품의 목록을 작성하는 일이었다. 나는 루이스시의 화방을 찾아가 그녀가 원하는 특수 용지와 여러 가지 연필들, 각종 물감들, 그리고 붓-특별한 회사에서 특별한 털과 규격으로 만든-들을 사야만 했다. 그리고 다음에는 화장품들, 악취제거제, 기타 등등을 사야만 했다. (48)

프레더릭은 예술적인 상상력이 지극히 빈약하고 편협한 시각으로 자신의 현실에 집착하며 사랑과 인류애에 대한 이해가 결핍된 인물이다. 이러한 프레더릭의 품성과 삶에 대한 태도가 그의 내러티브에 반영되어 있다.

반면 자유로운 영혼과 예민한 감수성을 지닌 미란다의 일기는 감각적이며 유연한 문체로 구성되어 있다. 세련된 수사법과 자의식적인 독백, 과거에 대한 회상, 문학과 예술에 대한 다채로운 비유, 자신의 상황에 대한 분석적 사고, 그리고 기발한 아이러니와 유머로 가득 차 있다. 그녀는 지하실에 감금된 한계상황 속에서도 자신과 프레더릭 사이에 교차하는 미묘한 심리적 줄다리기를 관조하는 여유를 보인다.

> 그건 참 괴상한 일이었다. 끔찍한 일이었다. 우리들 사이에 모종의 관계가 형성된 것이다. 나는 그를 놀려먹고 언제나 공격해대곤 했지만, 그는 어느새 내 기분이 부드러울 때를 알아차리는 것 같았다. 언제 물러서서 나를 화나게 하지 말아야 하는지를 아는 것 같았다. 그래서 우리는 은근슬쩍 노닥거리는 관계로 접어들었는데 이게 심지어 친근한 느낌이 들게 하는 것이다. 이건 부분적으로는 내가 너무 외롭기 때문이었고, 또 다른 한편으론 의도적인 것이었다. (나는 그가 안심하기를 바란 것이다. 그 자신을 위해서도 그렇고, 또 언젠가 그가 방심하여 실수할 수 있도록) 그러니까 그 관계는 무엇보다 허약하고, 속임수였으며, 일종의 자선행위였지만 내가 잘 설명할 수 없는 또 다른 신비로운 측면도 있었다. 그건 결코 우정은 아니었다. 나는 그를 혐오하고 있었던 것이다. (148)

미란다의 문체는 감각적이고 유연하며, 과거와 현재 그리고 미래의 벽을 자유롭게 넘어 사색이 확장되기도 하고 자의식적인 독백을 통해 자신의 참모습을 드러내기도 한다. 개방적인 마음과 자신의 현재 및 미래에 대한 긍정적인 믿음을 가진 그녀는 자신을 제인 오스틴의 여주인공 '에마'(Emma)와 비교하고 현재 처해 있는 곤경을 셰익스피어의 『태풍』(*The Tempest*)에 등장하는 '미란다'에 비교하는가 하면, 샐린저의 『호밀밭의 파수꾼』(*The Catcher in the Rye*)을 부단히 언급하기도 한다.

이중 서술 방식의 효과를 이해하기 위해 작품 속에서 가장 긴박한 위기의 순간, 즉 미란다가 프레더릭을 성적인 접촉으로 유인하는 장면에 대한 두 사람 각각의 설명을 인용해 본다. 먼저 프레더릭의 서술이다.

> 다음 순간 그녀는 너무나 충격적인 행동을 했다. 나는 도저히 내 눈을 믿기 어려울 지경이었다. 미란다는 한 걸음 뒤로 물러서더니 실내복을 홀랑 벗어 버린 것이었다. 실내복 아래에는 아무것도 걸치고 있지 않았다. 알몸이었다. 나는 한번 힐끗 그녀를 쳐다보았을 뿐 고개를 다시 들 수가 없었다. 그녀는 빙그레 웃으면서 그 자리에 서서 나를 기다리고 있었다. 내가 먼저 행동을 해주기를 바라는 것이 분명했다. 그러더니 갑자기 두 팔을 높이 쳐들고 머리를 풀어 헤치기 시작했다.
>
> . . . . . .
>
> 정말 끔찍한 장면이었다. 나는 구역질이 나면서 온몸이 와들와들 떨리기까진 했다. 차라리 죽어서 지승에 가 있었더라면 좋았을 걸 하는 생각이 들기까지 해다. 매춘부와 함께 있는 것보다도 더 못한 느낌이었다. 매춘부는 존경하지 않으니까 상관없지만 미란다의 경우에는 나는 이런 치욕을 더 이상 참을 수가 없었기 때문이다. (105)

같은 사건을 미란다의 일기는 다음과 같이 기록하고 있다.

> 나는 두 눈을 감은 채 계획했던 일에 착수했다. 나는 그를 자리에 앉게 한 뒤 그의 무릎 위에 걸터앉았다. 그는 몹시 충격을 받은 듯 빳빳하게 굳어 있었다. 그러나 나는 계속해서 유혹하는 수밖에 없었다. 이때 만일 그가 나에게 덮치려고 했었다면 아마도 나는 나의 계획을 중단하고 말았을 것이다. 나는 실내복의 앞자락이 벌어지게 내버려 두었다. 그러나 그는 나를 자기 무릎 위에 앉힌 채 그냥 앉아 있을 뿐이었다. 마치 우리 두 사람이 전에 한 번도 만난 일이 없는 낯선 사람들로서 파티에서 만나 어리석은 게임을 하고 있는 것 같은 느낌

이었다. 서로 상대에 대해서 별로 호감을 갖지 않는 낯선 두 사람이 파티에서 만난 것 같은 기분이었다.

야비하고 병적인 면에서 분명 나는 흥분이 되어 있었다. 내 속에 살고 있는 여성이 그 남자의 속에 있는 남성을 향해 손짓을 하고 있었던 것이었다. 딱 집어서 분명히 설명은 할 수 없었지만 그가 어찌할 바를 모르고 있다는 것을 나는 느끼고 있었다. 그가 진짜 숫총각이라는 느낌이 들었던 것도 또한 사실이었다. 내가 마치 젊은 신부를 데리고 산책을 나온 산전수전 다 겪은 영감님이 된 듯한 기분이기도 했었다. 틀림없이 나는 술이 몹시 취해 있었던 게 분명했다. (259)

미란다가 프레더릭을 성적으로 유인하였던 이유는 지극히 비정상적인 정신 상태에 놓여 있는 프레더릭을 인간적이고 정상적인 상태로 이끌어 내려는 절박한 시도에서였다. 그러나 프레더릭은 그 순간 창녀가 아닌 자신의 이상형, 미란다와는 그와 같은 천박한 행위를 할 수 없다는 당혹감에 사로잡혀 있다. 미란다는 자신의 계획이 실패로 끝나고 만 것을 프레더릭의 성적 불구로 해석하고 지나가지만, 독자는 위와 같은 두 개의 해설을 통해－프레더릭이 느꼈던 당혹감을 직접 들음으로써－이 사건에 대해 보다 포괄적인 이해를 획득할 수 있는 것이다.

파울즈는 이처럼 매우 대조적인 문체로 쓰인 두 개의 내레이션을 통해 미란다와 프레더릭이라는 양립 불가능한 두 인물을 상정하고 그들을 예술과 과학, 생명과 죽음, 아름다움과 추함 등과 같은 이항대립적인 주제를 비추는 도구로 사용하고 있다. 파울즈는 현대를 파괴적인 과학 정신이 인간성을 황폐하게 만드는 시대로 파악하고 과학의 원리에 대항하여 예술적 감수성을 강조한다. 요컨대 인류의 진화와 발전을 위해서 현대인은 남성적 원리가 지배하는 과학 정신과 방법론을 배격하고 여성적인 원리, 곧 예술 정신으로 무장해야만 한다는 것이다.

『콜렉터』가 채택하고 있는 이중 서술 양식은 뚜렷이 구별되는 문체상의 특질을 바탕으로, 각각의 내레이터가 대변하는 상반된 세계의 대립 관계를 보여줌과 동시에 독자에게는 한 가지 사건에 대한 이중적인 해설을 제공함으로써 그 사건의 의미, 곧 실재를 입체적으로 바라볼 수 있는 시선을 제공한다. 한편 이와 같은 이중 서술 양식은 두 개의 서술이 서로에게 의미를 부여하는 기능을 함으로써 메타픽션의 특징적인 기법인 상호텍스트성을 갖기도 한다.

> 이 소설에서 흥미로운 점은 미란다와 프레데릭 사이에 놓여 있는 측량할 수 없는 정신적 간격에도 불구하고 그들의 서술이 수사학적으로 서로를 비춘다는 점이다. 두 사람의 서술이 합쳐져서 긴밀한 통찰력과 예상치 못했던 감정적 반응뿐 아니라 갈등과 긴장, 그리고 인격의 충돌과 같은 복잡한 드라마를 연출해낸다. (Bagchee 222)

두 개의 서술이 서로에게 의미를 부여하는 기능을 하도록 고안한 파울즈의 노력은 현대 작가로서 자신의 창작 행위에 대한 자의식적이고 자기반영적인 태도를 보여준다. 현대의 메타픽션 작가들은 소설이 실재(reality)를 가장 충실하게 반영하는 문학 장르라는 전통적 견해에 대해 회의를 제기하고 자신의 창조 행위, 자신이 사용하는 언어라는 매개체에 대해 강한 자의식(self-conscious)을 나타낸다. 메타픽션이라는 용어를 처음 사용한 윌리엄 개스(William H. Gass)는 메타픽션을 "그 기반 위에 다른 형태의 텍스트가 의미를 형성하는 형식의 소설"(25)이라고 정의하였다. 또한 소쉬르의 구조주의 언어학과 데리다 등 포스트구조주의자들의 영향을 받아 메타픽션 작가들은 문학 텍스트의 의미 결정력, 다시 말해서 진실을 창조하는 작가의 권위를 불신하고 독자와의 유희를 강조한다. 언어의 지시적 기능에 대한 회의로부터 시작된 진실을 창조하는 작가의 권위에 대한 의심, 소설 공간 안에서 재현해야 할 실재의 절대성에 대한 신념의 부재, 그리하여 작품의 의미 창조에 독자의 개입을 유도하려는 노력 등은 현대소설가들이 직면한 딜레마에 대응하는 다양한 노력에 해당한다.

『콜렉터』에서 이중 서술 양식이 상호텍스트성과 작가의 자기반영성을 갖는다는 사실은 파울즈 자신의 독자론과도 깊은 관계를 갖고 있다. 파울즈는 독자의 독서 행위가 하나의 창작 과정이라는 신념을 여러 차례 밝혔다. 『아리스토스』에서 그는 모든 사람이 본질적으로 예술가라는 자신의 신념을 "예술가가 되는 일이 무슨 비밀결사 조직에 가입하는 일은 아니다. 그것은 결코 대부분의 사람들에게 이유없이 금지된 행위는 아닌 것이다"(149)라고 표현하였다. 또한 바넘과의 인터뷰에서 파울즈는 "저는 미완성 작품들이 아직 살아있다는 것을 느낄 수 있기 때문에 그것들을 사랑하는 편입니다. 출판된 작품은 작가들에게는 사막에 흩어진 해골처럼 죽음을 의미하거든요"(194)라고 주장한다.

파울즈는 또한 『마법사』 개정판 서문에서 소설 장르가 일종의 양방통행식 의사소통 방식이라는 그의 믿음을 제시하고 있다.

> 이 작품보다 훨씬 더 명쾌하게 구상되고 더 엄격하게 통제되는 소설이라 하더라도 모름지기 소설은 단서를 찾아 단 하나의 정답을 맞추는 크로스워드 퍼즐 게임은 아니다. [. . .] 만일 『마법사』가 어떤 의미를 갖고 있다면 [. . .] 그것은 오직 이 작품이 독자의 마음속에 불러일으키는 어떤 반응일 뿐인데, 작가의 입장에서 어떤 반응이 정당한 것이라고 주장할 수 없는 형편이다. (9)

여기서 파울즈는 한 편의 소설이 지니고 있는 궁극적인 의미는 무엇이 되었건 그 작품이 독자들의 마음에 불러일으키는 반응일 뿐, 작가로서 자신의 입장에서는 어떤 정해진, '올바른 반응'은 없다고 고백하고 있다.

이는 자신의 주관적인 창작물에 어떤 결정적이고 최종적인 의미도 부여하지 않겠다는 메타픽션 작가의 입지를 밝힌 것으로 이해된다.

독자의 창조적인 독서 행위에 대한 파울즈의 신념은 흥미롭게도 그가 독자 반응 이론가들과 동일한 어휘를 사용하고 있다는 사실에서도 밝혀진다. 볼프강 이저(Wolfgang Iser)는 『내재된 독자』(*The Implied Reader*)에서 작가의 의도적인 행위의 산물로서 문학 텍스트는 수많은 "간극"(gaps)이나 "불확정적인 요소들"(indeterminate elements)을 가지고 있어서 독자가 자신의 창조적인 참여로 그것을 채워 나가야 한다고 주장한다.

> 하나의 문학 텍스트는 여러 가지 상이한 관계 속에 놓을 수 있는 잠재력을 갖고 있어서 어떤 하나의 독서가 그 잠재력을 완벽히 해석해 냈다고 간주할 수 없다. 왜냐하면 독자들이 각자 자신의 방식으로 텍스트 사이의 간극을 채우면서 다른 해석 가능성을 배제해 나갈 것이기 때문이다. 독자들은 텍스트를 읽어 나가면서 그 간극을 어떻게 채울 것인지 스스로 의사결정을 하게 된다. (280)

우연하게도 파울즈는 타복스와의 인터뷰에서 똑같은 용어인 "gaps"라는 어휘를 사용하여 독자들의 독서 행위를 설명하고 있다.

> 문학적인 차원에서 저는 어떤 불가해한 측면, 즉 '간극'이 아주 풍부하다고 생각해요. 왜냐하면 이런 것이 바로 소설을 쓰고 그것을 읽는 과정의 본질에 해당하기 때문이지요. 그래서 저는 미스터리라고 하는 것이 꼭 무슨 미스터리 소설과 같은 제한된 경우에만 적용되는 것은 아니라고 생각합니다. (185)

이 인터뷰에서 파울즈는 텍스트와 의미 사이의 풍성한 공간에 독자가 개입해야 한다고 이야기함으로써 독자 반응 이론가들과 같은 입장을 표명하고 있다. 파울즈에게 있어서 문학 텍스트의 최종적인 의미는 개별적인 독자들이 독서라는 또 하나의 창작 과정을 통해 만들어 가는 독자들의 소유물인 것이다.

독자는 이 작품의 의미 형성에 창조적으로 개입함으로써 납치와 감금이라는 작품의 기본적인 구도가 역설적으로 반전되는 것을 경험하게 된다. 다시 말해서 한 미치광이 청년이 아름다운 소녀를 납치해서 자신의 지하실에 감금하지만, 바로 그 순간부터 이들의 관계는 역전되어 누가 가두고 갇혔는지 그 경계가 모호해지고 만다. 미란다의 원망을 충족시키려는 프레더릭의 필사적인 노력과 그녀가 보여주는 작은 기쁨에 의해서 그가 맛보는 행복감 등과 대비되어 미란다가 현재의 궁지에서 벗어나려는 끈질긴 시도는 두 사람의 주종 관계를 역전시키고, 그래서 곧 프레더릭은 미란다로부터 "사실 지하실에 감금된 것은 바로 당신이예요"(58)라는 선언을 듣게 된다.

셰익스피어의 『태풍』은 이 작품 전반에 걸쳐 또 하나의 상호텍스트로 기능한다. 미란다가 납치된 후 프레더릭을 처음 대면했을 때 그는 자신을 퍼디난드(Ferdinand)라고 소개하지만 미란다는 그 속셈을 알아차리고 "나는 당신을 캘리번(Caliban)이라고 부르겠어요"(137)라고 대응한다. 이 작품이 프레더릭과 미란다 두 사람 중 어느 한 사람의 관점만으로 서술되었다면 프레더릭은 퍼디난드와 캘리번이라는 극단적인 인물 가운데 어느 하나로 받아들여지게 될 것이다. 그러나 이 작품이 채택하고 있는 이중 서술 양식의 역설적인 반전은 프레더릭이 미란다에게 캘리번이 될 수도 있고 퍼디난드가 될 수 있는, 혹은 "잠재적 괴물이면서 동시에 잠재적 애인"(Rackham 91)이 되는 구조에 있다. 왜냐하면 프레더릭과 미란다 두 사람의 내레이션을 읽어가면서 독자의 동정이 어느 쪽으로 기울지는 철저히 독자의 몫이기 때문이다.

제2절 『마법사』－픽션과 리얼리티의 유희

"나는 1927년, 영국인 중산층 부모 밑에서 외아들로 태어났다"로 시작되는 『마법사』는 주인공인 니콜라스의 일인칭 시점에 의해 서술이 진행된다. 이 서술은 대단히 간결하고 건조하며 사실적으로 진행되면서 독자와 매우 긴밀한 심미적 거리를 유지한다. 이러한 특성은 작품의 제1부를 구성하고 있는 1장부터 9장까지에서 특히 현저하게 나타나는데 그래서 제1부를 다 읽을 때까지 독자들은 빅토리아 시대의 사실주의 소설을 읽고 있는 듯한 지루함을 느끼게 된다.

제1부의 공간적 배경이 되는 런던은 명료한 현실이 지배하는 세계이다. 그러나 그 현실은 주인공에게 건강하게 딛고 설 땅이 아니라 혼돈의 늪으로 기능한다. 런던에서 니콜라스는 생산적이고 의미 있는 인간관계를 형성하지 못하고 권태와 무기력을 경험한다. 리얼리티의 효용성과 일상의 건강성이 제대로 작동하지 않는 것이다. 니콜라스는 그 따분하고 남루한 현실에서 벗어나기 위해 그리스로 향한다.

그리스는 아름다운 대자연의 풍경을 통해서 니콜라스에게 일시적인 위로와 기쁨을 선사하지만 지루한 교직 생활은 그에게 곧바로 고독과 권태를 안긴다. 그리스의 대자연이 시인을 꿈꾸는 그의 자아를 질식시키고 그리스가 그에게 구원의 장소가 아닌 것을 니콜라스는 깨닫는다. 그는 마침내 자신의 존재의 가벼움을 참지 못하고 자살을 시도하지만－제2장에서 살펴본 것처럼－이러한 노력이 무의미하고 혼란스러운 현실을 미학적인 아름다움으로 포장하려는 시도라는 것을 각성하고 포기한다.

니콜라스는 삶의 현실을 직시하지 못하고 끊임없이 그 현실로부터 탈출을 모색한다. 그는 구체적이고 명확한 인간관계를 설정하지 못하고 부단히 환상을 꿈꾸며 가공적인 것의 아름다움에 유혹을 느낀다. 그는 자살을 꿈꾸지만 그 죽음은 물리적 실체를 지닌 현실적인 죽음이 아니라, 자신의 존재에 극적인 의미를 부여하는 문학적 죽음이었다. 이러한 니콜라스의 특성은 그가 이제 바로 그의 눈앞에서 펼쳐지는 현실과 환상의 현란한 게임, 다시 말해 콘시스가 마련한 덫에 걸려들 필요충분조건을 갖춘 인물임을 보여주고 있다.

현실 도피적이고 환상과 신비, 미지의 세계를 동경하는 니콜라스는 콘시스의 인도에 따라 미스터리의 심연으로의 여정을 시작한다. 니콜라스가 정체불명의 마법사가 설정한 미로를 배회하며 현실과 가상현실 사이에서 혼란스러운 모험을 수행하는 동안 주인공의 일인칭 서술을 따라 그와 밀접한 심미적 거리를 유지하는 독자는 주인공과 동반자의 관계를 형성한다.

앞에서 독자의 독서 행위에 대한 파울즈는 견해를 설명했다. 문학텍스트의 진실을 창조하는 작가의 권위를 불신하는 파울즈는 작품의 의미를 생산하는 과정에 독자의 창조적인 참여를 요구한다. 독자의 독서행위가 하나의 창작 과정이라고 주장하는 것이다. 특히 파울즈는 독자반응 이론가들이 사용하는 '간극'이라는 용어를 사용하며 텍스트와 작품의 의미 사이에는 설명할 수 없는 '간극'이 풍부하게 존재하고 있기 때문에 독자가 그 공간에 개입해야 한다고 주장하였음을 살펴보았다.

그런데 『마법사』를 읽는 독자들은 그 공간에 개입함에 있어서 자유롭지 못하다. 그것은 독자의 시각이 일인칭 서술자의 시각에 엄격하게 제한되기 때문이다(McSweeney 127). 니콜라스가 콘시스와 복잡한 진실게임을 벌이는 동안, 독자들은 그와 더불어 픽션과 리얼리티가 얼마나 복잡하고 교묘하게 얽혀서 구별하기 어려운지를 경험하게 된다. 소설 공간 속에서 콘시스와 니콜라스가 벌이는 갈등과 반전의 드라마가 작가와 독자 사이의 진실 찾기 게임으로 확대되는 것이다.

10장부터 67장까지 이어지는 『마법사』의 제2부는 픽션과 리얼리티가 혼재한 콘시스의 세계를 방황하는 니콜라스의 모습을 그리고 있다. 줄거리 요약 부분에서 니콜라스의 보라니 별장 방문과 콘시스의 과거사 스토리텔링, 그리고 그 이야기가 니콜라스의 눈앞에서 연극의 형식으로 재연되는 경위를 설명했다. 콘시스의 별장에는 진기한 골동품과 희귀한 명작 예술품들이 소장되어 있었다. 니콜라스는 평범하게 진열되어 있는 모딜리아니의 초상화와 로댕의 조각이 진품임을 알고 충격을 받는다. 별장에는 여러 나라 언어로 된 수천 권의 고서들과 낡은 팸플릿들, 그리고 가치를 가늠하기 어려운 골동품들이 무심하게 흩어져 있다. 그리고 18세기 명장이 만들었다는 고가의 하프시코드 앞에서 콘시스는 뛰어난 연주 솜씨를 선보인다. 구식 은제 액자에 담긴 아름다운 소녀의 초상화를 보고 콘시스는 그녀가 자신의 약혼녀였음을 밝힌다.

콘시스의 첫 번째 스토리텔링은 제2차 세계대전 전후의 일들을 설명한다. 전쟁이 발발하기 전 자신이 릴리 몽고메리와 약혼했던 일, 전장의 참혹함과 공포, 그 두려움을 이기지 못해 전선을 이탈하여 귀향한 일, 릴리를 은밀히 만나 자신이 끝까지 그녀를 지켜주려 했지만, 그녀가 "엄숙하고 성실하게 자신을 완전히 바쳤던"(149) 애절한 정사 등이 중요한 내용이다. 이 이야기를 듣고 별장에 머물던 니콜라스는 한밤중에 자신의 침실 부근에서 희미한 소리와 악취 등 전장의 현실이 재연되는 기묘한 경험을 한다. 그리고 별장을 다시 방문했을 때 40년 전에 사망한 콘시스의 약혼녀가 자신의 눈앞에 현실의 모습으로 불쑥 나타나는 것을 목격한다.

> 음악이 끝났다. 의자를 옮기는 소리가 들렸고, 내 심장은 걷잡을 수 없이 뛰었다. 콘시스가 낮은 목소리로 알아들을 수 없는 단어를 말했

다. 나는 벽에 몸을 바짝 붙였다. 누군가 음악실 문 쪽에 서 있었다.
 키가 나만 하고 몸매가 호리호리한, 20대 초반의 여성이었다. 한 손에 리코더를 다른 손에는 진홍색 리코더 소제용 붓을 들고 있었다. 그녀는 푸른색과 흰색 줄무늬가 있는, 깃이 넓은 드레스를 입고 있었는데, 팔은 맨살이 드러나 있었다. [. . .] 그녀의 머리 모양과 윤곽선, 꼿꼿이 선 자세 등 모든 것이 40년 전 여성의 모습을 하고 있었다. (155)

보라니의 별장에서 깨어난 어느 날 아침 니콜라스는 콘시스가 음악실에서 누군가와 대화를 나눈다는 것을 감지하고 주의를 집중하는데, 순간 음악실 문간에 한 소녀가 환상처럼 나타난다. 니콜라스는 즉시 그 소녀의 용모가 자신이 이 별장 이곳저곳에서 보았던 초상화—콘시스가 자신의 약혼녀라고 설명한—와 닮았다는 것과 복장과 자태 등이 40년 전 여성의 모습이라는 걸 깨닫는다.

콘시스의 연극은 소품과 음향, 냄새 등 모든 것이 섬세하게 고안되고 이야기의 주제가 신화 속의 인물을 통해 재현되는 등 상상을 초월한 규모로 펼쳐지면서 니콜라스에게 놀람과 두려움을 제공한다. 자신의 과거사를 서술하는 콘시스의 내레이션은 구체적이고 사실적인 묘사를 바탕으로 완벽한 리얼리티를 구성해내는데 니콜라스는 그 리얼리티가 본질적으로 가공적인 것임을 감지하고 콘시스에게서 소설가의 면모를 발견한다.

그의 객관적인 태도에는 이제는 나이 든 노인이 자신의 과거를 진심으로 반성하는 그런 것보다는 자신이 만들어낸 인물 위에 군림하는 소설가적인 분위기가 훨씬 강했다. 그것은 자신이 지나온 과거를 담담하게 술회하는 자서전이라기보다는 의도적으로 마음먹고 쓴 전기에 가까웠다. (133)

이러한 니콜라스의 인식은 콘시스 자신이 표방한 소설 장르에 대한 혐오와 정면으로 배치되는 것이다. 콘시스는 니콜라스와의 교제 초반에 "소설은 더 이상 예술 장르가 아니다. 연금술이 사라진 것처럼 소설은 죽었다"(96)고 주장한다. "소설이 의미 전달로서는 가장 열악한 장르"(111)라고 생각하는 콘시스는 "대여섯 가지 진리를 얻기 위해 수백 페이지나 되는 책과 씨름하는 일은 어리석다"(96)고 주장하고 재미를 얻기 위해 소설을 읽을 수 있다는 니콜라스의 반론에 대해 "언어란 진실을 위한 것이요, 사실을 위해 존재하는 것이지요. 허구를 위한 것이 아니에요"(96)라고 응수한다.

콘시스의 무대는 이러한 그의 예술관을 반영한 것이지만 그것이 작용하는 방식은 역설적이다. 콘시스의 내레이션은 19세기 사실주의 소설 방식의 리얼리티를 창조하고 니콜라스는 빅토리아 시대 독자의 지위에서 그것을 현실로 수용하는 순간 그 리얼리티가 일종의 메타씨어터 형식으로 재현되면서 콘시스가 창조한 리얼리티의 기반을 부수는 역할을 한다. 그런데 리얼리티와 픽션의 세계가 구축되었다가 전복되는 과정을 콘시스는 공개적으로 진행한다.

니콜라스는 별장을 두 번째 방문했을 때 이미 "콘시스가 행하는 모든 일이 일종의 무대 연출, 치밀하게 계획되고 리허설을 거친 연극(109)"이라고 느낀다. 자기 한 사람을 위한 콘시스의 이러한 노력에 대해 니콜라스가 냉소적인 감사를 표명했을 때 콘시스는 "이 모든 것을 믿어달라고 하지 않겠소. 다만 믿는 척해달라는 것이오"(137)라고 대답한다. 이 공개된 유희에 대해 니콜라스는 "정 그렇다면 믿는 척해주리라. 하지만 진짜로 그의 노리개가 되지는 않을 것이다"(137)고 각오하지만 그 대응의 전략은 쉽게 마련되지 않는다.

콘시스의 연극에 대항하는 니콜라스의 유일한 무기는 합리적 이성이다. 현실로부터의 탈출을 꿈꾸는 낭만주의자인 니콜라스는 역설적으로 상식과 이성에 의지하여 자신에게 제시된 진실 게임의 암호를 해독하기 위해 노력한다. 그러나 콘시스가 장치한 픽션과 리얼리티의 게임은 니콜라스의 모든 노력을 무력화시키면서 갈수록 치밀하게 작동한다. 니콜라스의 저항, 혹은 대응을 무력화시키는 콘시스의 치명적인 무기는 팜므파탈의 역할을 수행하는 릴리/줄리이다. 소녀의 순수함과 성숙한 여성의 성적 매력, 아름다운 용모와 매혹적인 몸매 등 니콜라스가 거역할 수 없는 여성성의 총화인 릴리는 처음 등장하는 순간부터 노골적으로 니콜라스에게 매력을 발산한다.

릴리는 콘시스의 눈을 피해 자신의 진짜 신분을 니콜라스에게 고백하고, 기회가 있을 때마다 자기 신체의 은밀한 부분들을 내보이고, 그에게 몸을 기대고, 머리를 쓰다듬고, 사랑스런 동작을 아끼지 않는다. 니콜라스는 처음에는 콘시스와 릴리의 관계를—두 사람의 나이 차이에도 불구하고—육체적인 것으로 의심했지만, 그것이 고용관계라는 릴리의 해명을 듣고 안도한다. 그리고 조금씩 릴리와의 관계를 진척시켜 나간다.

하지만 릴리야말로 콘시스가 만든 가장 극단적인 가공의 집합체이다. 그녀는 노골적으로 콘시스를 배신하는 태도를 취하며 모든 것의 진위를 밝히려는 니콜라스에게 협조하는 모습을 보인다. 그에게 자신만 알고 있는 비밀을 제공하기도 하고 사실을 확인하려는 니콜라스의 추적에 위험을 무릅쓰고 동행하기도 한다. 하지만 니콜라스가 릴리의 도움을 받아 믿기 어려운 어떤 일이 사실이라고 확인하는 순간 콘시스는 작은 동작 하나로 그 발견된 사실을 뒤집고 진위의 판가름을 해제한다. 그리고 그 순간 니콜라스는 릴리가 여전히 콘시스의 연출을 빈틈없이 수행하고 있다는 사실을 발견한다. 이러한 상황은 릴리/줄리의 쌍둥이 여동생 로즈/준의 출현으로 한층 복잡한 양상으로 발전한다. 언니와 똑같은 매력적인 외모를 갖춘 로즈는 릴리보다 좀 더 자극적이고 퇴폐적인—부주의한—행동을 하며 니콜라스를 더 깊은 혼돈 속으로 빠뜨리는 역할을 한다.

아름다운 젊은 여성 릴리/줄리와 로즈/준이 콘시스 기획의 핵심으로 작용하는 이치는 자명하다. 니콜라스가 '잔혹극'과도 같은 콘시스의 음모에 고통을 당할 때, 독자들의 상식적인 의문은 왜 그가 게임의 현장, 곧 콘시스가 연출하는 무대를 떠나지 않는가 하는 것이다. 이러한 독자들의 의문에 대한 만족스럽지 못한 유일한 해답은 바로 릴리에 대한 니콜라스의 매혹이다. 실로 릴리는 니콜라스의 존재론적 상처의 총화, 그가 동경하는 가공적인 아름다움의 상징인 것이다.

> 마치 누군가 열고 들어오기를 기다리는 문처럼 그녀는 언제라도 무너질 것 같은 분위기를 하고 있었지만, 나를 주저하게 만든 것은 그 문 너머에 있을 암흑이었다. 그것은 지금은 사라지고 없는 과거의 로렌스적 여성상에 대한 일종의 향수 같은 것일지도 몰랐다. 여성만이 지니는 위대한 힘, 즉 어두운 신비와 아름다움이라는 점을 제외한다면, 모든 점에서 남성보다 열등한 여성들. 밝고 건강한 남성과 어둡고 약한 여성. (242)

젊은 시절 런던에서부터 니콜라스는 준수한 용모와 무관심한 태도, 그리고 고독한 분위기라는 치명적인 무기로 무장하고 젊은 여성들을 유혹하여 쾌락을 즐긴 다음 무책임하게 그 관계를 단절시키는 편력을 자랑했다. 이 작품에서 콘시스는 니콜라스의 전임자로 이 학교에 재직했던 다른 영국인 남성들에게도 니콜라스와 유사한 연극을 펼쳤던 것으로 이해된다. 니콜라스의 부임이 결정되었을 때, 신과 같은 능력을 가진 콘시스는 새로운 제물을 위한 맞춤형 매개자로 젊고 매혹적인 여성을 준비했던 것이다.

따라서 콘시스의 마지막 무대로 연출된 '해독과정'이 니콜라스에게 릴리를 응징하도록 요구하는 결론은 필연적이다. 그것은 니콜라스로 하여금 릴리에 대한 중독으로부터 각성하라는 교훈이다. 니콜라스의 존재적 실체에 대한 심리학적 임상보고서가 낭독되고 그에게 릴리를 응징하도록 채찍이 주어졌을 때, 니콜라스는 그 집행을 거부한다. 릴리에 대한 몽상에서 완전하게 탈피하지 못한 니콜라스는 릴리가 출연한 조잡한 포르노 영화를 강제로 관람하고 최종적으로 자신의 눈앞에서 릴리와 흑인조가 섹스를 벌이는 모습을—핍쇼를 보듯이—지켜봐야 했다.

이 과정을 통해 니콜라스는 릴리에 대한 중독 상태, 어두운 아름다움의 상징인 여성에 대한 매혹에서 벗어난 것처럼 보이지만 『마법사』가 다루고 있는 보다 본질적인 문제, 즉 픽션과 리얼리티의 혼란에 대한 해답을 구한 것 같지는 않다. 콘시스의 마지막 무대에서 벗어나 현실로 돌아온 니콜라스는 학교에서 해고 통지를 받고 곧이어 콘시스의 행적을 추적한다. 니콜라스가 아테네의 내무성에서 발견한 안톤의 보고서 사본은 콘시스의 이야기가 실재했던 것임을 뒷받침하는 것이지만 그가 콘시스를 추적한 끝에 발견한 것은 4년 전에 사망한 그의 무덤이었다. 콘시스가 사라진 뒤에도 리얼리티와 픽션의 세계를 구별할 단서가 니콜라스에게 주어지지 않는다. 그리고 아테네를 떠나기 직전, 그는 호텔 방에서 익명의 전화를 받고 창밖 거리에서 택시에 오르는 앨리슨의 모습을 발견한다. 연극은 끝나지 않았던 것이다. 콘시스가 예고했던 것처럼 "진짜 연극에는 막이라는 것이 없"거나 혹은 "연극이 끝나고 난 뒤에도 연기는 계속되고"(442) 있는 것이다.

앞 장에서 콘시스가 전개하는 게임의 규모와 그 동기의 정당성에 대한 비평적 평가를 정리했다. 몇몇 비평가들이 사건의 개연성과 동기의 타당성을 옹호하기는 하지만 대체로 부정적인 평가가 우세한 편이다. 그러나 이러한 논쟁의 진정한 해답은, 파울즈가 여러 차례 확인하고 있는 것처럼 개별 독자의 독서 체험을 통해 독립적으로 발견되는 것이라고 할 수 있다.

독자들은 『마법사』를 읽는 동안 『프랑스 중위의 여자』를 읽을 때보다 훨씬 강한 지적 흥분과 기쁨을 느낀다. 그러나 작가가 펼치는 유희가 한계 효용을 지나친 것이라는 비판도 타당한 것이다. 특히 앨리슨이 콘시스의 음모에 봉사하는 것은 플롯 진행과 의미 결정에 대단히 중요한 요소인데 그것이 작품 후반에 갑작스럽게 등장하는 것은 지나치게 작위적인 반전으로 지적되어야 할 것이다. 또한 작가의 계속적인 유희와 진실 허물기는 독자에게 개연성 있는 플롯의 진행을 의심하는 관성을 심어준다. 니콜라스가 런던으로 복귀하여 집시 소녀 조조(Jojo)를 만났을 때, 독자는 그녀 또한 콘시스의 기획의 일부가 아닌가 하는 의심을 갖는다. 그리고 그 의심이 근거 없는 것으로 밝혀지고 나서도 결국 하숙집 주인 켐프(Kemp)가 니콜라스와 앨리슨의 재회를 주선함으로써 작가의 작위적인 유희에 대한 독자의 불신이 부분적으로 정당한 것이었음이 확인된다.

니콜라스는 현실로부터 도피하기 위해 그리스로 갔고, 그곳에서—신과 같은 능력을 가진—정체불명의 마법사를 만나 그가 자신을 위해 마련한 거대한 무대를 배회하며 픽션과 리얼리티 사이에서 극도의 혼란을 경험한다. 이때 니콜라스의 처지는 영화 〈트루먼 쇼〉에 등장하는 짐 캐리를 연상케 한다. 영화 속의 주인공은 방송사가 기획한 프로그램의 관찰 대상이 되어 자신만 모르는 상태에서 온 세상이 협력하여 조작한 거짓 현실을 살아간다. 한편 미로를 헤매는 니콜라스의 방황을 지켜보는 독자들은 박스 안에 박스가 중첩되어 포개져 있는 차이니스 박스를 꺼내거나 양파의 껍질을 벗기는 듯한 경험을 하게 된다. 그 작업이 끝없이 반복되면서 독자는 인내의 한계를 시험당하는 처지에 놓이게 된다.

68장부터 76장까지에 이르는 소설의 제3부는 런던에 돌아온 니콜라스가 앨리슨과 재회하는 장면을 그리고 있다. 런던에 돌아온 니콜라스는 보라니에서의 자신의 경험이 대부분 거짓이었다는 것을 발견한다. 드 되캉 백작은 귀족명감에 나와 있지 않았고, 콘시스의 저택에 소장된 예술품은 다른 곳에 보관된 진품의 모조였으며 역사적 자료로 제시되었던 저서들과 팸플릿 등은 내용이 다르거나 저자가 위조된 것들이었다. 그가 지난 몇 달 동안 치열하게 싸웠던 전투의 실체가 완전히 부정되는 참담한 현실은 니콜라스가 릴리 몽고메리를 추적하다가 릴리 데 시타스 부인을 만나게 됨으로써 극적으로 반전된다. 니콜라스는 그녀에게서 자신의 남편이 로드 바이런 학교에 교사로 갔었던 것과 그곳에서 콘시스와 교제했던 일, 그리고 콘시스의 픽션은 대부분 그녀 자신이 들려준 이야기였다는 사실을 확인한다. 또한 그녀가 바로 배우 지망생인 쌍둥이 자매 줄리와 준의 어머니라는 것을 밝혀낸다.

니콜라스가 콘시스 드라마의 기획자를 자임하는 데 시타스 부인을 만나 자신에 대한 거대하고 악의적인 음모의 동기를 물었을 때, 데 시타스 부인은 "거짓말 위에 또 거짓말"을 말하는 것이 "진실을 말하는 방식"(625)이었다고 확인한다. 대단히 역설적인 데 시타스 부인의 해명은 일찍이 니콜라스와 콘시스가 나누었던 대화의 메아리처럼 들린다.

니콜라스를 상대로 한 콘시스의 연극이 개막되고 얼마 지나지 않아 니콜라스는 이곳에서 일어나는 모든 사건들이 정교하게 연출된 사이코드라마라는 것을 확신한다. 그리하여 그는 콘시스에게 "나는 지금 당신이 여기서 하는 일과 당신이 그다지도 혐오하는 것, 즉 픽션 사이에 무슨 차이가 있는지 모르겠소"(231)라고 의문을 제기한다. 이에 대해 콘시스는 자신이 "모든 진실이 일종의 거짓이며 모든 거짓이 곧 진실이 되는"(294) 무대를 연출하는 이유를 "현실을 현실보다 더 현실답게 지어내기 위한 것"(338)이라고 설명한다.

데 시타스 부인과 콘시스가 주장하는 역설의 논리는 동일하다. 진실을 말하기 위해서 거짓 위에 다시 거짓을 더해야 한다는 말이다. 극단적인, 종국적인 거짓이 진실은 견인한다. 같은 논리로 우리의 현실(리얼리티)을 더욱 현실답게 만들기 위해 콘시스는 진실이 거짓이 되고 거짓이 진실이 되는, 다시 말해 픽션과 리얼리티의 경계가 교차하고 허물어지는 무대를 연출했던 것이다. 견고한 픽션의 세계를 구축하고, 그 픽션이 실체를 갖게 되는 순간 그것을 파괴하고 다시 새로운 픽션을 제시하는 것이 콘시스가 운용한 '신들의 유희'라는 게임의 룰이었던 것이다.

이 게임을 벌이면서 콘시스는 신의 대리인으로서 소설가의 지위를 고수한다. 콘시스가 구사하는 마법의 가장 중요한 힘의 원천은 바로 소설가의 상상력인데, 이 상상력을 발휘함에 있어서 그는 전지전능하고 무소부재한 신의 절대적인 권위와 능력을 가지고 픽션의 세계를 창조해낸다. 그러나 현대의 작가가 독자에게 해석의 자유를 허용해야 하는 것처럼 콘시스는 니콜라스에게 자유의지를 통한 실존적 선택을 허용한다. 앨리슨의 출현을 기다리는 동안 니콜라스는 "우리의 반영웅(antihero)으로 하여금 [. . .] 살아가게 하라. 어떤 방향도 제시하지 말고 [. . .] 왜냐하면 우리는 전화벨 소리가 울리지 않는 고독의 방에서, 그녀가, 그 진리가, 그 인간성의 결정체가 그리고 상상 속에 사라져버린 그 현실이 돌아오기를 기다리고 있는 존재이기 때문"(645)이라고 설법하는 콘시스의 목소리를 희미하게 인식한다.

앨리슨이 현실로 복귀하는 순간, 니콜라스는 당연히 콘시스의 음모가 계속 작동 중인지를 의심한다. 작품의 대단원이 되는 이 부분은 초판본과 비교했을 때 많은 수정이 가해진 부분이다. 초판본에서 니콜라스는 그들의 재회를 지켜보고 있을 콘시스를 의식하여 앨리슨에게 눈속임 연기를 강요한다. 즉 자신이 앨리슨의 뺨을 때리고 매달리는 그녀를 뿌리침으로써 완전히 결별하는 모습을 연출한 뒤, 각기 반대편으로 걸어가 패딩턴 역의 대합실에게 만나기를 제안하는데 1977년의 개정판에서는 이 부분이 삭제되었다. 콘시스를 의식한 눈속임 연기를 배제하기로 한 작가의 결정은 니콜라스가 이제 콘시스의 유희에서 완전히 벗어났음을 강조하기 위한 것으로 보인다. 그 대신 그는 무의식적으로 그녀의 뺨을 때린다.

> 내가 왜 그런 행동을 했는지 나도 모른다. 그것은 의도적인 것도 본능적인 것도 아니었으며 냉정한 복수심이나 사랑의 열정 때문이 아니었다. [. . .] 나는 팔을 높이 들어 올려 있는 힘껏 그녀의 왼쪽 뺨을 후려쳤다. 이러한 공세는 기습적으로 이루어졌고 그녀는 순간 균형을 잃고 쓰러질 뻔했으며 그녀의 눈은 충격으로 깜빡였다. [. . .] 우리는 공포에 사로잡힌 채 한동안 서로를 노려보았다. (654)

'해독과정'의 가면극에서 릴리를 채찍으로 응징하는 권리를 거부했던 니콜라스는 콘시스의 음모에 동원되었다가 돌아온 앨리슨에게 신체적인 타격을 가하는 선택을 한다. 그리고 그 순간 동화 속의 마술이 풀리듯이 그는 자기 세계 속으로 돌아온 앨리슨을 발견한다. 콘시스의 연극이 아닌 현실 속에 그들이 서 있음을 깨닫게 된다.

> 마지막 깨달음이 나에게 왔다. [. . .] 감시의 눈은 어디에도 없었던 것이다. 창들은 겉모습 그대로 비어 있었다. 극장에는 사람이 하나도 없었다. 그것은 무대가 아니었던 것이다. [. . .] 이것은 그야말로 논리적인, 독특하면서도 완벽한 신들의 유희의 마지막 장면이었던 것이다. (654-55)

지켜보는 신들이 사라져버린 무대에 앨리슨과 단둘이 남겨진 니콜라스는 그녀와의 관계를 어떻게 설정할 것인지를 결정해야 하는 선택의 기로에 서게 된다.

『마법사』에서 콘시스는 니콜라스를 상대로 픽션과 리얼리티의 현란한 유희를 펼치고 그 유희를 통하여 주인공은 자신의 존재에 대한 실존적 각성에 도달한다. 그런데 이 각성을 통하여 니콜라스가 얻게 된 지혜는 픽션과 리얼리티의 이분법적 대립이 아니라 그것의 변증법적인 통합이다. 니콜라스는 사회적 의무와 윤리 의식이 강제하는 리얼리티를 수용하지 못하고 환상과 신비가 지배하는 이국의 땅으로 도피했으나 그곳에서 그가 만난 것은 현실과 가공 현실이 현란하게 교차되어 있는 콘시스의 세계였다. 냉소적인 아마추어 시인으로서 니콜라스는 도덕률이 지배하는 현실 세계를 벗어나 미적 원리가 작동하는 픽션의 세계를 동경하지만 그 환상이 내포하고 있는 병적 요소, 고통과 불확실성에 지치게 되어 다시 리얼리티의 소중함을 깨닫게 된다.

그런데 니콜라스가 다시 선택한 리얼리티는 그가 이제 외면하고 돌아선 픽션의 세계와 적대적인 관계에 있는 것이 아니다. 픽션과 리얼리티는 반목하는 것이 아니라 픽션이 리얼리티의 가치를 강화하는 작용을 한다. 픽션과 리얼리티의 변증법적인 통합이라는 주제는 니콜라스와 앨리슨 및 릴리와의 관계를 통해 여실히 보여진다. 그는 릴리의 어둡고 신비한 마력에 매혹되었으나 그녀의 계속적인 변신과 부정직성에 환멸을 느끼고 앨리슨의 건강한 정직성을 그리워한다. 그러나 이러한 니콜라스의 편력은 정직하고 현실적인 앨리슨을 떠나 신비하나 병적인 릴리에게 갔다가 다시 앨리슨에게 돌아왔다는 식으로 정리되지 않는다.

앨리슨의 특별한 재능, 혹은 특성은 바로 그녀의 정상성, 현실성, 그리고 예측 가능한 성격이었다. 배반의 가능성을 생각할 수 없는 수정처럼 맑은 투명함. 릴리가 속하지 않은 모든 것에 대한 그녀의 집착. (553)

릴리를 매개로 한 콘시스의 단련은 니콜라스로 하여금 앨리슨의 새로운 모습을 발견하도록 그를 변화시켰다. 니콜라스가 그녀를 신비한 존재, 새로운 여성으로 인식하게 되는 것은 앨리슨의 일상성이 릴리적인 요소와 변증법적으로 통합되는 과정을 보여주는 것이다.

픽션과 리얼리티의 변증법적인 통합은 작품의 공간적 배경을 통해서도 확인된다. 『마법사』는 외형적으로 3부로 구성되어 있는데 제1부의 공간적 배경이 되는 런던은 주인공이 적응하지 못하는 리얼리티가 지배하는 세계이다. 제2부의 사건이 전개되는 콘시스의 세계는 현실과 가상현실이 복잡하게 얽혀 있는, 픽션이 끊임없이 리얼리티를 파괴하는 공간이다. 그리고 제3부에서 니콜라스는 런던으로 복귀한다.

『마법사』에서 콘시스가 '신들의 유희'를 통하여 이루려고 했던 교육적 목표는 명확하다. 그것은 니콜라스로 하여금 픽션의 세계에 대한 동경과 리얼리티로부터의 도피를 버리고 자신의 진정한 리얼리티, 즉 현재의 실존을 받아들이도록 교훈하려는 것이다. 콘시스가 구축한 픽션의 세계가 지나치게 작위적이고 그의 행위를 뒷받침하는 동기에 개연성이 희박한 것은 사실이다. 또한 그의 전지전능한 지위는 독자에게 불편하게 느껴지기도 한다. 그러나 콘시스의 불안한 지위가 보라니에서의 니콜라스의 경험을 무효로 할 수 없는 한 그의 작업은 의미 있는 성공을 거두었다고 평가할 수 있다. 그 경험을 통해서 니콜라스는 자신의 존재에 대한 각성과 리얼리티에 대한 새로운 충성심으로 무장하고 그가 떠났던 지점, 곧 현실 속으로 돌아왔다. 이제 그는 픽션의 세계와 리얼리티 사이에서 혼란을 겪으며 방황하거나, 혹은 환상과 불확실성이 지배하는 픽션의 세계에 대한 리얼리티의 우월성을 만족스럽게 즐기는 피동적인 존재로 남지 않는다. 그 대신 픽션과 리얼리티의 경계를 자유롭게 넘나들고 자기 자신의 운명을 스스로 지배하는 '마법사'가 된 것이다.

이 작품에서 콘시스가 작동시키는 게임의 원리는 『프랑스 중위의 여자』에서 전지적 작가가 내레이션에 개입하여 방해하고 독자로 하여금 픽션과 리얼리티의 불안하고 혼란스런 경계를 경험하게 하는 방식과 대단히 유사하다. 이런 특징들은 메타픽션 작가로서 파울즈의 위상을 여실하게 보여준다. 콘시스는 이 작품에서 리얼리티와 픽션의 경계를 허물거나, 픽션을 재연한 리얼리티가 다시 픽션임을 밝히거나, 니콜라스가 애써 리얼리티에 도달하는 순간 곧 그것을 파괴하고 새로운 픽션을 제시하는 등의 방식으로 니콜라스를 혼란에 빠뜨리는 복잡한 게임을 수행한다. 콘시스가 니콜라스에게 제공하는 리얼리티와 픽션 사이의 현란한 유희는 바로 현대의 소설가들이 직면한 딜레마, 즉 새로운 리얼리티를 재현하는 방식을 찾으려는 파울즈의 노력의 일환으로 이해된다.

제3절 『프랑스 중위의 여자』 - 작가의 개입과 복수 결말

『프랑스 중위의 여자』는 표면적으로 빅토리아 시대 중엽을 살고 있는 서로 신분과 기질이 다른 세 남녀의 삼각관계를 다루고 있지만, 그 저변에는 보다 심각한 파울즈의 주제들이 대단히 정밀하게 교차하고 있다. 체면과 의무, 위선적인 기독교 윤리, 신념의 붕괴와 사회 계급의 급격한 이동, 노동과 착취, 적자생존의 원리 등과 같은 빅토리아 시대의 많은 문제들과, 소유와 관계, 자유와 방종, 관능과 억제, 이성과 광기, 타락과 구원 등과 같은 보다 근본적인 인간 속성의 문제들이 치열하게 다루어지면서 이 작품의 성가를 높이는 데 기여하고 있다.

그러나 『프랑스 중위의 여자』는 위에 열거한 것과 같은 심오한 주제의 측면에서보다 이 작품에서 파울즈가 도입하고 있는 대담하고 효과적인 형식의 실험을 통해 독자들의 흥미를 유발하고 비평가들에게 논쟁의 과제를 제공했다. 이 작품에서 파울즈는 18세기와 빅토리아 시대 작가들이 즐겨 사용했던 "전지적 작가 시점"을 차용하고, "삼인칭 관찰자 시점"과 "일인칭 전지적 시점"을 교묘하게 조합하기도 하고, 일인칭 화자가 등장인물이 되어 사건에 개입하는가 하면, 작가 스스로가 등장인물이 되어 마치 카메오처럼 소설 공간에 모습을 드러내는 기법을 구사한다. 또한 세 개의 복수결말을 제시하여 소설의 의미 결정 과정에 독자의 능동적인 참여를 유도하기도 한다.

『프랑스 중위의 여자』는 1867년에 발생한 사건을 100년의 시차를 두고 1967년을 살고 있는 전지적 작가가 서술하는 구조를 가지고 있다. 전지적 작가의 개입은 헨리 필딩과 로렌스 스턴 등 18세기 작가들로부터 찰스 디킨스와 윌리엄 새커리, 조지 엘리엇, 그리고 토마스 하디에 이르는 빅토리아시대 작가들이 즐겨 사용했던 서술양식이다. 소설 발생기의 소설가들은 작품 속에 노골적으로 개입하여 "친애하는 나의 독자 여러분!"이라고 부르는 방식을 애용하였다. 이들 목소리는 "양식 있는 독자라면 이견을 말하지 않을 것이요"하는 식으로 독자와 소통을 시도하고, "이 장면이 장차 어떤 결과를 가져오는지 주시해야 합니다"라며 작품의 의미를 재단하기도 한다. 그러나 19세기 초 소설의 형식적 발전에 크게 기여한 제인 오스틴이 미학적 거리두기의 시범을 보인 이후 작가가 개입하는 적극적인 목소리를 세련되지 못한 것으로 간주하는 경향이 증가하였다. 플로베르와 헨리 제임스 이후의 현대 소설은 독자와의 심미적 거리를 엄격하게 유지하면서 작가의 개성이 배제된 객관적이고 극적인 이야기 전달 방식, 이른바 "보여주기"를 작가의 주관적 견해와 개성이 노골적으로 드러나는 "말하기" 방식보다 선호하는 전통으로 굳어져 왔다.

1960년대에 소설을 썼던 파울즈가 이 작품에 전지적 작가의 개입을 사용한 것은 이렇게 견고하게 구축된 현대 소설의 전통을 의도적으로 거스르고 있는 셈이다. 피터 울프는 이 작품에 등장하는 전지적 화자의 목소리가 찰스 디킨스와 조지 엘리엇 등 빅토리아 시대 작가들의 작품에 등장하는 목소리와 유사하다고 지적하면서 파울즈는 "이야기를 서술해 나가는 동시에, 그 이야기를 비판하고 설명이 필요할 때마다 언제라도 이야기 속에 끼어들기 위해"(126) 전지적 화자를 사용하고 있다고 지적하였다. 요컨대 파울즈가 빅토리아 시대 작가들처럼 리얼리티의 권위를 강화하기 위해 전지적 화자를 사용했다는 것이다.

『프랑스 중위의 여자』는 삼인칭 관찰자 시점으로 시작된다.

> 영국 땅이 남서쪽으로 길게 다리를 뻗은 돌출부 아래쪽에서 가장 큰 규모로 안으로 휘어 들어가 있는 라임 만에 부는 바람 중 가장 불쾌한 것은 샛바람(東風)이었다. 이 만은 라임 레지스라는 규모는 작지

만 유서 깊은 도시의 외곽에 위치하고 있었다. 1867년 3월 말의 어느 유난히 춥고 세찬 바람이 몰아치는 아침, 호기심이 강한 사람이라면 라임 레지스의 부둣가를 걸어 내려가는 한 쌍의 남녀를 보고 당장 몇 가지 그럴듯한 상상을 떠올릴 것이다. (9)

이 장면에서 독자는 현대 소설가들의 것과 다름없는 작가의 주관이 배제된 객관적이고 관찰자적인 리포트를 듣는 느낌을 갖는다. 그러나 이 같은 삼인칭 관찰자의 목소리는 일관성을 유지하지 못하고, 내레이터가 이 한 쌍의 젊은이들을 따라 해변에 둘러선 코브(Cobb) 성벽을 묘사하는 장면에서 일인칭 화자의 모습으로 변신한다.[5)]

코브 성벽은 원시적이면서도 복잡하고, 거대하면서도 섬세하여 마치 헨리 무어(Henry Moore)나 미켈란젤로의 조각처럼 미묘한 굴곡과 양감으로 가득 차 있다. 순수하고 깨끗하고 소금기에 절어있는 완벽한 형태의 거대한 금강석과 같은 모습이었다. 내가 지나치게 과장하고 있는 것인가? 그럴지도 모른다. 하지만 내가 쓰고 있는 이 소설의 배경이 되는 시대 이후 코브는 거의 변하지 않았으므로 내기를 걸어도 좋다. 하지만 라임 읍 쪽은 많은 변화를 겪었기 때문에 육지 쪽을 걸고 하는 내기는 공정한 것이 아닐 것이다. (9-10)

그런데 여기 등장한 일인칭 서술자가 "내가 쓰고 있는 이 소설"을 언급하면서 독자는 그가 작가 자신이라는 것을 깨닫게 된다. 소설 발생 초기

5) 어떤 소설이 일인칭 서술 시점으로 쓰였는지 삼인칭 시점으로 쓰였는지를 식별하는 일은 단순하면서도 미묘한 작업이다. 아홉 개의 문장이 삼인칭으로 서술되고 하나의 문장에서 일인칭 목소리가 나오면 그 작품을 일인칭 시점으로 구분하는 것이 일반적이다. 이 작품에 간헐적이지만 일인칭 작가-내레이터가 엄연히 등장했음에도 불구하고 파울즈는 캠벨과의 인터뷰에서 자신이 이 작품을 삼인칭으로 썼다고 주장했다(463).

이후 좀처럼 볼 수 없었던 능동적인 작가의 개입이다. 첫 장면에서 소설의 시간을 1867년으로 소개한 서술자는 코브 성벽을 20세기 아방가르드를 대표하는 조각가 헨리 무어의 작품과 비교하는 의도적인 시대착오 기법(anachronism)을 사용함으로써 독자들을 혼란 속에 빠뜨린다.

삼인칭 화자와 일인칭 전지적 작가의 목소리를 가지고 작가가 벌이는 능수능란한 변용(變容)은 작품 내내 계속되어 독자에게 때로는 혼란을 제공하고 때로는 "소설 읽기"의 재미를 선사한다. 그런데 작가의 이와 같은 "일인칭 전지적 작가 시점"의 개입은 이 작품이 표면적으로 채택하고 있는 19세기 리얼리즘 서술양식의 바탕 위에서 이루어진다. 이를테면 파울즈는 61개의 장으로 이루어진 『프랑스 중위의 여자』 도입부에서 19세기 작가들의 전형적인 수법을 모방하는 전략을 구사하는데, 제1장과 2장에서 찰스와 어네스티나를 등장시킨 후, 제3장 전체를 찰스의 외모와 출신 성분, 현재의 심리 상태 등을 묘사하는데 할애하고 제4장에서는 폴트니 부인의 저택과 사회적 지위, 윤리 의식을 설명하며, 제5장은 어네스티나의 장으로서 그녀의 외모와 성격, 가정환경 등을 묘사하는 식의 구성을 채택하고 있다. 그리고 그 와중에 시대착오적인 일인칭 전지적 작가의 목소리가 끼어든다.

> 어네스티나는 같은 시대 다른 사람들보다 훨씬 오래 살았다. 그녀는 1846년 태어났다. 그리고 히틀러가 폴란드를 침공하던 날 세상을 떠났다. (28)

> 속물을 그런 의미로 국한해서 이야기하면, 샘은 그야말로 전형적인 속물이었다. 그는 1960년대의 '멋쟁이족' 만큼이나 옷차림에 예민한 감각을 갖고 있었다. 그는 유행을 따르는 데 봉급의 대부분을 쏟아부었다. (39)

사라는 척 보기만 해도 좋은 말인지 나쁜 말인지를 가려낼 줄 아는 숙달된 조련사와 심리학적으로 대등한 능력을 지니고 있었다. 또한 한 세기를 훌쩍 뛰어넘어, 가슴 속에 컴퓨터를 가지고 태어난 사람 같았다. (47)

이처럼 삼인칭 서술자가 1867년의 사건을 서술하면서 군데군데 일인칭 작가가 개입하여 1939년에 발생한 폴란드 침공과 1960년대의 남성 패션, 그리고 20세기 후반의 산물인 컴퓨터를 언급하는 방식은 마치 브레히트의 "소외효과"(alienation effect)나 러시아 형식주의자들의 "낯설게하기"(Defamiliarization)와 같은 효과를 거둔다. 손톤 와일더(Thornton Wilder)의 『우리 읍내』(*Our Town*)에서 극중인물로 출연하여 작품을 해설하는 무대감독처럼, 삼인칭 서술에 개입하는 일인칭 전지적 작가의 목소리는 작품에서 재현되는 픽션의 세계가 픽션일 뿐이라고 계속 상기함으로써 플롯의 진행을 방해하고 독자들의 감정이 그 픽션의 세계로 이입되는 것을 억제하는 기능을 수행한다.

그런데 이 서술자의 목소리는 작품 내내 지속적으로 들리지 않고 매우 간헐적으로 등장한다. 전반적으로 이야기를 삼인칭 전지적 서술자의 목소리로 말하다가 독자들이 그 목소리에 익숙해지려는 순간 불쑥 "이 소설에 등장하는 세 명의 젊은 여성 가운데 매리의 용모가 가장 빼어나다는 것이 작가의 생각이다"(64) 혹은 "나도 모른다. 지금 내가 쓰고 있는 모든 이야기는 그저 상상이 만들어낸 이야기일 뿐이다"(80)와 같은 방식으로 작가의 모습을 드러낸다.

한편 삼인칭 화자의 서술과 일인칭 전지적 작가의 개입으로 전개되던 복잡한 게임은 작가가 세 차례 등장인물의 모습으로 작품 속에 등장함으로써 변수가 하나 추가된 고차원 방정식으로 발전한다. 찰스가 사라의 행방을 찾아 런던으로 가기 위해 기차를 탔을 때 그가 탄 객차의 맞은 편 자리에 앉은 신사의 모습으로(55장), 그리고 사라가 의탁하고 있는 단테 가브리엘 로제티의 저택을 찾아간 찰스의 모습을 길 건너편에서 지켜보는 흥행주의 모습으로(61장), 이렇게 두 차례 파울즈는 자신의 용모를 그대로 닮은 인물을 작품 속에 등장시켜 플롯의 진행에 기여하게 한다. 다른 한 번은 작가가 폴트니 부인의 말보로(Marlborough) 저택 잔디밭에서 사라의 침실을 올려다보는 자신의 모습을 상정하는 방식으로 등장(13장)하는데, 이 장면에서 등장인물의 정체가 작가 자신인지의 여부가 명확하지 않기 때문에 학자에 따라 작가가 작품 속에 두 번 등장한다고 하기도 하고 세 번이라고 주장하기도 한다.

『프랑스 중위의 여자』에서 작가가 구사하고 있는 삼인칭 시점과 일인칭 전지적 시점의 교묘한 융합, 그리고 내레이터가 등장인물이 되고, 그 인물이 작가 자신의 모습으로 나타나는 방식은 그동안 이 작품의 중요한 연구과제 가운데 하나가 되었고 그래서 많은 비평가들에 의해 수용할 만한 견해가 제출되어 있는 상태이다. 프레더릭 홈즈는 이 작품의 서술양식의 특성을 "전통적인 서사 방식"과 "자의식적 서술 장치"의 성공적인 배합이라고 평가한다.

> 『프랑스 중위의 여자』는 다큐멘터리적 사실주의 방식으로 제시된 전통서사와 자의식적 서술 장치의 아주 성공적인 배합이다. 그런데 이 자의식적 서술 장치들은 허구로서의 이 소설의 위상을 점검하기 위해 실재의 환상을 붕괴시킨다. (*The Historical Imagination* 206)

여기서 홈즈는 자의식적 서술 장치를 허구라는 소설의 위상을 점검하기 위해 리얼리티의 환상을 허무는 방식이라고 설명한다. 러브데이 또한 『프랑스 중위의 여자』에서 파울즈가 일종의 역사소설과 자의식적인 현대적 글쓰기를 융합함으로써 대중적 인기와 예술적 성공을 거두었다고 평가했다(48). 이러한 파울즈의 실험은 『콜렉터』에서 사용한 이중 서술 양식과 『마법사』에서 보여준 리얼리티를 강화하기 위해 리얼리티와 픽션의 경계를 허무는 수법에 이어 작가가 20세기의 후반 새롭게 인식된 리얼리티를 재현하려는 방식을 찾으려는 노력의 일환으로 읽힌다.

삼인칭 서술자와 일인칭 전지 작가, 그리고 작가/등장인물로 짜인 복잡한 서술양식은 작가가 신의 지위에서 소설의 의미를 창조할 수 없다는 불안감과 언어의 유용성, 그리고 소설의 효용에 대한 작가 자신의 자의식이 반영된 결과이다. 파울즈는 소설가의 지위에 대한 자신의 회의를 『프랑스 중위의 여자』 제13장에서 다음과 같이 고백한다.

> 나는 모른다. 내가 지금 하고 있는 이야기는 모두 지어낸 것일 뿐이다. 내가 창조한 이 인물들이 내 마음 바깥에 존재했던 적은 없다. [. . .] 물론 소설가라고 해서 모든 것을 알 수는 없지만 그래도 소설가는 아는 체하려고 노력한다. 그러나 나는 알랭 르브그리예와 롤랑 바르트의 시대를 살고 있다. (80)

> 독자들은 소설가들이 글을 쓸 때는 나름대로 설정된 계획을 갖고 있어서, 제1장에서 예견된 미래가 언제나 정확한 경로를 밟아 제13장에 이르러 실현될 것이라고 생각할지 모른다. 그러나 소설가들은 저마다 숱한 다른 이유들 때문에 글을 쓴다. [. . .] 우리는 소설가가 창조한 세계는 기계가 아니라 유기체라는 것을 알고 있다. [. . .] 찰스가 절벽에서 사라의 곁을 떠났을 때 나는 그에게 곧장 라임으로 돌아가라고 명령했다. 그러나 그는 그렇게 하지 않았다. 그는 자기 멋대로 방향을 돌려 목장으로 내려갔다. (81)

여기서 파울즈는 소설을 쓰는 작가들이 엄밀하게 짜인 기획에 의해 소설을 쓰는 것이 아니며, 일단 소설가가 창조한 세계는 정해진 원리대로 작동되는 기계가 아니라 스스로 살아서 움직이는 유기체라는 견해를 밝히고 있다.

> 이 작품보다 훨씬 더 명쾌하게 구상되고 더 엄격하게 통제되는 소설이라 하더라도 모름지기 소설은 단서를 찾아 단 하나의 정답을 맞추는 크로스워드 퍼즐 게임은 아니다. [. . .] 만일 『마법사』가 어떤 의미를 갖고 있다면 [. . .] 그것은 오직 이 작품이 독자의 마음속에 불러일으키는 어떤 반응일 뿐인데, 작가의 입장에서 어떤 반응이 정당한 것이라고 주장할 수 없는 형편이다. (9)

그래서 심지어 자신이 창조한 주인공조차 작가인 자신의 지시를 이행하지 않고 자기 멋대로 행동했다고 말한다. 이러한 파울즈의 언급은 일견 후기구조주의자들의 "주체의 소멸" 혹은 "저자의 죽음"이라는 구호와 맥을 같이 하고 있는 것처럼 보인다. 그러나 파울즈는 곧이어 스스로 이와 모순되는 견해를 밝히기도 한다.

> 가장 우연의 법칙을 따르는 전위소설조차 저자를 완전히 배제하지 못하는 것이 현실인 이상, 소설가는 창조하기 때문에 여전히 신이다. 변한 것이 있다면 오늘날의 소설가는 빅토리아 조의 전지전능하고 명령하는 그런 형상을 한 신이 아니며, 권위가 아니라 자유를 제1원리로 삼는 새로운 신학적 형상을 한 신이라는 사실이다. (82)

파울즈가 같은 장에서 위와 같이 상호 모순된 두 가지 입장을 밝히고 있기 때문에 그 가운데 어느 것이 진정한 파울즈의 생각인지를 식별하기가 어렵다. 드라마의 경우 극작가가 극중인물을 창조하고 그것을 연기하는 배우라는 중간 매개체가 있기 때문에 형식적으로나마 작가의 주관이 완전히 소멸되는 상황이 가능할 수도 있다. 하지만 "내러티브"를 기본 도구로 사용하는 소설의 경우 작가의 의도로부터 완전히 독립하여 자유 의지를 가진 등장인물을 상정하는 것은 말장난에 불과한 것이다. 요컨대 소설가가 픽션의 주인공들에게 완벽한 자유를 부여하는 일은 불가능하기 때문에 소설가는 아직도 신인 것이다. 파울즈가 『프랑스 중위의 여자』에서 반복하여 등장인물의 자유와 작가의 권한이 제한적임을 강조하고 있는 것은 현대소설가로서 그가 느끼는 글쓰기 과정과 작가의 지위에 대한 고민과 불안을 반영하고 있는 것으로 판단된다.

소설 창작 과정에 대한 자기반영적인 태도는 메타픽션의 또 다른 특성인 픽션과 리얼리티의 불안한 관계에 대한 파울즈의 생각과 밀접한 관계를 갖는다. 『프랑스 중위의 여자』에 등장하는 전지적 일인칭 작가 개입은 파울즈가 이 작품에서 구축한 현실과 새로운 현실, 그리고 비현실을 검증하는 중요한 수단으로 작용한다. 파울즈는 찰스와 사라의 스토리를 19세기 소설의 전통에 입각하여 충실하게 그려낸다. 그리고 독자들이 그 픽션의 세계를 리얼리티로 인식하려는 순간 살짝 작가의 모습으로 등장하여 "아! 이건 다 지어낸 이야기라니까요!"라고 그 리얼리티를 해체한다.

이런 방식은 이 작품 내내 진행되는데 많은 비평가들이 이것을 브레이트의 소외효과로 해석했고, 파울즈 자신도 9장에서 사라의 목소리가 갖는 특성을 설명하면서 소외효과를 언급하기도 한다(51). 홈즈 또한 파울즈가 이 작품에서 전지적 화자를 통하여 사실을 기록하고 전달하는 전통적인 내러티브의 기능과 허구로 재현된 리얼리티를 검증하기 위해 리얼리티의 환상을 허무는 자의식적인 서술 방식을 교묘하게 혼합하는 데 성공하고 있다고 지적하였다.

> 그래서 그는 그가 서술하는 이야기가 허구의 것임을 그 이야기 구조를 허물지 않고도 정기적으로 환기시킨다. 순간적으로 등장인물들이 소설의 맥락을 벗어나 실재를 갖고 있다는 환상을 깨뜨림으로써, 작가는 완전히 새로운 허구적인 배경을 창조할 필요 없이 플롯을 이끌어 나갈 수 있는 것이다. ("The Novel, Illusion and Reality" 185)

홈즈의 지적처럼 파울즈의 전지적 화자는-18·9세기 소설가들처럼-사건을 서술하면서 개입하고 의미를 재단하는 전통적 기능과 픽션으로 구축된 리얼리티의 환상을 허물어뜨림으로써 그 리얼리티를 검증하는 자의식적 글쓰기 방식의 교묘한 혼합인 것이다. 이를 비유적으로 표현하자면 19세기 시대극을 연출하면서 그 시대의 전형적인 응접실-가구와 벽지, 벽걸이 장식과 양탄자, 벽에 걸린 초상화와 벽난로-을 꾸미고 관객 혹은 시청자가 그 공간을 19세기의 완벽한 현실로 받아들이는 순간, 가구 한쪽 구석에 "보르네오 가구"라는 상표를 드러냄으로써 그 리얼리티를 해체하는 방식이다. 벽지를 면밀하게 관찰하던 시력이 좋은 시청자는 19세기 신사계급의 응접실을 충실히 재현한 벽지 한 편에서 "LG 생활건강"이라는 상표를 다시 발견한다.

파울즈는 이 작품에서 19세기 소설의 방식으로 픽션의 세계를 만들고 그것을 독자들에게 제시한다. 그리고 독자들이 그 창조된 픽션을 하나의 리얼리티로 받아들이는 순간 작가의 목소리로 개입하여 그것이 허구임을 밝힌다. 이러한 파울즈의 태도는 픽션의 허약성에 폭로하려는 노력이라기보다 픽션과 리얼리티의 경계에 대한 독자들의 관심을 환기시키고, 픽션으로 폭로된 새로운 리얼리티(new reality 혹은 unreality)를 독자들이 받아들이도록 단련시키려는 시도로 읽힌다. 그가 짐짓 "소설가는 더 이상 신이 아니다"는 명제를 수용하고 있는 것처럼 보이지만 창조하는 한 "소설가는 여전히 신이기 때문이다"(82).

소설의 의미를 창조하는 작가의 권위에 대한 파울즈의 회의는 그의 독자론과 깊은 관계를 갖는다. 앞에서 인용했던 『마법사』 개정판의 「서문」을 다시 한 번 인용해 본다.

> 이 작품보다 훨씬 더 명쾌하게 구상되고 더 엄격하게 통제되는 소설이라 하더라도 모름지기 소설은 단서를 찾아 단 하나의 정답을 맞추는 크로스워드 퍼즐 게임은 아니다. [. . .] 만일 『마법사』가 어떤 의미를 갖고 있다면 [. . .] 그것은 오직 이 작품이 독자의 마음속에 불러일으키는 어떤 반응일 뿐인데, 작가의 입장에서 어떤 반응이 정당한 것이라고 주장할 수 없는 형편이다. (9)

여기서 파울즈는 한 편의 소설이 지니는 궁극적인 의미는 작가가 제시하는 단 하나의 정답이 아니고 그 작품이 독자들의 마음에 불러일으키는 반응일 뿐이라고 말한다. 소설가가 자신의 창작물에 대해 어떤 결정적이고 최종적인 의미를 부여하는 대신 그 의미의 결정 과정에 독자의 능동적인 개입이 필요하다는 생각을 밝히고 있는 것이다.

『프랑스 중위의 여자』에서 파울즈는 세 개의 결말을 제시하는 방식으로 독자의 능동적인 독서 행위를 유인한다. 이 작품이 채택하고 있는 "복수 결말"이라는 기법은 이 작품에 대한 가장 치열한 비평적 과제가 되어 왔다. 세 개의 결말은 각각 다음과 같은 방식으로 제시되어 있다.

> 이렇게 이 소설은 끝난다. 사라가 어떻게 되었는지 나는 모른다. 어찌 되었건 사라는 찰스의 기억 속에 조금 더 머물렀는지는 모르지만 그를 직접 괴롭히진 않았다. [. . .] 찰스와 어네스티나는 행복한 결혼 생활은 아니었지만 어쨌거나 함께 살았다. [. . .] 그들은 많은 자식을 낳았다. 몇 명이었더라? 일곱 명은 되었을 것이다. (264)

이 인용문은 작품의 44장에 나오는 첫 번째 결말을 정리한 것이다. 런던에 머물던 찰스는 사라로부터 엑서터의 엔디코트 호텔로 와달라는 기별을 받는다. 폴트니 부인의 집에서 쫓겨난 신세가 된 사라에게 새로운 삶을 시작할 수 있는 금전적 지원을 함으로써 신사로서의 의무를 다했다고 생각하고 있던 찰스에게 대단히 유혹적인 제안을 한 셈이다.

런던에서 기차를 타고 엑서터까지 오는 객차 안에서 찰스는 이 문제를 고민한다. 라임으로 돌아가기 위해서는 액서터역에서 기차를 갈아타야 하는 상황이었다. 엑서터역의 플랫폼에 내렸을 때 하인인 샘은—그동안 주인인 찰스와 나쁜 소문을 가진 젊은 여성 사이에 오가는 편지를 모두 염탐하고 있었기 때문에—찰스가 사라를 찾아가는 쪽에 스스로 천 파운드 내기를 걸어 놓은 상태였다.

> "이곳에서 하루를 묵으실 건가요? 나리."
> "아니다. 사륜마차로 마차를 준비하거라. 비가 올 것 같구나." (261)

찰스는 사라의 유혹을 물리치고 약혼녀의 곁으로 돌아가는 선택을 했다. 샘은 가상의 천 파운드를 잃은 신세가 된다. 그리고 기차가 라임의 동쪽 변두리를 돌아서는 순간 찰스는 깊은 슬픔과 상실감을 경험한다. 작가는 플롯을 이렇게 진행해 놓고 "이 소설은 이렇게 끝났다"고 선언한다. 그런데 이 첫 번째 결말을 서술하는 작가의 태도는 진지하지 않다. "찰스와 어네스티나 사이에 자식이 몇이었더라?"고 자문하고 나서 "일곱쯤이었다고 하자"고 너스레를 떤다. 샘과 매리의 사연에 대해서도 하인들의 삶에 누가 관심을 기울이겠느냐 하며 그들은 같은 계층의 사람들이 걷는 단조로운 인생 속에서 결혼하고 자식을 낳고 죽었다고 기술한다.

이 결말을 '빅토리아 시대식의 결말'이라고 하는데 파울즈는 빅토리아 시대 소설이 즐겨 사용했던 '후일담'을 패러디하여 사라와 찰스의 미래를 장난스럽게 그려내고 있다. 이 작품에 제시된 세 개의 결말이 동등한 논리적 타당성과 미학적 가치를 갖고 있는지에 대해서는 이미 충분한 논의가 진행되었다. 많은 비평가들이 소위 '가상의 결말'로 불리는 첫 번째 결말을 거짓된 것으로 평가한다.

그리고 다음 장이 시작되면서 전지적 작가의 목소리가 등장하여 이야기의 물꼬를 비튼다.

> 여러분이 읽은 마지막 몇 페이지는 실제로 일어났던 일은 아니다. 그것은 런던에서 엑서터로 오는 도중에 찰스가 심심풀이로 상상해 본 것들이다. [. . .] 사라의 편지는 무엇보다도 찰스에게 선택권을 준 것처럼 보인다. 그리고 찰스가 한편으로는 선택해야 하는 상황에 난감해하면서도, 다른 한편으로는 선택의 순간이 다가왔을 때 참을 수 없는 흥분을 느꼈다는 사실을 안다면 우리는 그가 라임으로 가는 도중에 겪은 심리 상태의 비밀에 좀 더 가까이 다가갈 수 있다. 그는 비록 실존주의의 세례를 받지는 못했지만 그가 느낀 것은 바로 자유에 대한 불안, 즉, 인간은 자유롭다는 인식과, 자유는 공포의 한 상태라는 인식이었다. [. . .] 그러므로 이제 우리는 샘을 가상의 미래에서 끌어내어 엑서터의 현재로 다시 돌아오게 해보자. (266-67)

이 장면에서 작가-내레이터는 찰스가 마차를 세내어 약혼녀가 기다리는 라임으로 곧장 돌아갔다는 설정은 실제로 일어났던 일이 아니라 기차 안에서 찰스가 상상해본 일이었다고 설명한다. 그리고 샘을 다시 엑서터역의 플랫폼으로 돌려보낸다.

> "이곳에서 하루를 묵으실 건가요? 나리."
> 찰스는 결정을 내리지 못한 채 머뭇거리며 잠시 샘을 바라보다가,

잔뜩 찌푸린 하늘로 고개를 돌렸다.

"비가 올 것 같구나. 쉽(Ship) 호텔에서 하루를 묵기로 하자." (267)

엑서터역의 플랫폼으로 다시 돌아간 샘은 주인인 찰스에게 "이곳에서 하루를 묵으실 건가요?"라는 동일한 질문을 한다. 이 질문에 대해 찰스가 다른 대답을 하면서부터 스토리는 다른 궤도 위를 달리게 된다. 흥미롭게도 "비가 올 것 같으니 서둘러 라임으로 돌아가자"와 "비가 올 것 같으니 쉽 호텔에서 하루를 묵기로 하자"라는 상반된 대답이 동일한 논리적 타당성을 갖는다.

그 이후-앞에서 줄거리를 요약한 것처럼-스토리는 변경된 궤도를 따라, 찰스가 엔디코트 호텔에서 사라를 만나 정사를 갖고, 어네스티나에게 파혼을 선언하고, 사라는 행방을 감추고, 사라를 찾던 찰스는 미국으로 건너가고, 2년이 지난 뒤 사라의 소재를 찾았다는 사립 탐정의 기별을 받는 식으로 진행된다. 찰스가 받아든 주소를 갖고 찾아간 곳에 당시 악명 높은 전위예술가였던 단테 가브리엘 로제티의 거처였다. 이곳에서 찰스는 로제티의 비서 겸 모델로 활동하고 있는 새로운 모습의 사라-러프우드 부인-를 만난다. 그녀는 자유분방하고 독립적인 신여성의 삶을 살고 있었다. 찰스는 야수에게 잡혀간 소녀를 구조하기 위해 야수의 소굴에 들어선 기사의 심정으로 로제티의 저택을 방문했지만, 구조할 소녀는 없었고 자신은 기사가 아니라는 것을 깨닫는다. 사라는 자신의 행위를 다음과 같이 해명한다.

당신을 그렇게 만들 의도는 없었어요. 저는 최선의 조치를 취하려 했을 뿐이에요. 저는 당신의 신뢰와 관대한 처사를 악용했어요. 맞아요. 당신에게 약혼자가 있다는 것을 알면서도 저는 당신에게 몸을 던지고 억지로 저 자신을 강요했어요. 그때 저는 광기에 사로잡혀 있었지요. 그날 엑서터에서는 그런 사실을 명확하게 깨닫지 못했어요. 그때 당신이 저에 대해 품었던 가장 나쁜 생각이 바로 진실이었어요. (351)

그러나 이런 설명이 충분하지 않았고 자신을 곤궁에 빠뜨리고 정작 자신은 태연하게 새 인생을 살고 있는 사라에게 분노한 찰스는 그녀의 악행을 거칠게 추궁한다.

"아니, 내 말이 맞을 거요. 당신은 내 가슴에 비수를 꽂았을 뿐만 아니라, 그 칼을 비트는 데서 기쁨을 느끼고 있소."

그녀는 의지와는 상관없이 최면술에라도 걸린 것처럼 그를 바라보며 서 있었다. 그 모습은 마치 유죄 선고를 기다리는 반항적인 범죄자 같았다. 그는 선고를 내렸다. "언젠가는 당신도 신 앞에 불려가 나한테 한 것을 해명해야 할 거요. 그리고 하늘나라에도 정의가 있다면, 당신이 받게 될 형벌은 영원보다도 오래 계속될 거요."

다소 멜로드라마 같은 말투였다. 그러나 말보다는 그 뒤에 숨어 있는 감정의 깊이가 더 중요할 때도 있는 법이다. (355)

찰스의 추궁에 대해 사라는 답변하지 않고 묵묵히 침묵을 유지하다가 응접실을 빠져나가고 조금 시간이 지나서 다른 부인이 어린아이를 안고 찰스에게 다가오는 장면이 설정된다. 두 사람이 단 한 번 가졌던 정사를 통해 태어난 딸이 등장한 것이다. 이 딸을 매개로 두 사람이 결합할 것을 암시하는 것이 두 번째 결말이다. 두 번째 결말이 제시되고 나서 이 소설의 마지막 장인 61장이 시작된다.

소설의 끝머리에 가서 아주 하찮은 역할이 아니라면 새 인물을 등장시키지 말아야 한다는 것이 오랫동안 지켜온 소설기법 상의 전통적

인 규칙이다. 앞 장에서 랠러지를 등장시킨 것을 독자 여러분께서 양해하기 바란다. (361)

61장이 시작되는 장면에서 독자의 이해를 구하는 목소리는 작가의 것이다. 그리고 그 목소리는 찰스가 로제티의 저택으로 들어가는 모습을 길 건너편에서 줄곧 지켜보고 있었던 심상치 않은 인물이 있다고 소개한다.

그러나 그가 문득 몸을 바로 세운다. 첼시를 이렇게 한가로이 산책하는 것은 그에게는 막간의 여흥과 같은 것이지만, 그보다 더 중요한 일이 그를 기다리고 있다. 그는 프랑스의 저명한 시계 제작자 브레게가 만든 회중시계를 꺼내, 두 번째 금사슬에 매달린 많은 열쇠 중에서 작은 열쇠를 하나 골라낸다. 그리고 그 열쇠를 이용하여 시간을 조정한다. 그 시계는 15분쯤 빨리 가고 있었던 것처럼 보였기 때문이다. (362)

오페라단 흥행주의 모습을 한 이 신사는 런던에서 엑서터로 오는 찰스의 객차에 동승했던 인물과 같은 용모를 하고 있어서 독자들은 그가 바로 파울즈 자신이라는 것이 깨닫는다. 그리고 그 인물이 회중시계의 분침을 15분 뒤로 돌림으로써 소설의 플롯이—마치 비디오테이프를 되감기하는 방식으로—15분 전으로 돌아간다.

"아니, 내 말이 맞을 거요. 당신은 내 가슴에 비수를 꽂았을 뿐만 아니라, 그 칼을 비트는 데서 기쁨을 느끼고 있소."
그녀는 의지와는 상관없이 최면술에라도 걸린 것처럼 그를 바라보며 서 있었다. [. . .] 그는 선고를 내렸다. "언젠가는 당신도 신 앞에 불려가 나한테 한 것을 해명해야 할 거요. 그리고 하늘나라에도 정의가 있다면, 당신이 받게 될 형벌은 영원보다도 오래 계속될 거요."

> **그는 마지막으로 잠시 망설였다.** 그의 얼굴은 허물어지기 직전의 제방 같았다. 그에게 으르렁거리며 밀려오는 저주의 무게는 그만큼 엄청났다. (363-3. 필자 강조)

플롯이 15분 전으로 돌아가서 찰스와 사라가 다시 대면한 상태에서 찰스는 전과 똑같은 추궁을 되풀이한다. 그리고 그 다음 문장("그는 마지막으로 잠시 망설였다")부터 소설의 세 번째 궤도가 시작된다. 이 세 번째 결말에서 사라의 최종적인 교훈과 찰스의 각성의 본질에 대해서는 앞 장에서 이미 토론하였다.

이 소설의 끝 장면에 제시되어 있는 두 개의 결말-'낭만적 결말'(두 번째 결말)과 '실존주의적 결말'(세 번째 결말)-에 대해서는 두 개 모두가 예술적 개연성을 지니고 있다는 주장과 오직 최후의 결말만이 이 작품의 유일한 논리적 귀결이라는 목소리가 엇갈리고 있다.[6] 파울즈는 복수결말의 제시를 통해 독자와의 게임을 시도한다. 세 개의 결말을 나란히 배열해 놓고 독자들에게 취사선택하기를 권한다. 작가는 소설을 읽는 독자들이 아무래도 최종적으로 제시되는 결말을 더 진지하게 받아들일 가능성이 높기 때문에 공정성을 유지하기 위해 동전을 던져 순서를 정하겠다는 입장을 보인다. 그러나 파울즈의 텍스트가 최근 유행하는 온라

6) 찰스와 사라가 재결합하는 두 번째 결말은 "낭만적 결말" 혹은 "해피 엔딩"으로 불리는데, 사이먼 러브데이(73)와 앨런 케네디(260), 그리고 프레더릭 스미스(87) 등의 비평가들은 마지막 두 개의 결말이 모두 개연성이 있으며 대체 가능하다는 입장을 보인다. 한편 이 두 번째 결말 또한 첫 번째 거짓된 결말과 같이 지나치게 감상적이며 딸의 출생은 생물학적으로 불가능한 일은 아니지만 개연성이 현저하게 떨어진다는 주장을 하는 비평가들도 있다. 로버트 후패커(108)와 배리 올센(80), 케리 맥스위니(142), 존 하고피언(200-01), 피터 울프(165), 피터 콘라디(66-67), 프레더릭 홈즈("The Novel, Illusion and Reality" 190-91) 등은 최종적인 결말을 "진정한 결말" 혹은 "실존주의적 결말"로 부르며 이제까지 작가가 표방해 온 이 소설의 실존주의적 원칙에 부합하는 유일한 결론으로 평가한다.

인 게임이나 독자가 마우스를 클릭하여 실제로 플롯의 전개에 개입하는 '하이퍼텍스트'와는 다른 것이기 때문에 파울즈가 제안한 이 게임은 불공정한 게임이라는 것이 필자의 생각이다.

파울즈가 "소설가는 더 이상 신이 아니다"고 주장하던 목소리가 혼란스러웠던 것처럼 복수결말을 제시하며 독자의 능동적인 참여를 유인하는 태도도 공정해 보이지 않는다. 그러나 비록 혼란스럽고 불공정한 것일망정 파울즈의 이러한 시도는 거대 담론이 사라지고 소설 장르의 유용성이 의심받는 현대를 사는 작가로서 파울즈가 새로운 리얼리티를 소설 공간에 재현하기 위한 동시대 소설가들의 문제의식을 공유하고 자신의 글쓰기에 대한 자의식을 반영한 노력으로 이해할 수 있다.

제4절 교차로에 선 소설가

파울즈가 자신의 대표작에서 사용하고 있는 중요한 기법들은 포스트모던 세계관과 메타픽션의 형식적 특징들을 충실하게 반영하고 있다는 점에서 메타픽션 작가로서 파울즈의 위상을 수월하게 증명한다. 그러나 소설의 형식과 기능에 대한 파울즈의 총체적인 철학을 일목요연하게 정리하는 일은 쉽지 않다. 앞에서 살펴본 것처럼 파울즈 자신이 에세이와 인터뷰 등을 통해 적극적으로 피력한 소설론이 상호모순적인 것처럼 보이기 때문이다. 파울즈가 소설의 형식보다는 내용을, 화려한 기교보다는 충실한 세계관의 중요성을 강조한 핼펀과의 인터뷰를 다시 인용해본다.

> 나는 스타일과 기교에 지나치게 경도된 최근의 작가들을 혐오한다. 소설가뿐 아니라 화가 등 다른 양식의 예술가들도 이제는 내용으로 회귀해야 한다고 생각한다. 스타일은 물론 모든 예술가들에게 필수적으로 중요한 요소이다. 그러나 나는 그것을 아주 중요하게 여기지는 않는다. 나는 뛰어난 기교를 가진, 그러나 인간성이 저조한 예술가들을 경멸하는 편이다. (Halpern 36)

소설에 대한 파울즈의 위와 같은 언급은 롯지가 교차로에 선 소설가들의 고민을 이해하고 그들이 모색하는 대안을 수용하는 태도를 취하면서도-스스로 소설가인 입장에서-역사에 대한 안목과 견실한 구체성, 그리고 사실주의 작법을 자신이 더 중시한다고 선언했던 것을 상기시킨다(32).

작가의 공개적인 발언은-비록 그것을 무시할 수는 없다 하더라도-작가의 예술론을 규명하는 권위 있는 근거로 삼기는 어렵다. 파울즈 자신이 1982년 『만티사』를 발표하고 나서 이 작품을 당시 지나친 지성주의를 표방하는 해체주의나 구조주의에 대한 조롱이라고 언명했지만

(Barnum 198) 많은 비평가들은 이 작품을 해체주의의 극단적인 실험으로 해석한다. 그리고 문학 작품이 작가의 손을 떠나면 독자와 비평가의 것이라는 명제도 유효하다.

파울즈의 문장이 대단히 세련되고 주관적이며 형이상학적 흥미를 내포하고 있지만(Bagchee 220) 제임스 조이스나 버지니아 울프 등의 모더니스트들과 비교했을 때 아주 난해하다고 판단하기는 어렵다. 그가 작품 속에서 그리는 주인공들의 정신적/심리적 여정은 중세 로맨스의 "모험"(quest)을 기본적인 구도로 채택하고 있다. 파울즈는 월터 스코트가 처음 도입하고 조지 엘리엇이 가장 성공적으로 활용한 '제사'를 그의 대표작에 원용하였다. 앞에서 논의한 전지적 작가의 개입도 헨리 제임스 이후 당연한 것으로 여겨져 온 "보여주기"(showing)라는 현대소설의 전통을 무시하고 19세기의 기법으로—비록 왜곡하는 방식으로이지만—회귀한 사례에 해당한다. 이런 특징들이 파울즈를 전통주의자 혹은 사실주의자로 간주할 수 있는 근거의 목록이다.

결론적으로 파울즈는 "전통주의자의 면모를 지닌 메타픽션 작가"라는 평가가 가능한데, 그의 소설은 몇 가지 차원에서 메타픽션의 범주 밖에 위치하기도 한다. 메타픽션이 언어의 의미생산 가능성에 대한 불신, 작가의 자의식적 글쓰기, 픽션과 리얼리티 사이의 불안한 경계에 대한 의심을 특징으로 한다고 앞에서 정리했다. 한편 주제의 측면에서 메타픽션은 보편적인 진리를 추구하거나 혼돈된 세계에 질서를 부여하려는 노력을 부정한다. 현실과 인간의 경험은 무의미하고 무정형의 것이기 때문에 그것으로부터 의미와 질서, 진리를 창출할 수 없다고 주장한다. 19세기 사실주의 소설이 객관적 실체와 보편적 진리를 구현했고, 20세기 초반의 모더니즘 소설이 주체와 개인, 내면과 심리 등의 주관적 실체에 천착했다면, 20세기 후반 포스트모던 메타픽션은 주체의 해체, 불확실성과

몰개성, 경험의 파편성, 진리의 불가지성을 특징으로 하고 있는 것이다. 그런데 파울즈의 소설은 메타픽션의 이러한 속성을 거부한다.

파울즈의 소설은 엄연히 교훈적이다. 파울즈의 소설들은—비록 열린 결말의 형식을 취하고 있기는 하지만—주인공의 각성을 보여준다. 파울즈는 기계적이고 물질 만능의 풍조가 만연한 현대사회에 대한 비판적 시각과 과학적 마인드에 대한 거부감을 적극적으로 표현한다. 변화를 수용하여 적자로 진화할 수 있는 우월한 유전인자를 가진 여성성을 옹호하면서 권위적이고 무감각한 남성성을 배척한다. 자신의 삶에 대해 무책임하고 나태한 태도에서 벗어나 건강한 일상성을 회복하고 현실 속에 굳건히 서야 한다는 교훈을 설파한다. 시대와 계급의 무거운 외투를 벗어던지고 진정한 자신의 실존적 진정성을 발견하도록 촉구한다.

피터 울프가 파울즈 예술론의 본질을 논하면서 "문학은 단지 도구적인 가치를 가진 것이다. 삶(Life)이 모든 것에 우선하며 그것에 대한 파울즈의 헌신은 강조할 필요가 없다"(23)고 언명했던 것은 여느 메타픽션 작가들과 변별되는 모럴리스트로서의 파울즈의 진면목을 잘 드러내준다. 패트리샤 워는 메타픽션의 범주를 규정하면서 롯지의 교차로를 연상케 하는 메타포를 사용하고 있다.

> 한쪽 극단에는 허구성(fictionality)을 탐구해야 하는 주제로 받아들이는 아이리스 머독이나 저지 코진스키처럼 형식적 자의식이 대단히 제한적인 작가들의 작품—여기에는 "자기생산적 소설"(self-begetting novel)도 포함된다—이 위치하고 있다. 이 스펙트럼의 한복판에는 존 파울즈와 닥터로우의 작품이 놓여 있는데, 이 작품들은 형식적 그리고 존재론적 불확실성의 징후를 드러내 보이지만 그들이 해체한 것들이 종국에는 재맥락화되거나 "귀속되고"—그리하여 새로운 리얼리티를 구성하는—총체적인 의미로 다시 해석될 수 있는 것이다. 마지

> 막으로 반대쪽 극단에 길버트 소렌티노와 레이먼드 페더만, 그리고 크리스틴 브룩-로즈의 작품들-여기에 우화적 소설(fabulation)이 포함된다-이 놓여 있는데, 이 작품들은 리얼리즘을 철저히 거부하면서 세계를 모순적인 기호체계의 구성물로 상정하고, 이 기호체계는 세계의 물리적 조건들과 결코 교응하지 않는다. (18-19)

데이비드 롯지는 교차로에 선 현대의 소설가들이 '논픽션 소설'과 '우화적 소설'을 사실주의의 대안으로 모색하고 있다고 진단했다. 위 인용문에서 워는 논픽션 소설에 이르는 길을 허구성을 부단히 탐구의 대상으로 삼는 작가들이 나아갈 길로, 우화적 소설로 통하는 길을 리얼리티를 철저히 부정하면서 모호한 상징체계로 세상을 표현하는 작가들의 길로 매칭하고 있다. 그리고 존 파울즈를 이 양극단의 한 가운데 위치한 작가로 파악한다.

파울즈의 소설들이 경험과 존재의 불확실성이라는 징후를 분명히 드러내고 있지만, 그 속에서 해체된 진리/경험/실체는 파편의 조각으로 남지 않고 재구성되며 총체적인 의미가 다시 부여될 수 있는 것들이라고 말한다. 파울즈는 메타픽션 작가의 면모를 뚜렷이 지난 전통주의자이다. 롯지의 비유로 말하자면 사실주의 소설 전통에 대한 의심과 거부감으로 교차로까지 왔지만, 대안으로 제시된 길을 찾아 앞으로 나가지 않고 그 길들을 조심스럽게 탐색하며 여전히 교차로의 중심을 지키고 서 있는 것이다.

제4장
판타지와 포르노그래피 —『마법사』 다시 읽기

파울즈의 소설들이 전문 연구자들의 진지한 관심을 받기 전에 대중들의 환호를 먼저 받았다는 사실과 아름다운 소녀를 납치하여 감금하고 길들이기를 시도하는 사건을 다룬 『콜렉터』가 통속적인 외설 문학으로 취급되었던 사정을 앞에서 설명했다. 『콜렉터』와 마찬가지로 출판되자마자 베스트셀러가 되었던 『마법사』에서는 포르노그래피적인 요소가 판타지와 함께 작품을 끌고 가는 동력으로 작용한다. 니콜라스가 프락소스에서 경험하는 불가해한 사건들은 판타지와 포르노그래피가 교묘하게 결합하며 만들어낸 가공과 환상의 세계였던 것이다.

콘시스가 연출하는 진실 게임을 구성하고 있는 두 개의 키워드는 판타지와 포르노그래피이다. 콘시스가 니콜라스를 대상으로 판타지와 포르노그래피로 구성된 메타시어터를 연출하는 이유는 이 두 개의 요소가 주인공인 니콜라스의 존재론적 질환과 깊은 관계를 갖고 있기 때문이다. 콘시스는 니콜라스가 자신의 진정한 자아에 대한 실존적 자각에 이르도록 이끌려는 의도를 갖고 있었기 때문에 그의 가장 치명적인 급소를 타격하기 위해 판타지와 포르노그래프를 방법론으로 채택하고 있는 것이다.

니콜라스가 보라니에 위치한 콘시스의 별장에서 겪은 불가해한 경험의 정체는 판타지의 세계이다. 이에 대해 린드로스(James R. Lindroth)는 "콘시스의 과거사 회상이 자유와 인간의 본성, 그리고 실존의 의미를 조명하고 있다면 이 메타시어터에서 니콜라스가 맡은 배역은 그의 판타지적 실존을 드러내는 역할"이라고 지적하였다(234). 이 작품의 1부 - 2부 - 3부로 구성된 형식적 구조가 런던 - 프락소스 - 런던의 도식으로 쉽게 이해되는데, 이것은 곧 니콜라스가 현실의 세계에서 판타지의 세계로 진입했다가 다시 현실로 복귀하는 여정을 그려낸다.

니콜라스가 경험하는 판타지의 세계는 현실과 환상이 현란하게 교차하는 방식으로 전개된다. 모든 소품들이 세심하게 준비되고 각본에 따라 치밀하게 연출되는 콘시스의 무대와 니콜라스를 유인하여 리얼리티와 픽션이 교차하는 혼란스러운 판타지의 세계를 경험하게 하는 릴리/줄리의 역할에 대해서 앞에서 자세하게 분석하였다. 세 번째 스토리텔링 중에서 콘시스는 "애인 - 기계"(*la Maitresee - Machine*)라는 뒤캉 백작의 컬렉션 한 점을 소개하며 니콜라스에게 부정을 저지른 여성에 대한 중세의 가혹한 처벌 방식을 이야기한다. 바로 그 순간 그들이 앉아 있는 위쪽 언덕에서는 벌거벗은 숲의 요정의 모습을 한 소녀를 거대한 남근이 날린 반신반마의 괴물 사티로스(Satyr)가 뒤쫓는 장면이 연출된다. 콘시스 무대의 판타지적인 요소가 노골적으로 드러나는 장면이다. 이런 방식으로 콘시스의 무대는 판타지의 형식으로 구현되지만, 니콜라스가 애써 그 리얼리티를 확인하는 순간 다시 부서지기를 반복한다.

49장에서 니콜라스는, 콘시스가 제2차 세계대전 동안 겪었던 일들, 즉 독일군이 레지스탕스를 고문하고 양민을 학살한 사건을 들었던 바로 그날 밤, 그 일들을 실제로 경험한다.

> 나는 바위 위에서 그들이 내는 희미한 발소리와 금속성의 뭔가가 부딪히는 조용한 소리를 들을 수 있었다. 그리고 마법처럼 여섯 명이 나타났다. 지평선을 따라 여섯 개의 회색 그림자가 서 있었다. [. . .] 그들은 군인들이었다. 나는 총의 불분명한 윤곽선과 철모의 희미한 광택만을 볼 수 있었다. (372)

니콜라스는 이 장면에서 독일군 복장의 괴한들에게 사로잡혀 결박된 채 어둠 속에서 그들이 누군가를 폭력적으로 구타하는 광경을 목격한다. 니콜라스는 이 모든 것이 연극이고 그들이 훌륭하게 연기하고 있다고 생각하면서도 너무나 생생하고 잔인한 폭력이 눈앞에서 재연되는 것을 견디지 못하고 몸서리친다.

그리고 그 순간 니콜라스는 앨리슨이 자살했다는 소식을 듣는다. 앨리슨의 죽음에 대한 자신의 책임을 통감한 니콜라스는 콘시스의 황당한 유희가 모든 일의 근원이었음을 깨닫고 분노한다. 니콜라스가 이 사실을 준에게 알렸을 때 충격을 받은 준은 곧 니콜라스를 대상으로 하는 실험을 중단할 것을 선언하면서 콘시스의 진짜 모습을 밝히며 줄리와의 밀회를 주선한다. 준에 의하면 콘시스는 소르본 의과 대학의 교수이며 정신의학 분야의 선구자인데, "정신 이상의 망상적 증상의 본성"(477)을 연구과제로 수행하고 있다는 것이었다. 또한 자신은 런던 대학에서 심리학을 전공한 다음 콘시스 밑에서 대학원 공부를 하고 있으며 흑인 조는 미국 대학 출신의 학생이라는 것이다.

그들이 자신을 대상으로 일종의 심리학 임상 실험을 진행 중이라는 황당한 설명에 니콜라스는 다시 혼란을 겪지만, 준의 안내에 따라 은신처에서 줄리를 만나 격정적인 사랑을 나눈다. 몇 번의 줄리와의 성적 접촉 가운데 가장 치열하고 환상적인 쾌락을 경험한 바로 그 순간, 니콜라스는 정체불명의 사람들에게 납치되어 감금당하게 된다. 섹스를 마친 줄리가 니콜라스에게 "재판정에 간다"는 수수께끼와 같은 말을 남기고 사라진 다음, 니콜라스는 검은 옷을 입은 세 명의 남자에게 밧줄로 묶이고 재갈을 물린 채, 좁은 방에 갇혀 오랫동안—닷새 동안—감금되었다가 마침내 재판정에 소환된다.

60장부터 62장까지 진행되는 "재판"과 "해독과정"은 콘시스가 니콜라스에게 가하는 실험의 절정에 해당한다. 니콜라스에 대한 임상 결과가 보고되고 그에게 "죄와 벌"을 주제로 한 실존적 선택이 강요되며, 그는 결박된 채 저속하고 외설적인 포르노 영화를 강제로 시청해야 하는 처지에 놓인다. 흡사 사이비 종교 집단의 종교의식, 카니발과 가면극, 잔혹극, 사디즘, 혹은 사이코드라마와 같은 형태로 진행되는 이 장면은 다음 장에서 자세히 다루기로 한다.

파울즈는 『마법사』 개정판 서문에서 자신이 공들여 수정한 부분은 두 장면의 에로틱한 요소가 강화된 것과 결말 부분의 불명료한 요소들을 개선한 것이었다고 밝혔다(7). 육체적 쾌락을 추구하는 성적 방종은 니콜라스의 존재를 규정하는 중요한 요소이다. 그는 자신이 준수한 용모와 무관심, 그리고 고독이라는 치명적인 무기로 무장한 바람둥이였으며 대학 시절 이미 열두어 명의 처녀 신세를 망쳐놓았다고 자랑스럽게 말한다(21). 니콜라스는 친구 집에 의탁하기 위해 찾아온 앨리슨과 우연히 만난 바로 그 날 섹스를 나누고 동거하는데 그녀를 성적으로 탐닉하면서도 감정적으로 구속되지 않도록 경계하는 냉정함을 유지한다.

니콜라스가 앨리슨과 관계를 맺기 시작하고 또 그것을 유지해 나가는 가장 중요한 요인은 앨리슨의 성적 매력과 그녀와 공유하는 육체적 쾌락이었다.

> 앨리슨은 언제나 여성적이었다. 그녀는 많은 영국 여자들과는 달리 자신의 성을 배반하는 일이 결코 없었다. [. . .] 남자들은 길거리나 식당, 그리고 술집에서 모두 그녀를 의식했고, 그녀도 그것을 알고 있었다. 나는 그녀가 지나갈 때마다 남자들이 그녀를 아래위로 훑어보는 것을 지켜보곤 했다. 그녀는 **선천적인 성적 아우라**를 가진 여성이었는데, 예쁜 여자 중에서도 그런 여자는 드물었다. (31-32. 필자 강조)

이 작품이 묘사하는 앨리슨은 그림 같은 이목구비와 풍만한 육체적 매력을 발산하는 미인은 아니다. 하지만 니콜라스는 그녀가 총체적으로 눈을 뗄 수 없는 "선천적인 성적 아우라"를 갖고 있다고 말한다. 앨리슨은 니콜라스에게 전적으로 의존하고 니콜라스는 그녀에게 모든 것－그녀의 억양을 영국식으로 교정하고, 거칠고 촌스러운 면을 세련되게 만드는－을 가르치고 있지만 침대에서만은 언제나 그녀가 주도권을 행사하며 그에게 성적 쾌락을 선사한다.

니콜라스와 앨리슨의 관계를 설명하는 키워드가 섹스였던 것처럼 보라니에서의 니콜라스의 행위를 규제하는 핵심적 동력은 바로 포르노그래피적 욕망이다. 그가 보라니의 별장 언저리에서 감지한 여성의 향기가 그를 콘시스의 영지로 인도하였고, 그 여성의 실체를 발견하는 순간 맹목적으로 유인되었으며 고통과 혼란을 감내하며 그를 그 미스터리의 심연 속으로 걸어 들어가게 만들었다.

니콜라스는 줄리를 소개받고 나서 처음부터 그녀와 콘시스 사이의 성적 관계를 의심한다. 모딜리아니와 보나르의 진품을 소유할 정도의 부자라면 최고의 여자를 정부로 삼을 수 있을 거라 생각하며 그녀에게 "당신은 그의 정부인가요?"(196)라고 묻기도 한다. 돈 많은 늙은 남자의 소유물이 된 젊고 매혹적인 젊은 여성이라는 저급한 관계를 쉽게 연상하는 것이다. 줄리는 니콜라스의 의심을 완강히 부인하며 치밀하게 그를 자신의 덫으로 유인한다.

이 작품이 묘사하는 줄리는 매혹의 총화이다. 그녀가 처음 등장했을 때, 니콜라스는 그녀를 20대 초반이라고 설명했지만 줄리는 줄곧 10대 소녀의 아름다움을 발산한다. 순진함과 수줍음을 내보이면서 때로는 장난기와 교활함을 드러내고, 어색하게 머뭇거리다가도 자유분방하고 애교스러운 매력을 뽐낸다. 그녀는 니콜라스에게 최적화되어 있는 요부의 모습을 보인다. 니콜라스를 밀고 당기며 정신 차리지 못하게 하는 그녀 전략의 핵심은 성적 유혹이다.

파울즈가 개정판에서 에로틱한 요소를 더했다는 두 장면은 47장 이하 해변에서의 섹스신과 58장에 등장하는 니콜라스와 줄리의 정사 장면이다. 47장에서 니콜라스와 줄리, 준은 해변에서 수영을 즐기는데, 준이 자신의 비키니 수영복 톱의 고리를 풀어 누드를 드러내며 에로틱한 분위기를 연출한 것에 자극은 받는 니콜라스와 줄리는 마을의 텅 빈 예배당을 구경하다가 격정적으로 서로의 육체를 탐닉하는 농도 짙은 스킨십을 연출한다. 그리고 곧장 해변으로 자리를 옮겨 물속에서 다시 사랑을 나눈다.

> 그녀는 머뭇거리더니 몸을 돌려 오른팔을 내 허리에 감았다. 나는 왼팔을 그녀의 어깨에 두르고 그녀를 내 옆쪽으로 끌어당겼다. 그녀의 왼손이 내 사타구니를 감싸며 아래위로 어루만졌다. 그런 다음

위쪽으로 올라와 내 성기를 잡고 부드럽게 감싸 쥐었다. 그 손가락들은 상처를 입힐까 봐 두려워하는 것처럼, 그리고 경험이 없는 것처럼 보였다. 나는 내 자유로운 손을 내려 그녀의 음부를 살짝 만진 후 그녀의 고개를 들어 올려 입술을 찾았다. [. . .] 나는 그녀의 젖가슴을 잡고 있던 손을 음부 쪽으로 내렸다. 하지만 그녀는 내 손을 잡아 조심스럽게 본래 있던 자리로 되돌려 놓았다.

밤새 그럴 수도 있었다. 하지만 그것은 지나치게 에로틱했다. 그녀는 내가 더 이상 그녀가 얌순하게 굴지 않기를 바라고 있음을 본능적으로 아는 것 같았다. 그녀는 더욱더 세게 매달리며 덜 초보자 같은 모습을 보이기 시작했다. 내가 물속으로 조용히 사정을 하는 사이 그녀는 머리를 숙여, 마치 비록 생각 속에서이지만 오르가슴을 느낀 듯이 내 겨드랑이 옆쪽을 깨물었다. (369-70)

이 장면에서 줄리는 팜므파탈의 면모를 여실히 보여준다. 미숙한 듯 두렵게 남자의 몸을 어루만지다가 스스로 자극을 받은 양 행동한다. 좀 더 적극적이기를 바라는 남자의 욕망을 이해한다는 태도로 자극을 가해 니콜라스가 물속에서 마스터베이션을 하도록 돕고 자신은 상상의 오르가슴을 느낀 것처럼 행동한다.

줄리의 이러한 행동은 남자를 유혹하는 무척 진부하고 정략적인 동작이지만 불순하면서도 대담한 그녀의 전략은 대단히 성공적이다. 또한 물속에서 조급하고 미숙한 사랑을 나누는 이 장면을 작가 스스로 "지나치게 에로틱했다"고 설명했지만 독자의 입장에서도 외설적인 거부감보다는 아름다운 에로티시즘을 느낄 만하다.

한편 준이 콘시스의 음모와 여기에 가담한 자신들의 행동을 모두 폭로하고 니콜라스와 줄리의 만남을 주선했을 때, 그들은 보다 솔직하고 원초적인 모습으로 만나고 훨씬 자극적인 섹스를 나누며 이를 그린 장면은 노골적인 외설성을 드러낸다.

그녀는 머리를 비스듬히 하고, 팔을 벌리고 한쪽으로 약간 몸을 비튼 채 누워 있었다. 하지만 내가 앞쪽으로 나아가자 완전히 몸을 대고 누웠다. 잠시 후 나는 그녀의 몸속 깊이 들어갔다. 내가 이전까지 다른 여자의 몸에 처음 삽입했던 순간과는 너무 달랐다. [. . .] 나는 팔을 기댄 채 그녀의 몸 위로 엎드려 있었다. 그녀는 어둠 속을 올려다보고 있었다. [. . .]

나는 천천히 성기를 쑤셔 넣기 시작했다. [. . .] 나는 우리의 몸이 결합된 곳의 그녀의 가는 몸을 내려다본 후 그녀의 얼굴을 다시 쳐다보았다. 그녀의 표정에 뭔가 곤란해 하고, 부끄러워하는 기색이 보였다. [. . .] 나는 다시 몸을 움직이기 시작했다. 그녀는 무방비 상태인 것처럼 팔을 머리 뒤로 가져갔다. 그렇게 하자 그녀의 알몸이 두 배나 더 잘 드러났고, 완전히 나의 자비에 자신을 맡긴 것 같았다. 사타구니를 제외한 그녀의 모든 것에 노예 같은, 사랑스러운 흐느적거림이 있었다. [. . .] 나는 사정을 했다. 너무 빨랐지만 저항할 수가 없었다. 나는 그녀에게는 너무 빠른 것이었다고 생각을 했지만 나의 성기가 차츰 작아지고 있어 포기를 하려 하는데 그녀가 갑자기 팔을 들어 나를 더 하게 했다. 그녀는 짧지만 발작적으로 내 몸에 대고 자신의 몸을 살짝 흔들었다. 그런 다음 나를 사납게 끌어내려 내 입을 찾았다. (486-87)

이 장면은 충분히 외설적이다. 니콜라스의 입장에서는 자신이 비로소 콘시스의 기획에서 벗어났다는 안도감과 그동안 자신을 여러 차례 속여 온 줄리에 대한 원망, 그리고 그것에서 비롯된 야만적인 파괴본능이 함께 작동한 것처럼 보인다. 그리고 줄리는 예전 해변의 예배당이나 바닷물 속에서 사랑을 나누던 모습보다 훨씬 노골적이고 능동적인 태도로 반응한다.

이 격정적인 섹스씬 다음에 니콜라스는 납치되고 감금되었다가 최후의 심판정에 소환되는데, 그 최후의 심판은 "재판"과 "해독과정"으로 나뉜다.

> 한쪽 끝에는 작은 단이 있고, 그 단 위에는 옥좌가 하나 있었다. 옥좌 맞은편에는 테이블이 하나 놓여 있었는데, 사실 그것은 긴 테이블 세 개의 끝을 초승달 형태로 붙여 검은색 천을 덮은 것이었다. 테이블 뒤에는 열두 개의 검은색 의자가 있었고, 중앙에는 열세 번째 자리가 빈 채로 있었다. (498)

니콜라스가 끌려 나간 방은 비교의 제단처럼 치장된, 온갖 신비주의적 상징들, 검은 십자가, 짙은 붉은 색 장미, 손목에서 잘린 거대한 손 장식 등이 가득한 방이었다. 니콜라스는 단 위의 옥좌에 앉혀지고, 잠시 후 갖가지 기묘한 행색을 한 인물들이 등장해 제단을 에워싼다. 그들은 사냥의 신 헤르네, 수사슴의 머리를 한 남자, 전통적인 영국의 마녀, 악어 머리 가면을 쓴 남자, 아스텍인, 자칼 가면, 아프리카 토인, 광대해골 의상, 흡혈귀 가면을 쓴 여성, 점성술사/마법사, 옥수수 인형, 흑염소 가면을 쓴 남자 등이었다.

잠시 후 방이 환해지면서 그들은 마치 연극이 끝난 것처럼 가면을 벗고 평상복 차림이 되어 자신들을 미국 아이다호 대학 실험심리학연구소장으로, 애딘버러 대학의 교수로, 스톡홀름의 극작가이자 연출가로, 시카고 재단의 연구자로 소개한다. 그리고 니콜라스는 그들 가운데 릴리와 콘시스, 로즈와 마리아, 흑인 조, 안톤, 빔멜 대령의 모습이 섞여 있음을 발견한다. 니콜라스에 대한 임상보고서가 낭독된 뒤, 연구자들 사이에 이 케이스에 대한 토론이 이어지고, 콘시스는 니콜라스에게 릴리의 배신을 응징하기 위해 벌거벗은 그녀의 등을 가죽 채찍으로 때리라는 처방을 내린다. 이 순간 니콜라스는 자신이 그리스 레지스탕스 저항군들을 처형하는 광장에서 자동 소총을 손에 든 채, 야만의 실행을 강요받던 콘시스의 자리에 서 있음을 발견한다. 니콜라스는 릴리에 대한 처형을 거부하고 다시 결박되어 "해독과정"으로 명명된, 콘시스의 마지막 무대가 제공하는 강력한 자극—조잡한 포르노 필름을 강제로 시청하는—을 받는다.

가면극으로 시작된 재판이 끝나고 니콜라스는 다시 수갑을 차고 재갈이 물린 채 물탱크처럼 보이는 길고 폭이 좁은 방의 형틀에 묶인 상태에서 검은 커튼이 쳐진 하얀 스크린 위에 영사기가 돌며 비추는 영상을 강제로 보게 된다. 스크린의 자막에 제작사와 "수치스러운 진실"이라는 영화 제목이 보이고 그 다음에 "전설적인 창녀 이오"가 "매력적인 릴리 몽고메리"와 "잊을 수 없을 만큼 매력적인 줄리 홈스"의 배역을 맡는다는 자막이 보인다. 그리고 포르노 영화가 시작된다.

> 영화는 에드워드 시대풍의 화려한 가구가 있고, 도처에 주름 장식이 있는 침실 장면으로 시작되었다. 화장복을 입고, 머리를 늘어뜨린 릴리가 나타났다. 화장복은 검은 코르셋 위로 터무니없이 벌어져 있었다. 그녀는 의자 옆에 멈춰 서서, 다리를 보여주는 진부한 연기를 하듯 스타킹을 조절했다. [. . .]
>
> 새로운 장면. 침대에 누워 있는 릴리를 카메라가 위에서 찍은 것이다. 화장복은 사라진 상태였다. 코르셋과 그물 스타킹. 그녀는 루주를 진하게 바르고, 마스카라를 한 얼굴이었다. 그녀는 적절하게 입을 내밀며 요부 같은 표정을 지었다. 하지만 시각적 효과는 언어적 효과로부터 아주 동떨어져 있지는 않았다. 대부분의 포르노그래프와 마찬가지로—이 경우에는 의도적이었을 것이다—이 영화는 위험할 정도로 우스꽝스러운 것에 접근해 있었다. (523)

그 다음 장면에서는 "수사슴 검둥이와 백인 여자"라는 자막이 뜨고 흑인 조가 화면 속에 등장하여 릴리와 성행위를 벌인다.

그는 손을 그녀의 등 뒤로 가져가 코르셋의 고리를 풀기 시작했다. 검은 팔에 안겨 있는 벌거벗은 긴 등. 카메라가 다가가 두 사람을 서투르게 추적했다. 검은 손이 암시적으로 움직였다. 그녀의 하얀 몸에 가려 보이지 않았지만, 조는 이제 알몸인 게 분명했다.

……

침대에 누운 알몸의 여자를 위에서 찍은, 가장 심하게 포르노그래피적인 장면이 나왔다. 이번에도 역시 여자의 얼굴은 뒤로 틀어져 거의 화면 밖에 있었다. 그녀가 흑인을 받아들이기를 기다리는 장면이 나왔다. 흑인의 검은 등은 카메라에서 가까이 있었다.

……

검은 아치 같은 그의 긴 등과, 그녀의 사타구니와 결합되어 있는 그의 사타구니. 벌어진 하얀 무릎. 그 순종하는 무릎 사이의 격렬한 움직임과, 완전한 소유. [. . .] 그는 조용히 자신의 오르가슴을 축하했다. 두 개의 육체는 침대라는 제단 위에 미동도 없이 누워 있었다. (524-530)

이 포르노 영화가 상연되는 장면은 소설에서 열 쪽 이상 계속되는데, 조와 릴리의 성행위를 묘사한 페이지만도 여섯 쪽에 달한다. 이 영화는 조잡하게 제작된 것이었다. 화면은 초기 무성 영화처럼 일그러져 보였고 음향은 고르지 않았다. 화면에 등장하는 인물들이 조와 릴리라는 것을 강하게 암시하고 있지만 결정적인 순간 배우의 얼굴은 흐려지거나 화면 밖으로 나가는 바람에 진위를 확인하지 못하게 한다. 조와 릴리의 성행위가 순간적으로 니콜라스와 앨리슨이 파르나소스 별장에서 나누었던 정사 장면과 교차되면서 콘시스의 유희성이 다시 한 번 드러나고 니콜라스의 혼란은 가중된다. 니콜라스는 형틀에 묶인 채 마치 핍쇼(peep show)를 강제로 관람하는 관광객 신세가 되었는데, 갑자기 그 외설적인 성인 쇼의 주인공 모습이 자신의 얼굴로 바뀌는 것을 경험하는 셈이다.

이상과 같이 보라니에서 니콜라스가 겪은 현란한 진실게임, 콘시스가 마련한 사이코드라마, 그리고 그것을 추동한 핵심 인물인 릴리의 변화무쌍한 전략은 바로 포르노그래피라는 원리에 의해 작동되었다. 니콜라스는 콘시스가 창조한 가공의 세계—판타지의 세계—에 매혹당하고 거짓과 환상에 침윤되며 어두운 신비에 중독되었던 것처럼, 자신의 성적 충동에 지배당하고 자신을 상대로 펼쳐지는 포르노그래피의 공세에 무기력하게 굴복당하는 모습을 보인다.

이제까지 살펴본 것처럼 니콜라스가 보라니에서 경험한 복잡하고 난해한 경험이 판타지와 포르노그래피라는 두 개의 축을 중심으로 작동되었다. 그렇다면 콘시스는 왜 판타지와 포르노그래피를 자신이 기획하고 연출한 '신의 유희'의 작동원리로 삼았던 것일까? 그것은 이 두 가지 요소가 니콜라스의 존재론적 상처와 깊은 관계가 있기 때문이다.

니콜라스는 "대단히 노골적이고 자의식적인 실존주의자"(Foster 5)였고, "갈팡질팡하고 자기기만적인 인물"(McDaniel 247)이었다. 그는 자신이 학창시절부터 "탐미주의자"였으며 "냉소주의자"였고 전통에 대한 "반항아"였다고 회상한다. 니콜라스는 본질적으로 개인주의자였다. "소외"와 "방종", "자기기만"과 "무책임"은 니콜라스의 정신적 질환의 핵심적인 증상이었다. 그는 여성과 성을 탐닉했지만 부도덕하고 회피적이었다. "처녀 하나를 떼 내면서 얻는 안도감을 자유를 향한 사랑이라고 오해"하는 얼치기 바람둥이였지만 언제나 눈앞의 희생자가 "옷을 벗기 전에 정사와 결혼은 다른 것임을 알고 있는지 확인하기 위해 주의를 기울였다"(21)고 말한다.

대학을 졸업하고 이스트앵글리아의 한 학교에서 교사를 일할 때, 니콜라스는 원로교사의 딸 자넷(Janet)과 교제하는데 그녀가 자신을 진정으로 사랑한다는 것을 알았을 때, "단순한 육체적 욕망이 자신의 인생을 왜곡하려 하는 것에 역겨움을 느끼고"(21) 사직하기로 결심한다. 자넷과 비교했을 때 앨리슨은 여러 가지 측면에서 니콜라스에게는 이상적인 파트너였지만 니콜라스는 그녀와의 이별 장면을 다음과 같이 기록한다.

> 차가 첫 번째 모퉁이를 돌았을 때, 내가 가장 분명하게 느낀 것은 무언가로부터 탈출했다는 느낌이었다. 그리고 거의 비슷한 정도로 분명하게, 하지만 훨씬 더 밉살스럽게 다가온 느낌은 내가 그녀를 사랑한 것보다 그녀가 나를 더 사랑했다는 것과 그에 따라 막연하게나마 내가 이겼다는 느낌이었다. 그래서 나는 다시 날개를 달고 미지의 곳으로 여행을 간다는 흥분에 더해, 기분 좋은 정서적 승리감까지 느꼈다. (48)

니콜라스가 그리스로 떠날 시점이 다가오면서 그는 자신에게 더욱 의존적으로 변하는 앨리슨을 부담스럽게 생각하게 되고 그들은 몹시 힘든 작별의 과정을 겪게 된다. 마지막 날 아침, 앨리슨이 절망적이고 어색한 태도로 마지막 키스를 나눈 뒤 집을 나선 다음, 니콜라스는 그녀에게 스쿠터를 사라고 50파운드 수표를 끊고 간단한 메모를 남긴 후 택시를 타고 떠난다. 그러면서 그는 해방감과 승리감을 느꼈다고 이야기하고 있는 것이다.

니콜라스의 이러한 존재론적 문제를 그에 대한 임상보고서를 발표하는 재판정에서 마커스 박사(Dr. Marcus)를 자임하는 여성은 다음과 같이 정리하고 있다.

> 우리의 실험 대상은 다수의 젊은 여성을 성적으로, 그리고 정서적으로 착취했다. 맥스웰 박사에 따르면, 그의 수법은 자신의 고독과 불행을 강조하고 과시하는 것, 요컨대 잃어버린 어머니를 찾는 어린

사내아이 역할을 하는 것이다. 그렇게 함으로써 희생자들에게서 억압된 모성 본능을 자극하고, 그런 다음 이런 유형의 인간 특유의 반근친상간적 냉혹함으로 계속해서 착취를 하는 것이다. [. . .]
그는 직업적으로 끊임없이 스스로를 고립된 상황 속에 위치시켰다. 근원적인 분리 불안을 해결하기 위해 대상은 자신을 반역자이자 국외자로 드러내야 한다. 이러한 고립을 추구하는 데 있어서의 무의식적인 의도는 대상이 여성을 착취하는 것과 자기만족의 근원적인 필요에 대해 적대적인 방식으로 모든 공동체로부터 도피하는 것을 정당화하는 것이다. (509)

니콜라스는 시대의 총아였다. 그는 옥스퍼드 대학을 다닌 당대의 젊은 세대를 대표하는 인물이다. 작가 자신은 니콜라스를 "1945년부터 1950년대를 대표하는 전형적으로 진정성이 결여된 젊은이"(Campbell 466)라고 말했다. 니콜라스가 앓고 있는 소외와 자기기만, 무책임과 방종이라는 질환은 현대인 모두가 공통적으로 앓고 있는 정신질환에 해당하는 것이었다.

이런 니콜라스를 대상으로 콘시스는 판타지의 위험과 포르노그래피의 허망함을 교훈으로 제시한다. 니콜라스는 콘시스의 기획이 가동되기 시작하는 순간부터 이 모든 일이 일종의 가면극이라는 것을 의식하고 콘시스의 의도를 파악하기 위해 노력한다. 자기기만과 현실도피의 중증을 앓고 있는 니콜라스가 역설적으로 "나는 지금 당신이 여기서 하는 일과 당신이 그다지도 혐오하는 것, 즉 픽션 사이에 무슨 차이가 있는지 모르겠어요."(231)라며 콘시스가 연출하는 정교한 사이코드라마의 허구성에 의문을 제기한다.

모험이 시작되는 장면에서 이처럼 허구의 세계에 대한 의문을 제기했던 니콜라스는 콘시스가 설치한 판타지의 미로를 걷는 동안 그 가공과 환상의 세계에 매혹당하고 중독된다. 거짓과 가장, 배신을 반복하는 릴리/줄리의 가공적인 아름다움에 매혹되어, 소박하지만 현실 속에서 살고 있는 앨리슨의 건강한 일상성을 간과한다. 니콜라스의 정신질환에 대한 진단과 처방의 마지막 단계에서 콘시스가 그에게 릴리의 배신을 응징하는 채찍을 들도록 강요하는 것은 바로 그로 하여금 릴리가 상징하는 어두운 신비와 가공의 아름다움으로부터, 다시 말하면 판타지의 세계로부터, 벗어나라는 교훈이었던 셈이다.

보라니에서 니콜라스가 겪었던 일은 일종의 일장춘몽(day-dreaming)이었다. 그가 긴 몽상에서 깨어났을 때, "신의 유희는 끝났다"는 선언을 듣는다. 왜냐하면 "신은 존재하지 않고, 또한 이 모든 것이 유희가 아니기 때문"(625)이라는 것이다. 소설이 시작하는 장면에서 니콜라스는 자기기만과 현실도피, 무책임과 방종이라는 존재론적 문제를 가진 고독한 방관자의 모습으로 등장한다. 그는 콘시스의 덫에 걸려 시험당하는 동안 판타지의 세계, 그 가공의 아름다움에 이끌리고, 성적 충동과 유혹에 지배당한다. 그리고는 판타지의 위험과 포르노그래피의 허망함을 자각하고 현실의 가치와 일상의 소중함을 깨닫는 존재로 성장할 수 있었던 것이다.

제5장
존 파울즈 소설과 영화

제1절 소설 문법과 영화 문법

문학 연구와 교육, 특히 소설 장르를 연구하고 교육하는 일에 영화가 도입되는 경향이 증가하고 있다. 이는 영상 예술의 총화로서 영화가 차지하고 있는 수월한 위상에 힘입은 것이기도 하지만 한편으로는 소설과 영화가 여러 가지 장르적인 특성을 공유하고 있기 때문이기도 하다. 소설은 영화가 예술 형식으로 정착되는 과정에서 원자재를 공급하는 기능을 수행함으로써 크게 기여하였다. 실제로 영미 소설의 경우 발생기 이후 쓰인 중요한 대부분의 작품들이 영화로 제작되었다. 한편 현대에 이르러 영화가 소설에 영향을 주는 경향도 발견되는데, 리처드슨(Robert Richardson)은 이러한 현상을 첫째, "영화 소설"이라는 소설의 하위 장르가 생겼고, 둘째, 영화로 제작될 것을 염두에 두고 진지한 소설을 쓰려는 노력이 시도되었으며, 셋째, 영화의 기법과 주제를 소설에 차용하고 이를 발전시키려고 노력하는 소설가들이 나타나게 되었다고 분석하였다 (116-32).

소설이 시간적 예술인 것에 비해 영화는 공간적 예술이다. 인쇄된 텍스트로 주어진 소설을 독자는 시간의 구애를 받지 않고 감상할 수 있기 때문에 소설은 시간 속에 펼쳐져 있는 셈이다. 이에 비해 영화는 상영 시간이라는 시간적 제약을 받는 대신 비교적 자유로운 장면의 전환을 통해 공간적으로 펼쳐진다. 소설은 독자들의 상상력을 자극하여 등장인물과 장소 그리고 사건에 대해 독자들이 개별적이고 창의적인 이미지를 창조할 여지를 제공한다. 이에 비해 영화는 생생하고 구체적인 시각적 이미지를 제공하여 소설의 장면을 생생하게 재연한다는 장점이 있지만 한편으로는 이것이 오히려 관객들의 상상력을 가두고 제약하는 역기능을 보여주기도 한다. 소설가가 청각적 이미지를 사용하여 독자들의 마음속에 소리를 들리게 할 수는 있지만 그 소리는 물리적으로 독자의 청각에 울리는 소리는 아니다. 그에 비해 영화는 음향 효과와 배경 음악, 그리고 주제곡 등 소리에 크게 의존한다.

이와 같은 많은 차이점과 더불어 소설과 영화는 대단히 중요한 몇 가지 장르적 특성을 공유한다. 우선 소설과 영화는 기본적으로 내러티브, 즉 이야기체 형식을 공유한다. 등장인물의 대화(dialogue)와 행동(action)을 통해 플롯이 진행된다는 점에서 영화는 드라마와 대단히 유사하다. 실제로 연극이 영사기 등의 기계 기술과 결합하여 영화로 발전했다는 해설은 유용한 것이다. 그러나 사건과 시간을 축약하거나 사물을 묘사하는 차원에서 영화는 거의 소설가가 독점적으로 향유하는 내러티브의 특권을 누리기도 한다. 드라마에서는 서술 시간과 플롯의 진행 시간이 일치하기 때문에 3년의 세월이 경과한 것을 표현하기 위해서는 배우들이 3년 동안 계속해서 무대에서 연기를 하든지 아니면 등장인물들의 대화를 통해 시간의 경과를 설명해야 한다. 그러나 영화에서는 꽃피는 장면과 눈이 내리는 장면을 반복적으로 교차해서 보여줌으로써 시간의 경과를 수월하게 축약해서 표현한다. 이는 마치 소설가들이 "그리고 3년의 세월이 경과했다"는 단 하나의 문장으로 플롯을 진행시키는 내러티브의 특권을 영화가 누리고 있음을 보여준다.

소설가들은 등장인물의 겉모습과 그들의 행위, 중요한 사건이 발생하는 공간, 저택과 거실, 가구의 모습, 자연환경과 날씨 등을 몇 페이지에 걸쳐 구체적이고 상세하게 묘사할 수 있다. 장면에 대한 묘사가 진행되는 동안 플롯은 전혀 진행되지 않는다. 영화에서도 등장인물의 대사나 행동을 배제한 채, 꽃의 모습을 다각적으로 클로즈업하거나 산과 강의 모습을 원거리에서부터 하이앵글로 잡고 파노라마식으로 보여주는 방식을 통해 인물과 공간을 상당한 시간 동안 묘사할 수 있다. 물론 리처드슨의 지적처럼 영화의 언어가 『안나 카레리나』(*Anna Karenina*)의 첫 문장 "모든 행복한 가정은 서로 닮았지만 불행한 가정은 대개 자기만의 방식으로 불행하다"라든가 『오만과 편견』(*Pride and Prejudice*)의 서두에 나오는 "재산을 가진 독신 남자에게 아내가 필요하다는 것은 널리 인정되는 진리이다"와 같은 문장을 영화적으로 표현하는 것은 불가능하다(108). 그럼에도 불구하고 사건을 축약하거나 사물을 묘사하는 자유롭고 융통성있는 영화의 내러티브 방식은 드라마가 누리지 못하는 대단히 소설적인 장치라고 할 수 있다.

소설과 영화가 공유하는 가장 중요한 장르적 특성은 바로 시점(point of view)이다. 일반적으로 시의 세계는 일인칭 주관적 시점에 의해, 그리고 드라마의 세계는 삼인칭 관찰자 시점에 의해 표현되는 것으로 간주

된다. 한편 일인칭 시점과 삼인칭 시점, 그리고 주인공 시점과 관찰자 시점, 혹은 전지적 시점 등 다양한 시점의 사용은 오로지 소설가가 배타적으로 사용하는 미적 장치로 이해되어 왔다. 그런데 영화는 미묘한 카메라 워크를 통해 소설의 전유물인 시점을 다양하고 능숙하게 구사한다. 많은 경우 영화의 카메라는 전지적 시점을 유지한다. 영화는 같은 시간, 다른 장소에서 발생하는 두 개의 사건을 교차적으로 보여줌으로써 시공의 경계를 초월한 전지적 관점을 획득한다. 소중한 사람이 떠나고 난 뒤 그가 남긴 유품을 바라보다가 등장인물이 머리를 들어 창밖을 응시하는 순간, 그 유품에 얽힌 과거의 사연이 오버랩 기법으로 화면에 나타남으로써 영화의 시점은 과거를 거슬러 올라가기도 하고 등장인물의 내면과 의식을 점검하기도 한다.

한편 고정된 카메라의 렌즈가 롱테이크 방식으로 등장인물의 표정과 행동을 지속적으로 비추는 순간 영화의 시점은 삼인칭 관찰자 시점의 양상을 보인다. 혹은 방 안의 두 인물이 머리를 맞대고 음모를 꾸미는 모습을 창밖에서 지켜보는 인물이 있을 때, 카메라가 그 인물의 어깨 너머에서 방 안 장면을 잡는 경우 관객들은 창밖의 인물이 방 안의 상황을 지켜보고 있다는 사실을 인식하게 된다. 영화가 일인칭 시점을 구사하는 방식이다. 이처럼 문자를 표현의 매개로 삼는 소설과 영상 이미지에 크게 의존하는 영화는 그 근본적인 형식의 차이에도 불구하고 이 두 예술 양식이 공유하고 있는 서사 기법상의 특징으로 인해 가장 가까운 장르라는 주장을 가능케 하기도 한다.

제2절 존 파울즈 소설의 영화화

존 파울즈는 회화와 영화 등 시각 예술에 대해 깊은 흥미를 갖고 있었고 자신의 작품을 영화로 제작하는 일에 지속적인 관심과 노력을 기울였다. 파울즈의 초기 대표작에 속하는 『콜렉터』와 『마법사』, 『흑단의 탑』, 그리고 『프랑스 중위의 여자』는 모두 영화로 제작되었다. 1963년 소설로 발표되었던 『콜렉터』는 1965년에, 그리고 1965년에 출판된 『마법사』가 1968년에 각각 미국에서 영화로 제작되었으니 비교적 영화화 작업이 신속히 이루어진 셈이다. 그에 비해 1969년 작인 『프랑스 중위의 여자』는 출판 후 12년이 경과한 1981년 영국에서 영화로 제작되었다.

『콜렉터』는 〈로마의 휴일〉(1953년)과 〈벤허〉(1962년)를 연출한 명장 윌리엄 와일러(William Wyler) 감독, 스탠리 맨(Stanley Mann)과 존 콘(John Kohn) 각색, 러닝 타임 119분으로 제작되어 1965년 5월 20일 칸 영화제 프레미어 필름으로 개막되었다. 원래 윌리엄 와일러 감독은 같은 해에 개봉된 뮤지컬 명작 〈사운드 오브 뮤직〉을 연출하기로 되어 있었는데, 〈콜렉터〉를 위해 포기하면서 로버트 와이즈(Robert Wise) 감독이 연출을 맡아 영화사에 길이 남을 명작을 만들게 된다.

영화 〈콜렉터〉는 몇몇 야외 씬은 런던과 영국 남부지역에서 로케이션으로 촬영되었지만 대부분의 실내 장면은 로스엔젤레스의 스튜디오에서 촬영한 것으로 알려졌다. 1964년 늦봄부터 초여름까지 6주 동안 촬영되었고 와일러 감독은 애초에 3시간 분량으로 녹화했지만 제작사의 의견이 반영되어 편집 과정에서 119분으로 축소되었다. 〈콜렉터〉는 개봉 당시 상당한 호평을 받았던 것으로 이해된다. 이 영화가 출품되었던 1965년 칸 영화제에 남자주인공 프레더릭(Freddie) 역을 맡았던 테렌스 스탬프(Terence Stamp)와 미란다 역을 연기한 사만다 에거(Samantha Eggar)

가 각각 남녀 최우수 연기상 후보에 올랐고 윌리엄 와일러 감독 또한 최우수 감독상 후보에 올랐는데, 스탬프와 에거 두 사람이-칸 영화제 사상 최초로-동시에 최우수 남녀 주연상을 받았다. 와일러 감독은 수상에 실패했다. 또한 1966년 개최된 제38회 미국 아카데미영화제에 윌리엄 와일러 감독은 생애 12번째, 그리고 마지막으로 감독상 후보에 올랐지만 수상의 영광은 〈사운드 오브 뮤직〉을 연출한 로버트 와이즈 감독에게 돌아갔다. 이 영화는 같은 영화제에 여우주연상과 각색상에도 노미네이트 되었지만 수상에는 실패했고 사만다 에거가 골든글로브 시상식에서 드라마 부문 여우주연상을 받기도 했다.

한편 영화 〈마법사〉는 초호화 캐스트로 제작되었다. 가이 그린(Guy Green)이 감독한 영화에 마이클 케인(Michael Caine)이 니콜라스 역을, 앤서니 퀸(Anthony Quinn)이 콘시스 역을, 그리고 캔디스 버겐(Candice Bergen)이 릴리/줄리의 역을 맡았으니 가히 당대의 초일류 배우들이 총출동한 셈이다. 하지만 이 영화는 평단으로부터 가혹한 평가를 받았고 출연한 배우들도 한결같이 부정적인 경험을 토로했다. 마이클 케인은 자신이 출연했던 최악의 영화였다고 회상했고, 캔디스 버겐 또한 자신의 배역을 어떻게 연기해야 할지 전혀 모르는 상태로 촬영에 임했다는 고백했다.

한편 4편의 단편소설과 한 편의 번역물을 묶어 1974년에 출판한 『흑단의 탑』에 수록된 작품 가운데 몇 작품이 영화로 제작되기도 했다. 이 단편소설집의 표제작인 「에보니 타워」("Ebony Tower")가 1984년 텔레비전 드라마로 제작되었고, 네 번째 작품인 「수수께끼」("The Enigma") 또한 1980년 BBC2 방송국에 의해 텔레비전용 영화로 제작되었다. 로버트 나이츠(Robert Knights) 감독이 연출하고 존 모르티머(John Mortimer)가 각색한 〈에보니 타워〉는 80분 분량으로 만들어졌는데, 주인공인 노년의 화가 역을 명배우 로렌스 올리비에(Laurence Olivier)가 맡았던 것이 눈에 띈다.

영화 〈수수께끼〉는 〈에보니 타워〉의 감독 나이츠가 연출했고 저명한 문학비평가이면서 소설을 쓰기도 했던 말콤 브레드버리가 각본을 쓴 것이 특이사항이다.

파울즈 자신은 〈콜렉터〉와 〈마법사〉 두 영화 모두에 대한 불만을 핼펀과의 인터뷰에서 다음과 같이 털어놓기도 했다.

> 이 두 편의 영화 모두 마음에 들지 않아요. 『콜렉터』는 봐줄만 하지만, 그래도 원래의 의도대로 저예산 흑백영화로 소박하게 만들었어야 했죠. 사실은 프랑스 감독 로베르 브레송(Robert Bresson)에게 연출을 맡기려 했고, 그가 했더라면 훌륭하게 해냈을 텐데 불행하게도 할리우드로 갔어요. 두 번째 영화인 『마법사』는 끔찍하지요 이 영화는 1960년대 만들어진 영화 가운데 최악의 필름 중 하나예요. [. . .] 이 영화의 시나리오를 내가 썼기 때문에 엔딩크레딧에 내 이름이 올라가기는 하지만 감독과 제작자들을 만족시키기 위해 수많은 수정을 해야 했고 정말 말이 되지 않는 결과를 낳게 되었어요. 감독도 캐스팅도 엉망이었고 결국 재앙으로 끝났고 말았지요. (44)

『콜렉터』와 『마법사』의 실패는 우선 소설을 원작으로 영화를 제작할 때 발생하는 일반적인 제약이 그 원인이었던 것으로 보인다. 시간적 제약을 거의 받지 않는 소설에 비해 영화는 상영 시간을 고려하고 제작비를 감안해야 하는 외형적인 제약으로부터 자유롭지 못한 특성을 지닌다. 그래서 소설을 원작으로 제작된 거의 모든 영화는 원작의 스토리를 변형, 축소하여 촬영하고, 촬영한 뒤에도 편집 작업을 통해 다시 일정 부분을 삭제하는 과정을 겪게 된다.

한편 이처럼 소설을 영화화할 때 직면하는 일반적인 문제에 더하여 파울즈가 이 두 작품에서 구사하고 있는 몇 가지 개성적이고 독창적인 서술 기법 또한 영화가 실패했던 원인이 되었다. 『콜렉터』에서 파울즈는 동일한 사건을 두 개의 상반된 시점을 통해 이중적으로 서술하는 양식을 사용하였다. 소설의 두 주인공이 자신들의 경험을 주관적 관점에서 각각 일인칭으로 서술하는 방식은 두 인물이 속해 있는 세계가 극단적으로 이질적인 세계임을 보여주는 동시에 서로의 스토리에 대해 상호텍스트적인 기능을 수행하게 한다. 그런데 영화는 거의 철저하게 프레더릭의 시선으로 사건을 서술해 간다. 미란다의 일기 부분이 송두리째 삭제되고 그녀의 정신적 스승으로 등장하는 G.P. 등 중요 인물들의 스토리가 완전히 생략됨으로써 원작이 표현하고 있는 입체적인 효과를 전혀 살리지 못한 평면적인 작품으로 전락해 버린 것이다.

『마법사』는 주인공인 니콜라스의 일인칭 시점에 의해 서술이 진행된다. 니콜라스의 서술은 비교적 간결한 문체로 진행되며 무미건조하고 사실적인 특징을 갖고 있다. 하지만 그가 그리스의 외딴 섬에서 겪는 체험은 현실과 허구의 세계가 교묘하게 교차하고, 불가사의한 인물 콘시스의 과거가 니콜라스의 눈앞에서 메타시어터의 형식으로 재현되는 등 아주 복잡한 구성을 갖고 있다. 대단히 구체적이고 정교하게 조직되어 니콜라스가 리얼리티라고 파악한 것들이 순식간에 픽션으로 판명되어 부서져 버리고, 다음 순간 그에게 또 다른 픽션의 세계가 엄숙한 현실성을 가지고 제시되는 일이 되풀이된다. 주인공의 체험이 마치 상자 속에 작은 상자가 계속 중첩되어 있는 차이니스박스처럼 전개되는 『마법사』의 구성은 이 작품을 영화로 제작하는 데 난관으로 작용하였다.

『프랑스 중위의 여자』를 영화로 제작하는 과정에서도 작가 고유의 서술기법을 영화적 문법으로 치환하는 일이 가장 큰 걸림돌이 되었다. 원작이 채택하고 있는 '19세기 사건을 서술하는 현대 전지적 화자의 목소리'와 '일인칭으로 등장하는 작가의 개입'을 영화적으로 표현할 수 있는 적절하고 효과적인 기법을 고안하는 일이 풀기 어려운 과제였다. 파울즈 자신도 해럴드 핀터(Harold Pinter)가 쓴 시나리오에 붙인 서문에서 "빅토리아 시대 중반과 현대라는 양쪽의 시점에서 서술되는 이 작품의 구조가 영화화가 늦어진 이유였다"고 말하고 있다(Forward x).

『프랑스 중위의 여자』를 영화화하는 작업은 핀터가 각본을 쓰고 카렐 라이스(Karel Reisz)가 감독을 맡기로 하면서 순조롭게 진행된다. 이때는 핀터가 드라마 『생일파티』(*The Birthday Party*)(1958)와 『관리인』(*The Caretaker*)(1960)의 성공에 힘입어 이미 세계적인 작가의 대열에 올랐던 시점이었다. 또한 체코 출신의 영화감독이며 케임브리지대학교에서 수학한 라이스는 제2차 세계대전 전에 전개되었던 다큐멘터리 운동을 계승한 "프리 시네마" 운동의 기수였고, 극영화인 『토요일 밤과 일요일 아침』(*Saturday Night and Sunday Morning*)(1960)과 『맨발의 이사도라』(*Isadora*)(1968)를 연출하여 세계적인 명성을 얻고 있던 상황이었기 때문이 이들의 참여가 이 영화의 성공에 대한 기대를 한껏 높였을 것으로 생각된다.

감독과 각본을 쓸 사람이 정해지고 영화화가 진행되었기 때문에 시나리오 작업에서부터 핀터와 라이스 사이에 의사소통이 있었을 것으로 짐작된다. 소설을 원작으로 영화가 제작되었을 때 보통의 경우 연구자들은 문자 텍스트와 영상 텍스트를 비교 연구한다. 그런데 이 작품의 경우 핀터가 쓴 시나리오를 포함하여 모두 세 개의 텍스트가 연구 대상이 되는 것은 아무래도 현대 부조리극의 대가로 평가되는 해럴드 핀터의 위상에 힘입은 것으로 보인다. 예를 들어 피터 콘라디와 쇼사나 내프(Shoshana Knapp) 등은 핀터의 각본이 원작을 변형하거나 추가한 내용과 편집 과정을 통해 삭제된 장면들을 상세히 검증하고 있다. 콘라디와 내프의 논문이 지적한 원작과 영화의 차이점들은 다음과 같은 것들이다. 우선 샘과 매리의 사랑 이야기는 핀터의 각본에 포함되어 있어서 촬영되었지만 메인 스토리를 가린다는 이유로 편집 과정에서 삭제되었다. 찰스의 백부와 관련된 이야기도 촬영했지만 역시 편집 과정에서 삭제되었다. 활 쏘는 어네스티나의 모습과 테니스를 치는 찰스의 모습은 핀터의 아이디어였다. 원작 제39장에 나오는 찰스와 친구들의 런던 밤거리 유흥 장면은 시나리오에는 포함되었으나 경비 문제로 촬영하지 않았다.

제3절 해롤드 핀터의 영화 문법—영화 속 영화

앞에서 검토한 것처럼 『프랑스 중위의 여자』는 작가 - 내레이터 - 등장인물로 이루어진 고차원의 방정식을 통하여 다양한 모습의 작가 개입을 선보이고, 세 개의 복수결말을 제시하여 독자와의 유희를 시도하기도 한다. 이 작품이 1867년 빅토리아 시대 중엽의 역사를 충실히 재연하면서 일차적으로 19세기 사실주의 소설가들의 서술양식을 채택하고 있지만, 그 과정에서 포스트모더니즘 시대의 자의식적인 작가의 목소리가 전지적으로 개입함으로써 리얼리즘 서술양식의 효용성을 전복시키고 독자를 의미 창조의 과정에 개입하도록 유인하는 양상을 앞에서 분석하였다.

영화 문법으로 이야기하자면 찰스과 사라, 어네스티나와 샘 등이 엮어나가는 1867년의 사건은 일종의 "배경 텍스트"(background text)가 되고 그것을 서술하는 1967년의 전지적 작가의 시선은 "전경 텍스트"(foreground text)가 된다. 이처럼 『프랑스 중위의 여자』에서 '배경 텍스트'를 구성하는 사건은 19세기 중엽에 발생하고, 그 사건을 '전경 텍스트'의 형식으로 20세기 전지적 화자가 논평적으로 서술하다가, 불쑥불쑥 그 목소리가 작가의 것임이 밝혀지고, 다시 작가는 스스로 등장인물이 되어 소설 속에 모습을 드러내기도 한다. 그래서 이 작품에서 파울즈가 서술양식과 시점을 중심으로 구사하고 있는 현란한 기교는 마치 방정식의 미지수가 하나씩 추가되면서 한 차원씩 높아져 가는 고차방정식을 상기시킨다.

소설 『프랑스 중위의 여자』가 채택하고 있는 "전지적 화자"와 "일인칭 작가의 개입"이라는 서술기법에 대해 핀터가 찾아낸 영화적 대응 장치는 "영화 속 영화"(film-within-the-film)라는 방법이었다. 이 아이디어는 원래 라이스 감독이 제안한 것을 핀터가 수용한 것으로 알려졌는데

(Conradi, "Novel, Screenplay, Film" 49), 찰스와 사라의 19세기 러브스토리를 영화로 제작하는 로케이션 현장을 일종의 격자(frame)로 사용한 것이다. 요컨대 여주인공 메릴 스트립(Meryl Streep)은 영화 속에서 미국 출신의 여배우 애나(Anna)의 배역을 맡고 제레미 아이언스(Jeremy Irons)는 런던에 거주하는 남자 배우 마이크(Mike)의 배역을 연기한다. 이 두 배우가 영화 속에서 영화로 제작되는 〈프랑스 중위의 여자〉에 캐스팅되어 애나는 사라의 역을 마이크는 찰스의 배역을 연기하는 동안 로케이션 현장에서 비밀스러운 사랑을 나눈다.

영화 전체에서 14개의 장면으로 제시되는 애나와 마이크의 "촬영 현장 사랑이야기"(location romance)는 파울즈의 소설을 영화로 제작할 때 발생하는 수많은 난제들을 대단히 효과적으로 해결한 독창적이고 탁월한 장치라는 평가를 받았다. "영화 속 영화"라는 장치는 원작 소설이 갖고 있는 노골적인 작가의 개입, 복수의 결말, 소설 창작에 대한 자기반영적 태도 등과 같은 문학적 특성을 성공적으로 영화적 문법으로 치환한다. 그리고 그 과정을 통해 원작이 지닌 어떤 특성을 충실히 재현하기도 하고, 원작의 심오한 차원을 보여주기에 미흡한 측면을 드러내기도 하며, 혹은 원작과는 상이한 영상 미학을 창조해 내기도 했다.

영화의 첫 장면은 거울을 보며 분장을 확인하는 여배우 애나의 모습이 화면에 나타나고 감독이 보이스 오프(voice off-screen)로 "좋아요. 준비됐나요, 애나?"라고 확인하는 목소리가 들린다. 곧 이어 스텝들이 화면에서 벗어나면서 크래퍼보드(clapper-board)가 나타나고 감독의 "액션!"이라는 외침이 들린다. 그 다음 화면은 카메라 워크가 롱테이크(long take) 방식을 2분 이상 끌고 가면서 영화 속 영화의 주인공 사라가 거센 파도가 몰아치는 해안 방파제를 걸어가 그 끝에 멈추어 서는 장면을 보여준다. 2분 10여 초 동안 지속되는 이 첫 장면은 관객들에게 영화의 기본

구도를 대단히 효과적으로 제시한다. 다시 말해서 "19세기 메인 스토리를 영화로 제작하는 과정을 담고 있는" 것이 바로 이 영화라는 사실을 하나의 롱 쇼트(long shot)로 보여줌으로써 관객들이 두 개의 스토리를 구별하여 감상하도록 안내함과 동시에 로케이션 현장과 메인 스토리가 장면전환 없이 연결됨으로써 장차 이 두 개의 줄거리가 나란히 가면서 교차하고 종국에는 수렴될 것이라는 것을 상징적으로 보여주기도 한다.

영화 〈프랑스 중위의 여자〉가 채택하고 있는 "영화 속 영화" 기법은 찰스와 사라의 메인 스토리와 마이크와 애나의 프레임 스토리를 병렬식으로 교차시키기도 하고 직렬식으로 연결하기도 하면서 두 사랑 이야기의 동질성과 차이점을 보여주는 한편 두 개의 내러티브가 서로 상호텍스트적인 기능을 수행하도록 한다. 메인 스토리의 중심 모티브인 찰스와 어네스티나, 그리고 사라 사이의 삼각관계가 프레임 스토리에서는 마이크와 그의 아내, 그리고 애나와 그녀의 파트너로 이루어진 사각관계로 변형되었지만 본질적인 갈등 구조는 동일한 것이다. 영화가 진행되면서 관객들은 이 두 개의 내러티브가 교묘하게 교차하면서 짐짓 하나의 스토리를 구성하고 있다는 느낌을 갖게 된다.

로케이션 현장 네 번째 씬은 마이크와 애나가 세트장에서 찰스와 사라의 언더클리프 조우 장면을 연습하는 모습을 보여준다. 처음에 장난스럽게 연습을 시작한 두 사람이 차츰 자신들의 배역에 감정을 이입하고, 애나가 빠른 걸음으로 마이크를 지나쳐 가다가 미끄러지는 연습 장면이 순간적으로 메인 스토리로 연결되면서 화면이 좁고 질척한 숲속 오솔길에서 넘어지는 사라를 찰스가 부축하는 장면으로 바뀐다. 이 장면은 두 개의 스토리가 직렬방식으로 연결된 예에 해당한다.

한편 많은 경우에 두 개의 이야기는 병렬식으로 교차한다. 찰스가 사라에 대한 관심과 약혼녀에 대한 의무 사이에서 겪는 심리적 갈등은 애나가 침대에서 곤히 자고 있는 동안 창가에서 심각하게 담배를 피우는 마이크의 모습을 통해 그려진다. 라임을 떠나 새로운 인생을 설계하라는 찰스의 권유를 받고 갈등하는 사라의 모습은 곧 다음 장면에서 해변에 피크닉을 나와 포도주를 마시다가 고민스럽고 슬픈 표정을 짓는 애나를 통해 다시 한 번 조명된다. 사라가 폴트니 부인의 집에서 퇴출되어 라임을 떠나는 장면은 라임에서의 촬영분을 모두 마친 애나가 라임을 떠나는 장면으로 연결되고, 단 한 번의 정사 뒤 갑자기 사라진 사라를 찾아 런던의 공장지대와 뒷골목을 배회하는 찰스의 모습은 런던에 돌아와 애나의 호텔로 전화를 하며 애타게 그녀를 찾는 마이크의 모습과 오버랩이 된다.

이런 장면들은 관객들에게 찰스와 사라의 메인 스토리와 마이크와 애나의 프레임 스토리가 한 세기를 사이에 두고 되풀이되는 본질적으로 동일한 러브스토리라는 사실을 인식하게 만든다. 한편 "영화 속 영화" 기법은 원작 소설에 나타난 "일인칭 작가의 개입"을 대체하는 효과를 보여주기도 한다. 마이크와 애나는 자신들이 연기하는 메인 스토리의 인물들과 주제에 대해 끊임없이 비평적인 태도로 언급하는데, 이런 장면들을 통해 영화를 보는 관객은 사라와 찰스의 이야기를 새로운 시각으로 바라볼 수 있게 된다.

두 번째 로케이션 장면은 마이크와 애나가 애나의 호텔 방에서 함께 밤을 보낸 후, 아침에 스텝에게서 걸려온 전화를 마이크가 받음으로써 그들이 관계가 노출되는 상황을 보여준다. 이때 애나는 "그들이 나를 부도덕하다고 해고하겠어요. 모두들 나를 헤픈 여자로 알겠어요."라고 말하지만 마이크와 애나 두 사람 모두 이런 상황을 심각하게 생각하지 않는다. 두 사람의 관계가 부적절한 것이고 이제까지 비밀스럽게 유지했던 관계가 공개되는 상황에 직면해서도 이를 위기로 인식하지 않고 가

볍게 대응하는 두 사람의 태도는 20세기의 애정관이 반영된 것이지만 관객들에게 19세기 연인들인 찰스와 사라의 딜레마를 새로운 각도로 생각하도록 하는 여지를 제공한다.

세 번째 로케이션 장면에서는 마이크와 애나가 침대에 함께 누워서 애나가 빅토리아 시대 사회상을 다룬 책을 읽는 동안 마이크는 신문의 크로스워드 퍼즐에 열중하고 있다.

애나: 이것 봐요. 1857년 현재 런던 시내에 대략 8만 명의 창녀가 있었다는군요. 60집 중 한 집이 창녀의 집이었던 거예요. 이때 런던에 거주한 모든 연령의 남자 인구가 125만 명이었다고 해요. 그러면 창녀들이 매주 평균 200만 명의 손님을 받았던 셈이네요.

마이크: 200만 명이라고?

애나: 내가 무덤 장면에서 런던에 가는 것에 대해 했던 이야기 생각나요? "제가 런던으로 간다면 사람들이 이곳 라임에서 저를 부르는 바로 그런 신분이 될 거라는 걸 저는 잘 알고 있습니다." 고 했던 것 말이에요.

마이크: 그래서?

애나: 글쎄, 이것이 바로 그녀가 직면했던 문제였던 거죠. 이 책에는 수많은 창녀들이 양가집 아가씨들이거나 실직한 가정교사였다고 되어 있어요. 바로 그 거예요. 고용주의 마음에 들지 않는다, 그러면 해고되고, 거리로 쫓겨나는 거였다고요. 그것이 현실이었어요.

마이크: 남성 전체 인구가 125만 명이었다고? 자, 이 중에서 어린애들과 노인으로 3분의 1을 제하고, 어디 보자, 그러면 빅토리아 시대 신사 양반들은 매주 2.4회의 혼외정사를 즐기셨다는 계산이 나오네.

이 장면에서 애나는 빅토리아 시대 여성의 취약한 사회적 지위와 성적인 착취에 대해 언급하고 자신이 연기하고 있는 사라가 바로 그런 한계상황에 노출되어 있었음을 지적한다. 그런데 마이크는 애나의 지적에 직접 대응하는 대신 "빅토리아 시대 신사 양반들이 매주 2.4회의 혼외정사를 즐겼다"고 대꾸함으로써 애나가 제기한 심각한 주제를 희화화한다. 더구나 영화는 마이크가 퍼즐을 하던 신문지 한 쪽 구석에 계산을 하는 모습을 화면에 클로즈업(close-up)하여 보여줌으로써 19세기의 심각한 주제를 대하는 현대인들의 무심한 태도를 여실히 보여주고 있다.

20세기의 배우들이 19세기 스토리의 인물들과 주제에 대해 비평적인 논평을 하는 방식은 원작 소설이 채택하고 있는 20세기의 전지적 화자가 19세기 내러티브에 끼어드는 방식과 일인칭으로 등장하는 작가의 개입을 대체하면서 더러는 유사한 효과를 만들기도 하고 더러는 원작과는 다른 미학적 결과를 가져오기도 한다. 우선 원작 소설은 현대적 시각과 감수성으로 무장한 20세기 전지적 화자가 1세기 전의 사건에 대해 초월적인 입장에서 코멘트 함으로써 독자들이 배경 텍스트에 감정적으로 몰입되는 것을 방해하고 브레이트의 소외격효과나 낯설게하기의 효과를 거두고 있는데 영화본에서 20세기 배우들이 19세기 스토리에 대해 언급하는 방식이 이와 대단히 유사한 효과를 거두고 있다.

그런데 영화본 〈프랑스 중위의 여자〉에서 현재의 시각으로 과거를 들여다보고 그 의미를 재단하는 방식은 원작 소설에서 전지적 화자와 일인칭 작가의 목소리가 확보하고 있는 초월적인 지위를 결여하고 있다. 특히 원작에서 간헐적으로 등장하는 일인칭 작가 개입은 소설의 위기로 치부되는 20세기 후반에 소설을 쓰는 작가가 소설 창작 과정에 대한 예민한 자기반영적인 성찰을 보여주고 있는데, 영화본에서는 이와 같은 인식론적 드라마를 좀처럼 발견하기 어렵다.

그 대신 영화본에서는 두 개의 내러티브를 나란히 진행시키면서 20세기의 시각이 능동적으로 19세기의 스토리에 개입함으로써 상대적으로 우월적인 지위를 획득한다. 소설을 읽는 독자들은 20세기 전지적 화자와 일인칭 작가의 개입이 만들어 내는 현란한 지적 게임을 즐기는 동안에도 줄곧 배경 텍스트에 해당하는 찰스와 사라의 행적과 운명에 대해 관심을 집중한다.

하지만 영화를 보는 관객들의 시선은 계속해서 애나와 마이크의 스토리에 머문다. 127분에 달하는 이 영화의 러닝 타임에서 실제로 프레임 스토리에 해당하는 애나와 마이크의 장면은 극히 일부에 불과하다. 해변 피크닉 씬이나 애나가 마이크의 점심 초대에 응하기 위해 의상실에 들르는 3개의 연속 씬은 불과 10초에서 15초 정도 지속되기도 한다. 그럼에도 불구하고 관객들의 시선은 화면 대부분을 차지하고 있는 찰스와 사라의 스토리에서 쉽게 빠져나와 마이크와 애나의 스토리로 돌아온다.

소설에서 파울즈는 일차적으로 19세기의 리얼리티를 견고하게 구축하고 전기적 화자 혹은 작가의 목소리를 통해 그 가공의 세계의 진실성을 검증하려는 게임을 시도했다. 그에 비해 영화에서는 20세기의 등장인물들이 19세기의 스토리를 자신들의 연기를 통해 창조하고 있다는 우월적인 지위를 확보함으로써 손쉽게 그 스토리의 가공성을 드러내면서 자신들의 이야기, 즉 로케이션 현장의 사랑이야기에 훨씬 견고한 현실성을 부여하는 것이다.

영화 〈프랑스 중위의 여자〉가 채택한 "영화 속 영화"라는 기법은 원작 소설의 복수결말이라는 독창적인 형식적 특성에 대단히 효과적으로 대응한다. 이 기법이 소설의 결말 문제를 탁월하게 해결한 방식을 콘라디는 다음과 같이 정리하였다.

무엇보다 두 개의 이야기를 등장시킨 수법은 각각의 이야기가 갈등과 위기를 별도로 추구하면서 동시에 점차 서로의 이야기를 이율배반적으로 비추어주고, 배가시키고, 종국에는 차츰 수렴되어 가면서 원작 소설의 결말 문제에 대한 놀랍고 기발한 해법을 제공해 준다. ("Novel, Screenplay, Film" 50)

영화 속에서 엔딩의 문제는 열세 번째 로케이션 장면, 즉 마이크 집 런천 파티에서 마이크와 데이비드(David)의 대화를 통해 처음 언급된다.

데이비드: 영화의 결말을 어떻게 끝낼지 결정했나요?
마이크: 결말이요?
데이비드: 내가 듣기로는 계속해서 각본을 고치고 있다고 해서요.
마이크: 전혀 그렇지 않은데요. 어디서 들으셨어요?
데이비드: 원작에는 두 개의 결말이 나오지 않나요? 해피엔딩과 언해피엔딩. 아닌가요?
마이크: 우리는 첫 번째 결말로 갈 거예요, 아! 그러니까 두 번째 결말을 말하는 거지요.

원작 소설에서 파울즈는 세 개의 결말을 제시하고 있다. 이 가운데 플롯이 4분의 3쯤 진행된 43장에 제시된 첫 번째 결말, 즉 찰스가 엑스터에서 약혼녀인 어네스티나에게로 돌아가고 더 이상 사라의 운명에 간섭하지 않게 되었다는 결말은 많은 연구자들에 의해 작가의 장난기가 발동된 거짓 결말로 간주되고 있기 때문에 영화 속에서 두 사람이 두 개의 결말에 대해 토론하고 있는 것을 원작의 변형이라고 지적할 필요는 없는 듯하다.

원작에서 찰스가 2년의 세월이 지나 사라를 다시 만났을 때, 사라는 지난날 자신이 찰스의 친절을 이용해서 현재의 새로운 삶을 찾게 되었다고 고백하고 사랑의 결과물인 어린아이를 통해 두 사람이 화해와 재결합에 도달할 것임을 암시하는 결말이 해피엔딩에 해당한다. 한편 이 결말이 제시되고 나서 소설의 마지막 장인 61장에서는 찰스와 사라의 재회 장면이 다시 재현되면서 사라는 자신의 행위에 대해서 후회도 사과도 하지 않고, 찰스가 사라의 행위를 통해 인생이 신비로운 법칙과 선택에 의해 흘러가는 강물과 같은 것이라는 깨달음을 얻고 그 인생의 수수께끼를 향해 홀로 걸어 나간다는 결말이 언해피엔딩이다.

영화 〈프랑스 중위의 여자〉는 이 복수결말의 문제를 메인 스토리인 찰스와 사라의 사연을 해피엔딩으로 처리하고 프레임 스토리의 주인공 애나와 마이크의 사랑을 언해피엔딩으로 끝냄으로써 원작 소설이 가지고 있는 유희성을 능숙하게 영화적 문법으로 변환한다. 영화 속에서 찰스는 미국으로 건너간 후 3년이 지나 사라를 찾았다는 전보를 받는다. 그리고 그는 윈더미어 호수(Lake Windermere) 인근 건축가 엘리어트의 집에서 미망인의 신분으로 살고 있는 사라를 찾아간다. 찰스가 그녀에게 왜 엑서터에서 자신을 함정에 빠뜨리고 사라졌는지를 추궁했을 때, 사라는 다음과 같이 대답한다.

> 사라: 그때는 제가 미쳤었어요. 분노와 질투에 가득 차 있었지요. 그래서 당신이 약혼한 신분이라는 걸 알면서도 억지를 부렸지요. 부도덕한 일이었어요. 당신이 떠나고 난 뒤 저는 우리 사이에 시작된 관계를 제가 파괴해야 한다는 걸 알게 되었어요.

사라의 변명에 쉽게 납득할 수 없는 찰스가 그녀의 무책임함과 그녀를 찾기 위해 그가 얼마나 애썼는지를 말하자 사라는 “제 삶을 찾는 데 시간이 걸린 거예요. 제 자유를 찾는 데 이만큼 시간이 걸린 거라고요.”라고 대답한다.

찰스: 자유라고! 사랑과 모든 인간적인 감정을 조롱하는 자유 말이오? [. . .] 당신은 내 가슴에 단검을 꽂고, 그것을 비틀 권리를 얻기 위해 그 빌어먹을 자유가 필요했던 거요?

이 장면에서 찰스가 격렬한 분노에 사로잡혀 사라를 거칠게 밀어젖히는 바람에 사라가 바닥에 넘어지게 된다. 그리고 깜짝 놀라 그녀를 안아 일으키는 찰스에게 사라는 말한다.

사라: 저는 당신의 용서를 구하고자 당신을 이곳으로 오시도록 했어요. 당신은 한 때 저를 사랑하셨지요. 지금도 저를 사랑하신다면 저를 용서하실 수 있을 거예요. 물론 당신은 저를 비난할 수 있는 정당한 권리를 갖고 있어요. 하지만 저를 사랑하신다면 부디 용서해 주세요.

사라의 간절한 호소에서 진정성을 발견한 찰스는 그녀를 용서한다고 말하고 두 사람은 입을 맞춘다. 영화의 다음 장면은 찰스와 사라 두 사람이 윈더미어 호수로 배를 저어 나가는 모습을 보여준다. 이 장면에서 카메라는 다리 밑 좁고 어두운 아치형 터널을 벗어나 환하고 넓은 호수로 노를 저어가는 두 사람의 모습을 고정된 앵글로 비춤으로써 두 사람이 과거의 갈등과 불행을 극복하고 희망과 화해, 그리고 행복을 향해 나아갈 것임을 상징적으로 보여준다.

영화의 다음 씬은 열네 번째 로케이션 씬이면서 동시에 이 영화의 라스트 씬이 된다. 화면은 영화 촬영을 마친 배우와 스텝들이 댄스파티를 벌이는 장면을 비춘다. 파티가 한창 진행되는 도중에 애나는 파티장을 벗어나 분장실로 올라가서는 서둘러 짐을 챙겨 현장을 떠난다. 애나의 뒤를 쫓아 2층에 올라온 마이크가 그녀를 찾아 마지막 촬영 세트였던

2층 거실에 들어섰을 때, 그는 애나가 떠나는 자동차 엔진 소리를 듣는다. 그리고 급히 창가로 달려가 창밖을 향해 "사라!"라고 외친다. 애나가 떠난 것을 마이크가 확인하는 공간을 영화 속 영화에서 찰스와 사라의 재결합 공간이었던 2층 거실로 설정한 것은 원작 소설에서 두 개의 결말이 15분의 시차를 갖고 같은 장소에서 되풀이되었던 것을 패러디한 것으로 보인다.

한편 마이크가 애나를 향해 "사라!"라고 부른 것은 앞에서 콘라디가 언급한 두 개의 스토리가 수렴되는 효과를 설명하는 장면이다. 마이크가 자신의 연기 파트너를 영화 속 영화의 연인이었던 "사라"라고 부름으로써 이제까지 서로를 이율배반적으로 비쳐주고, 평행선을 달리기도 하고 교차하기도 했던 두 개의 내러티브가 절묘하게 하나로 합쳐지는 효과를 발휘한다. 마이크와 애나의 불행한 결말이 찰스와 사라의 행복한 결말과 하나가 되면서 두 개의 스토리가 서로 대체 가능한 것이었음을 보여주는 것이다. 이처럼 서로 다른 내러티브가 하나로 수렴되는 장면은 임권택 감독의 『서편제』 마지막 장면에서 여주인공 송화가 술자리에 불려가 심봉사가 눈을 뜨고 심청과 재회하는 소리를 하면서 실제로 유일한 혈육인 동호와 재회하는 장면을 연상시킨다.

"사라!"하고 창밖을 향해 외치는 마이크의 얼굴을 클로즈업으로 잡았던 카메라는 다음 순간 낙심과 절망에 휩싸인 마이크가 창가 긴 의자에 앉아 담배를 빼어 무는 모습을 하이앵글(high angle)로 잡고 어둠에 싸인 거실의 그늘에 그가 앉아 있는 모습을 롱 쇼트로 보여줌으로써 그의 심리적 상태를 비취어 준다. 그리고 절망에 빠져있는 마이크의 모습이 엔딩 크레딧이 올라가는 동안 다시 어두운 다리 밑 통로를 빠져나와 호수 중앙으로 노를 저어가는 찰스와 사라를 비추는 장면으로 대치되면서 영화는 두 개의 결말이 동전의 양면과 같이 같은 스토리의 두 결말이라는 사실을 다시 한 번 강조한다.

영화가 제시하고 있는 두 개의 결말은 원작의 결말과는 차이를 가진다. 소설에서는 사라의 행방을 샘이 제보한 것으로 나오는데, 영화에서는 사라 자신이 스스로 소재를 밝힌 것으로 처리되었다. 자신을 찾는 찰스의 노력을 일찍 알았음에도 불구하고 자신의 진정한 자유를 획득하기까지 침묵을 지키다가 이제 그의 용서를 구하기 위해 사라가 스스로 소재를 밝힌다는 설정은 플롯 전개상의 개연성을 현저하게 떨어뜨리는 결과를 가져온다. 또한 영화는 전체적으로 샘과 매리의 러브 라인을 원작에 비해 크게 축소했는데, 그 바람에 샘이 주인의 곤경을 기회로 삼아 신분 상승의 기회를 잡았으나 세월이 지나 자신의 행위에 대한 양심의 가책을 이런 방식으로 경감하려 했다는 이면의 스토리를 모두 생략해 버린 셈이 되었다. 영화는 또한 독신으로 늙어가는 백부에게서 작위를 계승할 수 있었던 찰스의 전망이 뒤늦게 백부가 결혼하기로 결심하면서 사라져버렸다는 이야기 전체도 생략하고 있다. 샘과 백부의 이야기를 생략한 것은 원작 소설이 다루고 있는 또 하나의 중요한 주제인 빅토리아 시대의 사회적 신분과 계층 갈등의 주제가 영화에 전혀 반영되지 않게 되는 결과를 낳게 된다.

한편 영화에서 애나와 마이크의 사랑이 결별로 끝나는 것은 원작 소설의 최종적인 결말과 대응하기는 하지만 그 의미의 층위는 상당한 차이를 보인다. 원작의 최종 결말에서 찰스는 사라에게 “당신은 내 가슴에 비수를 꽂았을 뿐만 아니라, 그 칼을 비트는 데서 기쁨을 느끼고 있소”(362)라고 추궁한다. 소설의 ‘실존주의적 결말’이라고 불리는 최종적인 결말의 의미를 이미 제2장에서 자세하게 토론했지만 영화 텍스트와 비교를 위해 다시 한 번 정리해 본다.

> 한때는 내가 당신의 마지막 의지할 대상이라고 당신이 말했었지. 내가 당신의 인생에 남아있는 마지막 희망이라고. 이제 우리의 처지가 역전되었군. 당신은 나한테 내줄 시간조차 없단 말이지. 좋아요. 하지만 변명하려고 애쓰진 마시오. 그것은 이미 당신이 나에게 준 모욕이라는 상처에 원한을 덧붙일 뿐이니까. (363)

이 마지막 결말에서 사라는 자신의 과거 행위를 변명하지 않는다. 그 대신 찰스가 그녀를 돌아보았을 때, 언젠가 샘과 매리에게 그들의 밀애 장면이 발각되던 순간 그녀가 지었던 미소, 그 의미를 헤아리기 어려운 야릇한 미소를 짓고 있는 사라의 모습을 본다.

> 그는 그녀의 눈 속에서 그녀의 진정한 의도를 가늠할 증거를 찾아보았지만, 자기 자신을 제외하고는 모든 것을 희생할 각오가 되어 있는 정신—그 정신의 완전무결한 상태를 지키기 위해서라면 진실이나 감정, 심지어는 여성의 정결까지도 아낌없이 버리겠다는 정신—만을 보았을 뿐이다. (364)

'실존주의적 결말'이라고 평가되는 원작의 최종적인 결말에서 사라는 시대가 그녀에게 제공할 수 있는 최상의 안식처인 전위 예술가 그룹에 안착하여 존재론적 자유를 획득한다. 그리고 그녀는 찰스에게도 자신이 추구했던 진화 법칙을 따르도록 요구한다. "자기 자신을 제외한 모든 것을 희생시킬 수 있는 정신"으로 무장하기를 가르친다.

이 결말에서 찰스는 마침내 우연을 가장한 접근과 강요된 이별을 통해 사라가 자신에게 부과한 교훈을 이해하게 된다. 그리고 그 교훈을 통해 자신의 삶과 존재의 의미를 스스로 선택하고 깨우쳐야 한다는 사실을 고통스럽게 체득하게 된다. 그리하여 찰스는 복원할 수 없는 과거를 뒤로 한 채 자신이 아는 것을 행하는 길을 선택한다.

> 그는 마침내 자신 속에서 신념의 작은 입자를 발견한 것이다. 그 위에 자신을 세울 수 있는 진정한 고유성을 찾은 것이다. 자신은 아직 고통스럽게 부정하려 하지만, 그 부정을 뒷받침하듯 그의 눈에서는 눈물이 솟아오르고 있었다. 사라가 비록 스핑크스의 역할이라는 유리한 입장에 있는 것처럼 보인다 하더라도, 인생이란 상징이 아니라는 것, 수수께끼가 아니라는 것, 그리고 그 수수께끼를 푸는데 실패하는 일이 있을 수 없다는 것을 찰스는 이미 깨닫기 시작했다. 인생에는 하나의 얼굴만이 존재하는 것이 아니고, 주사위가 한 번 굴러 내기에서 졌다고 포기해버릴 수 있는 것도 아니다. 인생이 아무리 부적절하고 허망하고 또 절망적으로 도시의 냉혹한 심장부로 끌려 내려갔다 하더라도 우리는 우리의 삶을 견디어 내야 한다. 그리하여 깊이를 알 수 없는 거친 바다로, 찝찔한 소금기가 배어 있는 저, 인간들을 소외시키는 바다로 다시 나아가야 한다. (366)

영화에서 마이크와 애나의 사랑과 이별은 원작이 그리고 있는 주인공들의 실존적 자아 탐색의 치열한 여정을 표현하고 있지 않다. 사실 관객들은 애나와 마이크의 사랑의 본질을 잘 알 수 없다. 그들이 어떤 존재론적 상처를 갖고 있는지 그래서 그 사랑이 얼마나 절박한지를 잘 이해할 수 없다. 그 대신 마이크는 권태로운 결혼 생활에서 벗어나려는 무책임한 유부남으로 보이고, 애나는 자기 것을 모두 지키면서 이국에서의 일시적인 일탈을 즐기는 현실주의자로 보인다. 요컨대 이들의 사랑이 촬영 현장에서 흔히 발생하는 특급 배우들 사이의 통속적인 불장난처럼 여겨지는 것이다.

이제까지 살펴본 것처럼 핀터가 고안한 "영화 속 영화"라는 장치는 원작 소설이 갖고 있는 여러 가지 복잡하고 미묘한 형식적 특성들을 대단히 능숙하게 영화적으로 변용했다고 평가할 수 있다. 핀터는 이 장치를 통해서 "삼인칭 전지적 목소리"를 간섭하는 "일인칭 작가의 개입"을 내레이터를 등장시키는 부자연스러운 방식을 택하지 않고도 성공적인 영화 문법으로 치환했다. 또한 애나와 마이크의 로케이션 현장 사랑 이야기를 19세기 찰스와 사라의 사랑 이야기를 비추는 틀로 사용함으로써 원작에서 실험하고 있는 복수 결말을 통한 현란한 게임을 관객들에게 제공하는 데 성공했다고 평가된다.

그러나 핀터의 영화 문법은 포스트모던 시대의 소설가로서 작가가 인식하고 있었던 소설 창작에 대한 예민한 자기반영적인 성찰을 표현하기에 역부족이었으며 주인공들의 실존적 자아 탐색이라는 철학적 주제를 담아내기에 부적절했음을 드러내기도 했다. 이러한 핀터의 성과와 한계는 다름 아닌 문학 텍스트로서의 소설과 영상 매체인 영화의 장르적 차이를 보여주는 것으로 판단된다.

제6장

『프랑스 중위의 여자』에 나타난 에피그라프

존 파울즈는 『프랑스 중위의 여자』에서 빅토리아 시대의 소설가들로부터 두 가지 기법을 차용해 사용했는데, 그것은 다름 아닌 전지적 작가의 개입(authorial intrusion 혹은 intrusive author)과 제사(題詞, epigraph)의 사용이다. 앞에서 이 작품의 서술양식이 1867년에 벌어진 찰스와 사라, 그리고 어네스티나의 사연을 100년 후인 1967년의 작가-내레이터가 개입하는 방식으로 진행되고 있음을 살펴보았다. 앞에서 살펴본 것처럼 이 작품은 일견 삼인칭 전지적 시점으로 서술되고 있는 것처럼 보이는데, 이러한 표면적 서술구조를 중단시키면서 간헐적으로 빅토리아 시대 방식의 작가 목소리의 개입이 이루어진다.

영국의 소설 문학사에서 제사를 처음 사용한 작가는 낭만주의 소설가인 월터 스콧 경(Sir Walter Scott)이었다. 1814년에 발표한 『웨이벌리』

(*Waverly*)에서 스콧은 민요와 민담 등에서 발췌한 인용구를 작품의 제사로 사용하였는데, 그것들은 장식적인 기능으로 작용할 뿐, 정교한 상징적 기능이나 소설 구조상의 일부로 작용하지는 않았다. 이후 제사의 사용은 디킨스와 트롤로프(Anthony Trolllope), 그리고 새커리 등 동시대의 대표적 소설가들에게는 외면당했으나 토마스 하디의 초기 소설들과 게스켈 부인(Mrs. Gaskell) 등 이류 작가들에 의해 꾸준히 실험되어 19세기 말에 이르러서는 빅토리아 소설 작법의 한 중요한 요소로 자리 잡게 된다.

제사를 가장 적극적으로 그리고 성공적으로 활용한 작가는 조지 엘리엇이었다. 엘리엇은 성경과 셰익스피어, 그리스로마 시대 및 유럽의 작가들로부터 광범위하게 제사를 인용하였을 뿐 아니라 필요한 경우 그녀 스스로 제사를 쓰기까지 했다. 엘리엇이 사용한 제사는 작품의 구성에 정교하게 적용되었고 섬세하고 이지적인 서술양식을 통하여 작가가 제시하고 있는 주제를 보완하고 확장하는 중요한 기능을 담당하고 있다.

『프랑스 중위의 여자』는 61개의 장으로 구성되어 있는데, 작가는 각 장마다 한두 개씩의 제사를 붙여 전체적으로 80개의 제사를 사용하고 있다. 이 작품의 61개 장 가운데 제사가 붙지 않은 장은 하나도 없다는 사실에서 제사 사용에 대한 작가의 적극적인 의지를 가늠해 볼 수 있다. 그런데 파울즈가 이 작품에서 빅토리아 시대 소설로부터 차용하고 있는 제사의 사용에 대한 심층적인 연구는 거의 이루어지지 않고 있다. 이 작품이 발표된 다음 해인 1970년, 맥도웰(Frederick P. W. McDowell)은 파울즈가 테니슨과 다윈, 하디와 아놀드 그리고 마르크스 등으로부터 제사를 인용한 것을 구조적으로 중요한 의미를 갖는 사실이라고 지적하면서 이 인물들이 작품의 주인공인 찰스나 사라와 같이 당대의 전위적 선각자들이었음에 주목하였다(430). 그 이후 피터 울프(1976)와 베리 올센(1978), 그리고 사이먼 러브데이(1985) 등이 작품 전체에 대한 에피그라프인 마르크스의 『유태인 교리』로부터의 인용을 이 작품의 주제인 자유와 해방의 문제와 관련지어 논의하였다. 『프랑스 중위의 여자』에 사용된 제사에 대한 가장 자세한 해설 작업은 1974년 파울즈에 대한 최초의 단행본 비평서를 출간한 윌리엄 파머에 의해 제공되었다.

제사의 사용에 대한 연구가 상대적으로 빈약했던 이유는 우선 작품 속에서 작동하는 제사의 기능이 지나치게 노출되어 있어 별도로 그 의미를 해석해야 할 여지를 비평가들이 발견하기 어려웠기 때문일 것이다. 또한 19세기 소설로부터 제사의 사용을 차용한 것은 전지적 작가의 사용 기법을 모방한 것과는 달리 파울즈를 포스트모더니즘의 전통에 입각한 메타픽션의 대표적인 작가로 자리매김하려는 비평가들의 노력에 아무런 도움이 되지 못한다는 사실도 그 이유 중 하나가 될 것이다.

파울즈가 『프랑스 중위의 여자』에서 제시한 80개의 제사는 2개를 제외한 78개가 빅토리아 시대 황금기인 1840년대부터 1870년대 사이의 저작에 집중되어 있다. 빅토리아 시대 저작이 아닌 두 개의 제사는 20장에 붙은 20세기 미국의 작가이며 역사가인 윌리엄 맨체스터(William Manchester)의 『대통령의 죽음』(*The Death of a President*)에서 인용한 것과 마지막 장인 61장에 붙은 20세기 저명한 과학저술가 마틴 가드너(Martin Gardner)의 『간교한 우주』(*The Ambidextrous Universe*)에서 인용한 것이다. 전자의 것은 케네디 대통령의 죽음을 맞이한 대통령 부인의 슬픔을 기록한 것이고 후자의 것은 진화의 논리를 정리한 것인데 80개의 제사 가운데 두 개를 20세기의 저술에서 선택하여 20장과 61장에 위치시킨 것에는 특별한 구조적 이유는 없어 보인다. 다만 뒤에 다시 논의하겠으나 가드너의 글은 주인공인 찰스의 실존적 자각이 작품 말미에 적자생존이라는 진화의 법칙을 구현하고 있다는 해석과 관련해서 작품의 마지막 장의 제사로 사용될 수 있는 필요충분조건을 갖추고 있다고 여겨진다.

빅토리아 시대의 저술에서 인용한 제사는 시와 소설 등 당대의 문학 작품에서의 인용이 많으나, 철학과 경제학, 자연과학, 그리고 인구통계적인 리포트까지가 망라되어 있다. 제사로 사용된 작가 혹은 원전 가운데 인용 횟수가 가장 많은 것은 알프레드 로드 테니슨(Alfred Lord Tennyson)으로 『모드』(*Maud*)에서 인용한 것이 11번, 『인 메모리엄』(*In Memoriam*)에서 인용한 것이 7번이어서 모두 18번을 기록하고 있다. 이어서 매슈 아널드(Matthew Arnold)로부터 11번, A. H. 크로우(A. H. Clough)의 시에서 10번, 그리고 토마스 하디의 작품이 9번 등장한다. 아놀드의 인용 가운데 4번은 시가 아닌 『문화와 무정부』(*Culture and Anarchy*) 등 산문에서 인용되었으나 제인 오스틴의 『설득』(*Persuasion*)에서 가져온 3개의 제사 외에도 몇 편의 무명 시가 더 사용된 것을 감안하면 『프랑스 중위의 여자』에 사용된 제사 가운데 절대 다수가 빅토리아 시대의 문학 작품에서 빌려온 것임을 알 수 있다.

문학 작품 이외에 제사로 사용된 원전으로는 우선 칼 마르크스의 저술이 5번, 그리고 찰스 다윈의 『종의 기원』이 3번 등장하고, 기타 사회학자인 로이스톤 파이크(E. Royston Pike)와 G. M. 영(G. M. Young) 등의 에세이 형태의 보고서 등도 보인다. 그 밖에도 『아동 고용 위탁위원회 보고서』와 『타임』지에 기고한 서신, 빅토리아 시대 중반에 사용된 사설 흥신소 광고 문건 등 파울즈의 제사는 그 종류와 범위에 있어서 실로 다양한 면모를 보여주고 있다.

『프랑스 중위의 여자』를 대단히 '학술적인 소설'(studious novel)이라고 평가하는 견해가 있고 존 파울즈가 광범위한 제사의 사용을 통해 자신의 풍부한 지적 편력을 과시하고 있는 것이 사실이지만 제사의 사용이 단순히 작가의 빅토리아 시대 지성적 풍토에 대한 친화성을 보이기 위한 것만은 아니다. 인용된 작가와 작품들의 선택과 배열은 대단히 의도적인 것이어서 필연적으로 작가의 자의식적인 글쓰기 노력을 반영하고 있는 것으로 보인다. 그리하여 많은 비평가들이 주목한 것처럼 각각의 제사들은 작품 전체의 주제와 밀접한 상관관계를 갖거나 각 제사가 위치한 장의 특수한 상황과 연계되어 등장인물의 처지와 심리적 상태에 대한 해설을 제공하고 있는 것이다.

윌리엄 파머는 『프랑스 중위의 여자』에서 사용된 제사의 출처를 세 개의 카테고리로 분류한 뒤 그 기능을 다시 두 가지로 구분하고 있다. 파머에 따르면 파울즈가 마르크스와 다윈 등 사회, 과학 분야의 저술에서 인용한 것은 작품의 주제와 관련해 빅토리아 시대의 인간이 처한 상황을 규정하기 위한 것이고, 동시대의 시에서 인용한 제사들은 등장인물의 성격과 플롯 전개상의 상황을 나타내 보이기 위한 것이라는 것이다(28).

이러한 파머의 분석은 일반론의 차원에서 타당한 것이지만 각 제사의 기능에 대한 구체적인 분석을 수반하고 있지 않기 때문에 절대적인 기준이 되지는 못한다. 우선 소설 작품의 주제가 등장인물의 성격 형성이나 플롯 전개의 기본 원리와 뚜렷이 구별되는 독립 변수가 아니기 때문에 파머가 주제를 부각시키는 기능을 한다고 판시한 제사가 작품의 구조적 원리로 작용하는 경우가 쉽게 발견된다. 예컨대 테니슨의 『인 메모리엄』에서 발췌한 제사의 경우, 부분적으로는 주인공들의 성격이나 플롯의 전개와 관련되어 있으나 그보다는 빅토리아 시대의 특징적인 회의와 불확실성에 대한 두려움을 표현한 시의 주제가 당대의 인간이 처한 실존적 상황을 보여주기도 한다.

따라서 이 자리에서는 파머의 견해를 수정하여 『프랑스 중위의 여자』에 사용된 제사들이 두 가지 기능, 즉 작품의 주제를 대변하는 기능과 형식상의 구조적 원리로 작용하는 기능을 갖는다고 전제하기로 한다. 그리고 그와 같은 전제 위에서 제사의 구체적인 사례들은 분석해 보기로 하겠다.

『프랑스 중위의 여자』는 칼 마르크스의 『유태인 교리』에서의 인용으로 시작한다. 작품의 총서시에 해당하는 이 에피그라프는 "모든 해방은 인간세계의 회복, 그리고 모든 인간관계를 자신에게 복원시키는 것이다(Every emancipation is a restoration of the human world and of human relationships to man himself)"는 문구이다. 제2장에서 분석한 것처럼 1844년에 쓰인 마르크스의 텍스트는 인간의 진정한 해방에 대한 역설적인 진리를 규정한 것으로서 이 작품의 실존적 자유 추구라는 주제와 밀접한 관계를 갖는다(Loveday 48). 모든 인간관계를 자신에게 복원시키는 노력은 시대가 요구하는 일관된 사회적 의무로부터의 이탈이라는 점에서 역설적이다.

찰스는 빅토리아 시대의 완고한 사회적 관습이나 계급 의식의 굴레로부터 벗어나 개인의 주체적인 자유의지의 실현에 대한 새로운 각성을 추구한다(Wolfe 143, Olshen 72). 찰스는 약혼녀인 어네스티나에 대한 혼약의 의무와 가문에 대한 신사 계급의 의무, 그리고 신흥 자본 계급으로의 편입이 보장하는 경제적 성공 등 자신에게 부여된 타율적인 인간관계를 거부하고 그 대신 자신의 과학적 신념 그리고 사랑을 선택한다. 이러한 찰스의 노력은 제사에서 마르크스가 언명한 진정한 인간 해방의 정의, 다시 말해서 인간이 자신의 세계를 회복하는 일이 진정한 해방에 이르는 길이라는 진리를 구현한 것이다.

칼 마르크스의 저술은 이후 작품 속에서 5번 더 인용된다. 파울즈는 7장에서 『자본론』(*Capital*), 12장에서는 『경제와 정치적 논고』(*Economic and Political Manuscript*), 30장에서는 『독일 이데올로기』(*German Ideology*), 37장에서 『공산주의 선언』(*Communist Manifesto*) 그리고 42장에서 『축복받은 가족』(*Die Heilige Familie*)으로부터의 인용을 제사로 사용하였다. 마르크스의 사상은 파머의 지적대로 이 작품의 주제와 관련된 빅토리아 시대 노동계급의 비참한 현실에 대한 생생한 묘사이거나 인간 조건의 본질에 대한 기본적인 정의를 제공하는 기능을 하고 있다(26). 그러나 작품의 주제에 대한 기여 말고도 마르크스로부터 인용한 제사들이 소설의 플롯 전개에 대한 기능적인 역할을 수행하고 있기도 한다. 예컨대 7장의 경우 『자본론』에서 인용한 제사는 "현대 산업의 뛰어난 생산성은 노동자 계급을 점점 더 비생산적인 용도로 고용시키는 길을 열어 놓을 것이며 그 결과 남자 하인, 여자 하인, 시종군 등의 이름으로 고대의 노예를 재생산할 것이다. 또한 그 규모는 날이 갈수록 더 커질 것이다"고 선언한다. 그런데 이 장에서 작가는 주인공 찰스와 그의 런던 토박이 하인인 샘의 관계를 집중적으로 조명한다.

> 이처럼 샘의 세대에 속하는 런던 토박이 하인들은 다른 하인 족속들보다 한 급 높았다. 그래서 그가 외양간에 갔다 하면 그것은 자기가 이 시골의 종들이나 시종들보다 우월하다는 것을 과시하기 위해서였다. [. . .] 한편으로 찰스와 샘과의 관계는 일종의 애정 관계이며 동시에 인간적 유대 관계였다는 것을 지적하지 않을 수 없다. 이러한 관계는 그 당시 새로 일어서는 신흥 부호들이 자신들과 부리는 종 사이에 구축하는 냉랭하고 살벌한 장벽보다 훨씬 아름다운 관계였다. (7장)

요컨대 마르크스의 사상이 주제를 보강하는 기능과 더불어 작품의 구성적 원리로 작용하고 있음을 알 수 있는 것이다.

마르크스의 저술 이외에 빅토리아 시대의 사회상과 당대 인간들의 사회적 지위에 대한 인용 가운데 3장에 사용된 "우리 역사상 수많은 시기 중에서 1850년대야말로 현명한 인간이 젊은 시절을 보내기 위해 택할 황금기였다"(3장, G. M. Young, *Portrait of an Age*)는 제사는 작품의 시간적 배경에 대한 작가의 예민한 관심사를 보여주는 것이다. 19세기의 중엽은 빅토리아 여왕 통치의 전성기로서 해가 지지 않는 대영 제국의 위세가 가장 왕성했던 시기이다. 이 시기는 또한 번영과 발전의 이면에 불안과 회의, 그리고 사회 제도의 근본적인 변화가 태동되는 시기이기도 했다. 특히 작품의 사건이 시작되는 1867년은 마르크스의 『자본론』 초판이 나온 연도이고, 영국 의회가 여성의 참정권을 인정한 선거법 개정이 시행된 해였다. 이러한 인류 문명사에 기록될 황금기를 살아가는 이 시대 여성의 지위에 대해 2장의 제사는 다음과 같이 기록한다.

> 1851년에 영국 인구는 10세 이상의 사람만 계산해서 남자가 칠천육백만인데 비해 여자는 팔천백오십오만 명이었다. 따라서 빅토리아 조의 여성이면 누구나 받아들여야 할 운명이 아내가 되고 자식의 어머니가 되는 것이라고 한다면, 짝을 찾을 남자가 모자랄 것은 명백했다. (2장, E. Royston Pike, *Human Documents of the Victorian Golden Age*)

여기 기록된 여성의 지위에 대한 언급은 작품의 2장이 그리고 있는 신비한 여성 사라에 대한 스케치를 이해하는 하나의 지침으로 작용한다. 또한 35장의 제사로 사용된 『아동 고용 위탁위원회 보고서(1867)』(*Children's Employment Commission Report*) 문건도 빅토리아 시대 동안 행해진 미성년자들에 대한 육체적, 성적, 그리고 사회적 학대에 대한 고발을 담고 있다.

마르크스와 더불어 이 작품의 주제를 예증하는 중요한 사상가는 다윈이다. 사실 다윈으로부터의 인용은 1859년에 쓰인 『종의 기원』(*The Origin of Species*)에 한정되어 있고 또 3번에 불과하지만, 다윈의 사상에 대한 본문에서의 계속적인 언급이나 그로간 박사라는 지극히 다윈적인 인물의 등장, 그리고 파울즈가 『콜렉터』 이후 끈기 있게 추구해 온 진화의 주제와 관련시켜 볼 때 대단히 중요하다. 앞에서-제2장 존 파울즈와 실존주의-이미 『종의 기원』에서 인용한 제사의 의미를 자세하게 분석했기 때문에 이 자리에서는 이를 간략하게 요약해 보기로 한다. 작품의 제3장에 이어 두 번째로 등장하는 다윈으로부터의 제사는 바로 적자생존의 법칙을 설파한다.

> 생존할 수 있는 수 이상의 개체가 각 종 속에서 태어나고 그 결과 자주 반복되는 생존경쟁이 일어나기 때문에 복잡하고 때로는 다양한 생존조건을 맞아 각 개체는 아무리 미미하더라도 자체에게 유리한 어떤 형식으로 변할 때에 생존할 가능성이 높으며 자연도태에서 벗어난다는 결론이 도출된다. (19장)

19장의 제사는 이 작품이 그리고 있는 당대 영국 사회의 중요한 사회적 변화, 다시 말해서, '새로운 중산 계층의 출현'과 '귀족 계급의 몰락', 그리고 '여성 해방 운동의 발아'라는 드라마를 해석하는 단서로 작용한다. 새로운 환경에 적응할 유전인자를 가진 개체는 생존할 가능성이 높지만 그렇지 못한 개체는 자연도태의 운명에 처하게 된다는 원리를 이 제사가 설명해 준다.

한편 50장의 제사는 생존에 적합한 적자의 모델을 제시한다.

> 시간이 경과하는 동안 새로운 종이 자연도태를 통해 형성되면 다른 종들은 점점 희귀해져서 마침내 멸종하는 결과가 어쩔 수 없이 따라온다고 나는 생각한다. 이렇게 변화와 향상을 감행하는 종과 가장 가까이서 경쟁하는 형태들은 자연히 가장 피해가 크다. (50장)

이 작품에서 낡은 신사계급의 윤리로 무장한 찰스는 시간이 경과하면서 차츰 자연도태의 운명을 맞고, 그의 가까이에서 변화와 향상을 능동적으로 추구하는 하인 계급에 속한 샘과 시대로부터 추방된 사라는 적자가 되어 생존한다. 샘은 주인의 도움을 받아 새로운 삶을 개척할 원대한 계획을 세웠지만 찰스가 어네스티나와 파혼함으로써 그 꿈을 실현시킬 기회를 잃게 되었을 때 찰스의 비행을 프리먼 씨에게 밀고함으로써 과감하게 주인을 배신하고 생존에 적합한 신흥 중산계급에 상승한다. 한편 자유로운 영혼과 직관력을 지닌 현대 여성의 상징으로서 사라는 찰스의 맹목적인 사랑을 이용하여 자신의 억압하던 시대의 굴레를 벗어던지고 실존적 자유를 쟁취하여 신여성으로 거듭난다.

진화론의 논리 속에서 찰스의 실존적 좌표가 어떤 위상을 갖는지에 대해서도 앞에서 충분히 토론하였다. 이 작품의 세 개의 결말 가운데 '거짓된 결말'로 평가되는 첫 번째 결말에서는 적자생존의 법칙이 찰스에게 작동하지 않았다고 정리했다. 찰스가 사라의 메모를 받고도 엔디코트 호텔로 그녀를 찾아가지 않고 약혼녀가 기다리는 라임으로 돌아간 이 결말에서 생존과 자연도태의 원리는 찰스와 사라, 그리고 샘에게 미처 작동하지 않았던 것이다.

찰스가 사라와의 사이에서 얻은 딸을 매개로 사라와 결합한다는 소위 '낭만적 결말'에서는 찰스는 스스로 생존에 적합한 유전인자를 보유하고 살아남았다고 보기보다는 사라에 의해 구제되었다고 보는 것이 타당하다고 분석했다. 이 결말에서 샘은 완전한 적자의 지위를 확보한다. 자신이 찰스를 밀고하여 신분 상승의 기회를 잡았던 것에 대해 양심의 가책을 느끼고 있던 샘이 사라의 행방을 찰스에게 알림으로써-그리고 이들 두 사람에 해피엔딩을 맞이함으로써-이제 그 심리적 부담을 털어버리고 진정한 자유를 만끽하는 신세가 된 것이다.

이 작품의 최종적인 '실존주의적 결말'이 사라가 작동시킨 진화의 법칙과 작품의 논리적 타당성에 가장 어울리는 것임을 앞에서 정리했고, 소설의 마지막 장인 61장에 제시되어 있는 두 개의 제사가 이 진화의 법칙을 해석하는 단서로 작용한다는 것도 이미 토론되었다. 가드너와 아놀드로부터 차용한 마지막 장의 제사를 다시 인용해 본다.

> (나선형 핵산 속에 자연의 광선이 일으키는 임의적인 돌연변이에 불과한) 진화란 우연이란 것이 자연의 법칙과 협동하여 생존에 보다 적응된 생체를 만들어내는 과정에 불과하다.
>
> (Martin Gardner, *The Ambidextrous Universe*) (61장)

> 참된 신앙은 아는 것을 실천하는 것이다.
>
> (Matthew Arnold, "Notebooks") (61장)

앞에서 토론한 것처럼 가드너에게서 인용한 제사는 다윈 사상의 변주에 해당하는 것이며 사라의 행위를 상식과 합리성에 의해 파악하려고 노력하는 찰스에게 주는 실존주의적 교훈이다. 그것은 진화란 우연과 자연의 법칙이 결합하여 새로운 적자를 만들어내는 과정이라는 것과 자신을 상대로 사라가 작동시킨 게임이 바로 그 생존의 법칙을 따르고 있다는 사실을 각성하라는 교훈이다. 한편 아놀드에게서 차용한 "참된 신앙은 아는 것을 실천하는 것이다"는 구절은 찰스가 습득하게 된 실존적 자각의 정체를 보여주는 것이다. 자신의 진정한 자아를 찾기 위한 오랜 여정 끝에 찰스는 바로 아놀드의 격언을 수용하고, 복원할 수 없는 과거를 뒤로 한 채 자신이 아는 것을 행하는 길을 선택한다.

마르크스와 다윈을 위시한 사회·자연과학 저술 이외에 빅토리아 시대의 문학 작품들로부터 인용된 제사들을 분석해 보자. 『프랑스 중위의 여자』는 토마스 하디의 시를 1장의 제사로 사용하고 있다.

순풍이 부나 역풍이 부나
눈은 멀리 서쪽 바다에 고정시킨 채
서 있는 여인
무엇을 기다리는 것일까.
그녀의 눈동자 고정되어
움직일 줄 모르니
다른 방향엔 진정 매력이 없단 말인가 ("The Riddle")

앞서 파머가 언급한 문학 작품에서의 인용이 등장인물의 상황을 설명한다는 지적은 이 경우 여실하게 적용된다. 소설이 시작되면서 1867년 3월 하순, 모진 바닷바람이 불어오는 라임 레지스 지방의 부둣가를 산책하던 찰스와 약혼녀 어네스티나는 성벽의 끝, 방파제 위에 위태롭게 서 있는 한 여인의 모습을 발견한다. 검은 의상을 입고 미동도 하지 않은 채 바다를 응시하고 있는 그 여인은 바다에서 익사한 사람들을 위한 위령탑이나 신화에 나오는 인물을 연상시킨다. 더구나 찰스에게 그 여인은 신비함과 수수께끼의 화신으로 비상한 관심의 대상이 된다. 1장에 사용된 제사는 이러한 플롯의 전개 상황을 요약하여 보여주는 작품 구성상의 원리로 작용하고 있다.

피터 울프는 하디의 시에서 제사를 인용한 것이 브레이트의 극에서 장면을 소개하는 포스터나 배너, 혹은 프랑카드의 기능을 수행하고 있다고 지적하였는데(129) 17장과 58장에 두 번 인용되는 「1869년의 어느 바닷가 마을에서」("At a Seaside Town in 1869") 또한 이러한 분석에 적절히 어울린다.

나는 찾고 또 찾았다. 그러나 아,
그녀의 영혼 그때 이래 나의 영혼 위에

한 줄기 빛도 던져 주지 않는구나.
그렇다, 그녀는 가 버렸도다.
그녀는 가 버렸도다. (58장)

엔디코트 패밀리 호텔에서의 짧은 사랑 이후 찰스의 결심을 외면한 채 사라는 불가해한 잠적을 결행한다. 어네스티나와의 약혼을 파기한 찰스가 신사로서 감당하기 어려운 수모를 그 대가로 치르고 난 뒤 사라를 찾기 위한 필사적인 노력을 기울이는 장면에 사용된 위 제사는 울프의 지적대로 주인공이 처한 상황을 상징적으로 표기하는 프랑카드와 같은 기능을 하고 있다.

토마스 하디는 빅토리아 시대 후기의 가장 급진적인 작가로서 소설가로 먼저 입신한 후 말년을 시작에 전념하였던 작가이다. 『프랑스 중위의 여자』에서 파울즈는 9번의 제사를 모두 하디의 시에서 인용하였다. 그래서 파울즈가 이 작품을 집필하던 1960년대 후반이 시인으로서 하디가 재조명되던 시기와 일치한다는 사실에 의미를 부여하는 비평가도 있다. 그러나 작품의 배경이 하디 소설의 도싯 해안에 있는 라임 레지스 지방이라는 사실과 작품 본문에 하디의 소설에 대한 다양한 암시가 제시되어 있는 점, 그리고 많은 비평가들이 지적한 대로 사라가 지극히 하디적인 여주인공이라는 사실 등을 감안할 때 파울즈가 시뿐 아니라 하디의 소설로부터도 막대한 영향을 받았다는 것은 명백하다.

알프레드 로드 테니슨은 『프랑스 중위의 여자』의 제사로 가장 많이 인용된 작가이다. 그의 시 가운데 오직 두 편이 제사로 사용되었는데 그 중 1850년에 발표한 『인 메모리엄』은 1833년 22세의 나이로 비엔나에서 사망한 절친한 친구인 아서 헨리 할램(Arther Henry Hallam)에 대한 테니슨의 우정을 노래한 애가이다. 한편 1855년 발표된 『모드』는 빅토리아 시대의 예의 규범을 거스르는 애정 관계에 빠진 한 남성의 내면에서 일어나는 심리적 변화를 그린 시이다.

테니슨의 시로부터 인용된 제사의 기능도 앞서 논의한 하디의 시가 그랬던 것처럼 플롯 전개상의 특정한 사건이나 등장인물의 처지를 표상하고 있는 경우가 많다. 『인 메모리엄』과 『모드』가 특별히 변별적인 기능을 수행하고 있는 것처럼 보이지는 않는다.

> 한 번, 단 한 번 그녀는 눈을 치켜떴다.
> 나의 눈과 마주치자
> 갑자기 감미롭고 야릇한 홍조가
> 그녀의 얼굴을 수줍게 물들였다. (10장, *Maud*)

10장에서 찰스는 자신의 관심사인 화석을 수집하기 위해 험준한 언더클리프 절벽을 탐험하다가 암벽이 만든 경사면에 기대어 잠들어 있는 사라의 모습을 발견한다. 예기치 못한 장소에서의 갑작스러운 만남이었으나 사라가 발산하는 신비한 매력에 사로잡힌 찰스의 정서적 상황이 다음과 같이 그려져 있다.

> 그 순간 찰스는 모자를 벗어 올리고 상체를 굽혀 인사했다. 사라는 아무 말 없이 충격과 당황과 수치가 가미되지 않았다고 말할 수 없는 눈매로 찰스를 뚫어지게 응시했다. 그녀의 눈은 아름다운 검은 눈이었다. (10장)

10장에서 보여주는 플롯 전개상의 특정한 사건과 제사와의 상관관계는 20장에서도 발견된다.

자연이 그런 악몽을 안겨 주다니
신과 자연이 싸우고 있는 것일까?
자신의 외모에 그렇게도 신경을 쏟는
저 여인이 하나밖에 없는 인생을 그처럼 함부로 하다니!

(20장, *In Memoriam*)

20장에서 찰스는 사라의 과거에 대한 고백을 듣는다. 난파당한 프랑스 장교 바르게네스에게 농락당한 사실과 그 이후 그녀가 스스로 선택하고 감당해 온 치욕의 삶에 대한 고백을 듣고 찰스는 충격과 분노를 느낀다.

> 찰스는 참을 수 없는 충격을 느꼈다. 정신이 혼란했다. 역류의 미로에 둘러싸여 정당하고 적절한 동정이란 안전한 정박지로부터 가망없이 표류하는 자신을 느꼈다.... 찰스의 깊은 의식은 그녀의 부정을 용서했다. 자신이 즐길 수도 있었을 어두운 그림자들을 힐끗 바라보았다. (20장)

테니슨의 시에서 인용한 제사들은 이제까지 살펴본 것처럼 작품 구성상의 원리로 작용하는 경우가 많다. 그러나 그 제사들 중의 일부는 마르크스나 다윈의 저술처럼 작품의 주제를 부각시키는 기능을 담당하기도 한다.

부질없는 말을 해본들
나에게 무슨 소용이 있는가?
죽음이 처음부터 죽음으로 보였다면
사랑은 존재하지 않았을 것이며
험난한 길을 걸어오지 않았으리라.

열기 없는 단순한 우정

아니, 가장 천박한 풍자가 깃든 우정이었으면
풀잎을 부수고 포도를 으깨며 일광욕이나 하고 살찌고 있었겠지.

(5장, *In Memoriam*)

5장에 붙은 제사는 친구의 죽음과 우정에 대한 고뇌에 찬 상념을 표현한 것인데 이는 5장에서 진행되는 사건의 전개 및 등장인물의 심리 상태와 특별한 상관관계를 구성하지 않는 예이다. 『인 메모리엄』이 애가의 형식을 취하고 있기는 하지만 실은 이 시를 통해서 테니슨이 표현하고 있는 주제는 다름 아닌 빅토리아 시대의 불안과 회의에 대한 반성이었던 것이다. 당대의 개인적 삶과 시대정신의 일부였던 신념의 붕괴와 변화 및 불확실성에 대한 두려운 전망 등은 바로 이 작품의 주인공들의 삶을 지배하는 의식의 일부를 표출한 것이 된다. 또한 『모드』의 경우 부유한 소녀와 사랑에 빠진 가엾은 젊은이의 비극적인 사랑 이야기가 『프랑스 중위의 여자』에서는 사회로부터 추방된 상태에 있는 가정교사 신분의 여성과 사랑에 빠지는 젊고 유망한 귀족의 이야기로 변형되었지만, 두 작품을 관통하는 실존적 긴장은 동일하다고 하겠다.

제사로 인용된 작가 가운데 빅토리아 시대를 대변하는 위대한 사상가로서 매슈 아놀드의 위상은 대단히 중요하다. 파울즈는 이 작품에서 모두 11차례 아놀드의 시와 산문을 제사로 인용하였지만 그의 존재는 작품 속에서 시종일관 느껴진다. 이를테면 19장에서 찰스와 그로간 의사가 그들의 세계관에 영향을 준 사상가들을 논의하는 장면에서 서술자의 전지적인 목소리는 "찰스와 같은 많은 젊은 세대들은 아직 이름은 세상에 알려지지 않았지만 매슈 아놀드와 같은 사상가를 존경하고 그들의 사상에 동조했다"고 기술하는가 하면 58장에서는 제사가 아닌 본문 텍스트 속에 아놀드가 1853에 쓴 시 「마그리트에게」("To Marguerite")의 전편을 인용해 놓고 이 시를 빅토리아 시대 전체에 걸쳐 가장 고귀한 시라고 평가하기도 한다.

아놀드에게서 인용한 제사들 가운데 일부는 앞서 논의한 하디와 테니슨의 시들처럼 그 제사가 인용된 장면을 지시하는 이정표의 구실을 하고 있다.

> 내가 언급했듯이 굴종과 존경이라는 강력한 봉건적 습성은 오랜 기간에 걸쳐 노동계급을 계속 시달리게 만들었다. 그러나 현대 정신이 나타나 이제 그러한 폐습을 말끔히 용해시켜 버렸다...... 원하는 곳이면 어디나 진군하고 아무데서나 모이고 멋대로 불평하고 멋대로 위협하고 멋대로 부수는 권리였다. 이러한 모든 것이 무정부 상태를 이끌어 낸다는 말이다. (51장, *Culture and Anarchy*)

위 제사가 인용되어 있는 51장에서 찰스는 샘의 반란과 직면하게 된다. 오랜 기간 봉건제도의 질서 속에 구속되어 왔던 샘은 위대한 현대 정신으로 무장한 채 "저는 사임하겠습니다. 뭐 시킬 것이 있으면 호텔의 종업원을 부르십시오"라고 선언한다. 샘의 반란은 찰스로서는 예기치 못했던, 그의 안위를 위협하는 무정부 상태의 도래였다. 또한 59장의 제사로 인용된 「자기 신뢰」("Self-Dependence")의 구절들도 사라의 행방을 탐문하기에 지친 찰스가 아메리카 대륙으로의 여행을 통해 자신의 참모습을 규명하기 위해 애쓰는 모습을 요약해서 보여주고 있다.

한편 각각 두 번씩 등장하는 「작별」("A Farewell")(9장과 22장)과 「이별」("Parting")(21장과 40장)에서의 제사는 사라에 대한 불가사의한 열정과 사회적 굴레 사이에서 찰스가 경험하는 혼란과 고통을 표현하고 있다. 자신을 대상으로 사라가 의도적으로 펼치는 사랑의 유희, 우연을 가장한 유혹과 강요된 이별. 헤아릴 수 없는 사라의 의중. 그 과정을 통해 찰스는 자신의 존재의 의미를 스스로 깨우쳐야 한다는 사실을 고통스럽게 체득하게 된다. 이러한 찰스의 갈등과 각성을 웅변으로 보여주는 제사들은 그러므로 파머 이후 많은 비평가들이 이 작품의 핵심적인 주제로 지적해 온 고독과 소외(loneliness of selfhood)라는 음계를 묵직하게 연주하고 있는 셈이 된다.

파울즈가 『프랑스 중위의 여자』에서 사용한 제사들이 소설 본문과 상호텍스트성을 갖는다거나 작가 자신의 자의식적인 글쓰기의 반영이라는 견해는 이 작품의 메타픽션적인 성격을 수월하게 제공한다. 또한 그 제사들을 작품의 주제와 구성을 통제하는 정교한 장치로 작동시키고 있는 작가의 노력은 픽션을 창조하는 절대자의 권위를 불안하게 고수하고 있는 파울즈의 작가적 노력의 일환이기도 하다. 『프랑스 중위의 여자』를 빅토리아 시대에 유행하던 '보드빌 쇼'(vaudeville show)로 간주하고 그 쇼의 유일한 흥행사는 바로 작가 자신이라고 간파한(125) 피터 울프의 견해는 그래서 파울즈의 위상을 검증하는 강력한 기준이 된다.

참고문헌

리처드슨, 로버트. 『영화와 문학』. 이형식 옮김. 서울: 동문선, 2000.

배현. 「존 파울즈의 『마법사』-픽션과 리얼리티의 유희적 세계」. 『현대영미소설』 7.2 (2000): 123-42.

_____. 「헌신과 개입-존 파울즈의 실존주의 세계관」. 『새한영어영문학』 46.2 (2004): 41-63.

_____. 「로맨스문학 전통과 존 파울즈의 미스테리 사상」. 『영어영문학연구』 46.3 (2004): 37-61.

_____. 「현대 소설가들의 딜레마와 존 파울즈의 응전」. 『영어영문학21』 21.3 (2008): 41-71.

_____. 「존 파울즈 소설 기법의 영화적 변용」. 『영어영문학21』 23.3 (2010): 41-66.

_____. 「존 파울즈 다시 읽기-박물학자의 생태적 관심」. 『영어영문학21』 28.3 (2015): 99-117.

_____. 「판타지와 포르노그래피-존 파울즈의 『마법사』에서 "신의 유희"가 드러나는 양상」. 『영어영문학』 22.1 (2017): 79-100.

_____. 「교차로에 선 소설가-존 파울즈의 문학 세계」. 『영어영문학21』 32.2 (2019): 161-82.

사르트르, 장 폴. 『실존주의는 휴머니즘이다』. 방곤 옮김. 서울: 문예출판사, 1999.

쿤데라, 밀란. 『소설의 기술』. 권오룡 옮김. 서울: 책세상, 1990.

Acheson, James. *John Fowles*. New York: St. Martin's. 1998.

Allen, Walter. "The Achievement of John Fowles." *Encounter* 35 (1970): 64-67.

Aubery, James R., ed. *John Fowles and Nature: Fourteen Perspectives on Landscape*. Madison: Fairleigh Dickinson UP, 1999.

Bagchee, Syhamal. "*The Collector*: The Paradoxical Imagination of John Fowles." *Journal of Modern Literature* 8.2 (1980-1): 219-34.

Baker, James R. "Fowles and the Struggle of the English Aristoi." *Journal of Modern Literature* 8.2 (1980-81): 163-80.

_____. Introduction. *Twentieth Century Literature*. Spec. issue of John Fowles 42.1 (Spring 1996): 1-7.

Barnum, Carol M. "An Interview with John Fowles." *Modern Fiction Studies* 31 (1985): 187-203.

Bell, Pearl K. "The English Sickness." *Commentary* 64 (1977): 80-83.

Bergonzi, Bernard. *The Situation of the Novel*. London: MacMillan, 1970.

Binns, Ronald. "John Fowles: Radical Romancer." *Critical Quarterly* 15 (Winter 1973): 317-34.

_____. "Beckett, Lowry and the Anti-Novel." Bradbury and Palmer 89-112.

_____. "A New Version of The Magus." *Critical Essays on John Fowles*. Ed. Ellen Pifer. Boston: G. K. Hall, 1986. 100-05.

Boston, Richard. "John Fowles, alone but not lonely." *New York Times Book Review*. (9 November 1969) 2, 52-3.

Bradbury, Malcom. "The Novelist as Impresario: John Fowles and His Magus." *Possibilities: Essays on the State of the Novel*. London: Oxford UP, 1973. 256-71.

Bradbury, Malcom and David Palmer. *The Contemporary English Novel*. London: Edward Arnold, 1979.

Bragg, Melvyn. "John Fowles will be missed." *Guardian,* 8 November 2005. Retrieved 20 October 2021.

Campbell, James. "An Interview with John Fowles." *Contemporary Literature* 17.4 (1976): 455-69.

Churchill, Thomas. "Waterhouse, Storey, and Fowles: Which Way Out of the Room?" *Critique* 10 (1968): 72-87.

Conradi, Peter. *John Fowles*. London and New York: Methuen, 1982.

_____. "*The French Lieutenant's Woman*: Novel, Screenplay, Film." *Critical Quarterly* 24.1 (1982): 41-57.

Cooper, Pamela. *The Fictions of John Fowles: Power, Creativity, Femininity*. Ottawa: U of Ottawa P, 1991.

Foster, Thomas C. *Understanding John Fowles*. Columbia: U of South Carolina P, 1994.

Fowles, John. *The Aristos: A Self-Portrait in Ideas*. London: Triad Grafton, 1981.

_____. *The Collector*. Boston: Little, 1963.

_____. *The Magus*. Rev. ed. Boston: Little, 1978.

_____. *The French Lieutenant's Woman*. New York: Signet, 1969.

_____. *The Ebony Tower*. Harmondsworth: Penguin, 1974.

_____. *Daniel Martin*. London: Jonathan Cape, 1977.

_____. *Mantissa*. Boston: Little, 1982.

_____. "Notes on an Unfinished Novel." *The Novel Today: Contemporary Writers on Modern Fiction*. Ed. Malcolm Bradbury. London: Fontana-collins, 1977. 136-50.

_____. Forward. *The French Lieutenant's Woman: A Screenplay*. Harold Pinter. Boston: Little, 1981.

_____. *Wormholes: Essays and Occasional Writings*. Ed. Jan Relf. London: Jonathan Cape, 1998.

_____. *The Journals of John Fowles*. Ed. Charles Drazin. Volumes I & II. London: Jonathan Cape, 2003.

Gass, William H. *Fiction and The Figures of Life*. Boston: Nonpareil, 1970.

Gindin, James. *Postwar British Fiction: New Accents and Attitudes*. Westport: Greenwood, 1976.

Goosmann, Bob. "Biography of John Fowles." *John Fowles The Website*. Retrieved 24 October 2014.

Guttridge, Peter. "John Fowles." *The Independent*, 8 November 2005. Retrieved 24 October 2014.

Hagopian, John V. "Bad Faith in *The French Lieutenant's Woman*." *Contemporary Literature* 23.2 (1982): 190-201.

Halpern, Daniel. "A Sort of Exile in Lyme Regis." *London Magazine* 10 (1971): 34-46.

Higgins, Charlotte. "Reclusive novelist John Fowles dies at 79." *The Guardian*, 8 November 2005. Retrieved 24 October 2014.

_____. "The bitter side of John Fowles." *The Guardian*, 12 November 2005. Retrieved 8 July 2021.

Holmes, Frederick M. "The Novel, Illusion and Reality: The Paradox of Omniscience in *The French Lieutenant's Woman*." *Journal of Narrative Technique* 11 (1981): 184-98.

_____. *The Historical Imagination: Postmodernism and the Treatment of the Past in Contemporary British Fiction*. Toronto: Victoria UP, 1997.

Howe, Irving. "Mass Society and Postmodern Fiction." *Partisan Review* 26.3 (1959). Reprinted in his *Decline of the New*. New York: Horizon, 1970. 190-207.

Huffaker, Robert. *John Fowles*. Boston: Twayne, 1980.

Hutcheon, Linda. "The "Real World(s)" of Fiction: *The French Lieutenant's Woman*." *English Studies in Canada* 4.1 (Spring 1978): 81-94.

_____. *A Poetics of Postmodernism: History, Theory, Fiction*. New York: Routledge, 1988.

Iser, Wolfgang. *The Implied Reader*. Baltimore and London: The Johns Hopkins

UP, 1974.

Kane, Richard C. *Irish Murdock, Muriel Spark and John Fowles: Didactic Demons in Modern Fiction*. London and Toronto: Associated UP, 1988.

Karl, Frederick R. *A Reader's Guide to the Contemporary English Novel*. New York: Noonday, 1972.

Kennedy, Alan. *The Protean Self: Dramatic Action in Contemporary Fiction*. New York: Columbia UP, 1974.

Kermode, Frank. *The Sense of an Ending*. New York: Oxford UP, 1973.

Karl, Frederick R. *A Reader's Guide to the Contemporary English Novel*. New York: Noonday, 1972.

King, Patricia Ann. "Pamela, or Virtue Rewarded." *Masterplots*. Ed. Frank N. Magill. Vol. 8. Pasadena: Salem, 1996. 4837-41.

Knapp, Shoshana. "The Transformation of a Pinter Screenplay: Freedom and Calculators in *The French Lieutenant's Woman*." *Modern Drama* 28.3 (1985): 55-70.

Lemon, Lee T. *Portraits of the Artist in Contemporary Fiction*. Lincoln: U of Nebraska P, 1985.

Lewis, Janet and Barry N. Olshen. "John Fowles and the Medieval Romance Tradition." *Modern Fiction Studies* 31 (1985): 15-30.

Lindroth, James R. Rev. of *The Magus*, by John Fowles. *America* 12 (February 1966): 234.

Lodge, David. *The Novelists at the Crossroads and Other Essays on Fiction and Criticism*. London: Routledge and Kegan Paul, 1971.

Loveday, Simon. *The Romances of John Fowles*. London: MacMillan, 1985.

McDaniel, Ellen. "*The Magus*: Fowles's Tarot Quest." *Journal of Modern Literature* 8.2 (1980/81): 247-60.

McDowell, Frederick P. W. "Recent British Fiction: Some Established Writers." *Comtemporary Literature* 11 (1970): 401-31.

McSweeney, Kerry. *Four Contemporary Novelist: Angus Wilson, Brian Moore, John Fowles, V. S. Naipaul*. Montreal: McGill-Queen's UP, 1983.

Newquist, Roy. "John Fowles." *Counterpoint*. Chicago: Rand-McNally, 1964. 218-25.

Olshen, Barry N. *John Fowles*. New York: Frederick Ungar, 1978.

Onega, Susana. "Self, World, and Art in the Fiction of John Fowles." *Twentieth Century Literature* 42.1 (Spring 1996): 29-56.

_____. *Form and Meaning in the Novels of John Fowles*. Ann Hrbor: UMI, 1989.

Orr, John. *The Making of the Twentieth-Century Novel: Lawrence, Joyce, Faulkner and Beyond*. London: MacMillan, 1987.

Palmer, William. *The Fiction of John Fowles: Tradition, Art, and the Loneliness of Selfhood*. Columbia: U of Missouri P, 1974.

Pifer, Ellen, ed. *Critical Essays on John Fowles*. Boston: G. K. Hall, 1986.

Presley Delma E. "The Quest of the Bourgeois Hero: An Approach to Fowles' *The Magus*." *Journal of Popular Culture* 6 (1972): 394-98.

Rackham, Jeff. "John Fowles: The Existential Labyrinth." *Critique: Studies in Modern Fiction* 13.3 (1972): 89-103.

Rankin, Elizabeth D. "Cryptic Coloration in *The French Lieutenant's Woman*." *Journal of Narrative Technique 3* (September 1973): 193-207.

Rubenstein, Roberta. "Myth, Mystery, and Irony: John Fowles's *The Magus*." *Contemporary Literature* 16 (1975): 328-39.

Sage, Lorna. Unpublished Interview with John Fowles. On Videotape at the University of East Anglia, 1976.

Salami, Mahmoud. *John Fowles's Fiction and the Poetics of Postmodernism*. London and Toronto: Associated UP, 1992.

Scholes, Robert. "The Orgastic Fiction of John Fowles." *The Hollins Critic* 6.5 (1969): 1-12.

_____. "John Fowles as Romancer" *Fabulation and Metafiction*. Urbana: U of

Illinois P, 1979.

Smith, Frederick N. "Revision and the Style of Revision in The French Lieutenant's Woman." *Modern Fiction Studies* 31.1 (1985): 84-94.

Stephenson, William. *John Fowles*. Horndon: Northcote, 2003.

Stevenson, Randall. *The British Novel Since the Thirties: An Introduction*. London: Batsford, 1986.

Tarbox, Katherine. *The Art of John Fowles*. Athens: U of Georgia P, 1988.

Warburton, Eileen. *John Fowles: A Life in Two World*. London: Jonathan Cape, 2004.

Waugh, Patricia. *Metafiction: The Theory and Practice of Self-conscious Fiction*. London: Methuen, 1984.

Watt, Ian. *The Rise of the Novel: Studies in Defoe, Richardson, and Fielding*. Harmondsworth: Penguin, 1957.

Wilson, Thomas M. *The Recurrent Green Universe of John Fowels*. Amsterdam: Rodopi, 2006.

Wolfe, Peter. *John Fowles, Magus and Moralist*. Lewisburg: Bucknell UP, 1976.

배현

서강대학교 영어영문학과를 졸업하고 같은 대학원에서 현대영미소설을 전공하여 영문학 박사학위를 받았다. 현재 국립목포대학교 영어영문학과 교수로 재직하고 있으며, 버지니아대학교와 브리검영대학교 방문교수를 지냈다. 〈한국영어영문학회〉, 〈한국현대영미소설학회〉, 〈한국근대영미소설학회〉, 〈새한영어영문학회〉, 〈미래영어영문학회〉의 임원과 〈21세기영어영문학회〉 편집위원장과 회장을 지냈고, 국립목포대학교 영문학과장, 교무부처장, 교육혁신개발원장, 인문대학장을 역임했다.

저서로 『서양문화의 이해』, 『문학고전의 산책』(공저), 『알기 쉬운 영미문학』(공저), 『영문학 교육과 연구의 문제들』(공저), 『담론의 질서』(공저), 『영국소설 명장면 모음집』(공저), 『영화로 읽는 영미소설2 - 세상이야기』(공저), 『20세기영미소설 강의』(공저) 등이 있으며, 주요 논문으로는 「현대 소설가들의 딜레마와 존 파울즈의 응전」, 「존 파울즈의 『마법사』 - 픽션과 리얼리티의 유희적 세계」, 「로맨스문학 전통과 존 파울즈의 미스테리 사상」, 「교차로에 선 소설가 - 존 파울즈의 문학 세계」 등이 있다.

교차로에 선 소설가 — 존 파울즈의 삶과 예술

초판 1쇄 발행일 2023년 2월 28일
배현 지음

발 행 인 이성모
발 행 처 도서출판 동인(등록 제1-1599호 | 02-765-7145 | 서울 종로구 혜화로3길 5 118호)
홈페이지 www.donginbook.co.kr
이 메 일 donginpub@naver.com
I S B N 978-89-5506-892-4
정 가 18,000원